胡雪巖

（上）

徐星平◎著

中國商戰之神

胡雪巖傳奇

◈題序◈

「人事有代謝，往來成古今。」這是唐朝詩人孟浩然的佳句。歷代眾多名人都給後人留下了足可借鑒的足跡：有的是一世英名、有的是千古罪人；有的毀譽參半、有的是懷才隱匿，但像紅頂商人胡雪巖（胡光墉）這樣的名人又如何評說？過去，他的名聲一向不太好，但很少人對當時的歷史做些調查。他是在帝國主義和封建勢力雙重壓迫下成長起來的富商巨賈，必然對帝國列強和封建王朝有著對抗和依賴的雙重性。他依靠官府發家，追隨朝廷革新派，長期沈浮在陳腐與生財、民族與侵略、保守與洋務、善良與醜惡的漩渦之中，並常在風口浪尖上展現其人生的價值，在商戰中表現其民族氣節，在一定程度上，他代表了中國民族資產階級所走過的道路。「胡慶餘堂雪記國藥號」的創建，歷今一百二十餘年，其影響之大，美譽之久，足可表現胡雪巖商德懿行之品格。有人說：「胡雪巖就是胡慶餘堂的代名詞」，此話亦不盡然，他有傳奇般的身世，萬花筒般的生平，讓我們翻開他的歷史畫卷，多側面地審視一番他的一生吧！

胡慶

慶餘堂

戒欺

❖ 第一章 ❖

一八六〇年（咸豐十年）三月

太平天國攻佔的天京（金陵），被清軍江南大營團團包圍。巍峨壯麗的忠王府中，李秀成緊蹙雙眉，面色凝重，在大堂裏不停地踱著方步。好半晌後，突然猛一擊掌，嚇壞了站立一旁的侍衛親軍，李秀成斬釘截鐵地下令道：

「攻杭州，救金陵。」

□

杭州富紳胡雪巖聽聞杭州有變，連忙帶著管家戚翰文，打扮成小商人模樣，風塵僕僕地從嘉興乘船趕回杭州。剛下渡口，眼前白光一閃，只見一個滿臉鬍鬚、神色猙獰的瘦高漢子拿著一把明晃晃的大刀，粗聲粗氣地問：

「幹啥的？」

胡雪巖小心翼翼陪著笑臉回說：

「做點小生意，混口飯吃的。」

那漢子的眼光滴溜滴溜地在兩人身上逡巡，瞥見胡雪巖揹在背後圓鼓鼓的包袱，嘴角揚起一絲賊兮兮的笑意。

「背後是啥東西？拿來給本大爺瞧瞧！」

胡雪巖取下包袱，卻不交給他，信手遞給了戚翰文，然後不慌不忙地從懷裏掏出一錠銀子，笑嘻嘻道：

「老兄，這個……不成敬意，請您喝點小酒……哎！您也知道，這年頭做生意不容易，……您就行行好，通融通融吧……」

瘦高個兒不客氣地接過銀兩，在手裏掂了掂，上下打量著這位看起來不過三十七八歲，蓄著濃密短鬚，雙眼炯炯有神，說話時沈著果斷，身穿一件春綢絲棉長袍，腳踏嶄新呢布鞋，卻自稱是「小生意人」，登時起了疑心，大聲喝道：

「包袱裏藏的是什麼？……」

戚翰文眼看這大漢子糾纏不休，便拉拉胡雪巖，低聲說道：

「大先生，別跟他囉嗦了，咱們先回船上再想辦法吧！」

胡雪巖點點頭，跟著戚翰文掉過頭走向渡口。

瘦高個子看兩人不睬，心中大怒，舉起大刀隨手亂砍。

戚翰文大驚，向江面大喊：

「船家，快準備開船！」

一面護著胡雪巖，沒命地往渡口跑去。一個千金富商哪跑得過凶惡匪盜？胡雪巖躲避不及，臂上一陣刺痛，已被砍了一刀。他「哎喲」一聲，看見鮮血不斷湧出，染紅了整隻袖子，滴濺到地上。眼看瘦高個兒第二刀就要對準胡雪巖的腦袋砍下，說時遲那時快，兩人已到江邊，戚翰文拉著胡雪巖大叫：

「大先生，快跳！」

兩人不偏不倚地躍上船舷，船家飛快地把船撐離岸邊。

那瘦高個兒一刀揮空，重心不穩，「噗通」一聲，竟掉到了水裏，兩手在水面亂伸亂揮……。

戚翰文扶著胡雪巖走進船艙，連忙掏出常備傷葯，細心地替胡雪巖敷住傷口。他自責地說：

「大先生，您覺得怎麼樣了？……都是我不好，沒能保護您……」

胡雪巖擠出一絲笑容，安慰這位盡職的管家：

「哪的話，你又不是保鏢護院，怎敵得過一柄大刀？再說我只是被砍了一刀，小命還在，沒什麼大不了的。」

戚翰文見大先生還能說笑，看來並無大礙，不禁鬆了一口氣。

「兩位到哪兒？」船家探頭到艙口問道。

戚翰文瞧瞧大先生：

「這會兒恐怕上不了岸了，您說……」

胡雪巖擰緊眉頭深思。

「兩位先生。」

船家突然插話：

「這杭州……您還是別回去了吧！城裏亂得很，我只載過逃出來的人，可沒遇到不怕死想把命往裏送的……」

「好吧，回上海去，速度要快，船費加倍給。」

船家喜孜孜地走上船板撐船去了。

胡雪巖茫然望著艙外，喃喃自語：

「杭州……不知變成什麼樣了？……」

□

春寒料峭，暴雨傾盆。

太平軍以迅雷不及掩耳的速度來到杭城，沿途放火燒屋，清掃路障，熊熊火光直沖上雲霄。

巡撫羅遵殿見太平軍來勢洶洶，勢不可擋，方寸大亂。急命按察使段光清出城迎戰。交戰數回，屢戰屢敗，狼狽不堪地退回帳中。

「大人，屬下無能，無法擊退長毛軍……」段光清羞愧地跪地請罪。

「罷了。」羅遵殿右手一揮，隨之焦慮地向師爺問道：

「師爺，依您看……該當如何是好。」

「這……」師爺劉毓和略加盤算後，答道：

「我方的兵力，包括撫標二千和協防局的團練在內，不過五、六千人，實在難以力敵，為今之計，只有守城待援了。」

「傳令下去，關閉城門，固守城池。」

□

暗夜之中，太平軍兵分二路。

一路天軍攻佔淨慈寺，將棺木偽裝成壁壘，並抬寺內近百尊羅漢像置於壘後，遍插太平軍旗幟。

另一路天軍則從清波門外破土掘地，挖地道直通杭州城門下，埋上特製大地雷。

翌晨，段光清率兵出帳巡視，只見敵兵黑壓壓一片，即將臨城，不由得倒吸一口冷氣，心中一震，不加思索地下令：

「目標淨慈寺長毛軍，開砲……」

豈料，大部份砲彈只射中那些受人膜拜的菩薩像，而太平軍卻趁此際清軍分身乏術時，於另一高處往杭城直射火砲，發發砲彈如雨落市區，城內軍民四處逃逸，一片混亂。於此同時，清波門外「轟」地一聲巨響，城牆應聲崩塌。

傾盆大雨中，太平軍蜂擁而入，霎時間，只見刀光劍影齊揮，雨水鮮血齊流，哀嚎慘叫聲不絕於耳。

杭州城陷落了。

□

羅遵殿在巡撫大堂急得直冒冷汗，衝著前院問道：

「副將，副將……人呢？」

喊了半晌，師爺進來悄悄回話說：

「他……逃了。」

「啊？！」羅遵殿一驚，立刻癱軟在紅木太師椅上，雙眼直勾勾地瞪著天空，喃喃自語道：

「逃了？都逃走了？……」

窗外，淒瀝的雨不停地下著，巡撫衙門的守兵像斷線的風箏，一個個都溜了；府中的奴僕佣人們正忙著收拾細軟準備逃命去。

突然，一批太平軍提著血淋淋的大刀闖進了撫台衙門。帶路者王道平，平常在梅花碑設攤卜卦，真實身份卻是太平軍埋伏在杭州的密探。巡撫羅遵殿見敵軍已登堂入室，心中格登一下。心想：

「與其就擒挨刀，不如自殺身亡，倒落個忠君之名。」

於是正義凜然地大聲說道：「各位兄弟，誰都有妻兒老小，我死不妨，請各位放我家屬出城，我羅某死也放心。」

說罷，舉起新式手槍，對準自己的太陽穴「嘭」地一聲，隨即倒地身亡。

「走，進去！」王道平說著便帶著一批太平軍直奔後宅，正遇到羅遵殿的妻子和丫鬟們背著細軟往外逃命。

「站住！」

太平軍的頭目奪過包袱，推了丫鬟一把，說：

「去吧！」那丫鬟臉上驚懼之色未消。

「噯……別走啊……」

一個太平軍又色迷迷地把她拉回，狎侮地笑著說：

「來吧，讓大爺們開開心。」

說著便輕薄地動起手來……。其他的太平軍有樣學樣，也紛紛拉過身邊的丫鬟上下其手。

「不……不行。」

羅夫人哀求著說：

「求求你們……」

話沒說完，身旁一個太平軍一刀砍下，便再也動彈不得了。

丫鬟們見狀嚇得魂不附體，直打哆嗦，只能任憑太平軍們拉入內室淫污蹂躪。

此刻正是大雨如注，雨水打在羅夫人鮮血淋漓的屍身上，血水、雨水交織成一片血海，屋內傳來陣陣少女求饒及叛匪輕狎的笑聲……

此時的杭州已是瘡痍滿目，慘不忍睹。

□

船到上海，戚翰文付了不少船錢，急忙將胡雪巖送至洋人開辦的醫院，給傷口縫了七針，繼而送進病房，開始了療養生活。

「怎麼樣，大先生？」

戚翰文伏在胡雪巖的床頭，關切地問：

「痛嗎？」

「不痛！」胡雪巖把「不」字拉得老長，

「不過這傢伙也太笨，再高一點……砍在脖子上，腦袋搬了家，就更不疼啦。」

憨厚而能幹的戚翰文笑了笑說：

「咳！胡大先生，您真會說笑話。」

「幸虧有這艘船。不然，連我的腦袋也保不住啊……。」

胡雪巖忽地問道：

「都上去了嗎？」

「去了。」戚管家說：

「您放心，老太太和夫人都安全轉移到了留下，伙計們照顧得很好。」

「嗯，」胡雪巖微微一笑說：

「只要家裏人都活著，我的心思全放下了……。」

□

胡雪巖的心放下了，可是清政府的心卻拎起來了，就在太平軍攻克杭州的那天，清廷急命江南大營和春兼任浙江軍務。和春立刻行文急調總兵張玉良和浙江提督鄭魁士分兵馳援杭州。誰料張玉良乃武夫出身，目不識丁，他捏著行文翻來覆去，看不出是什麼意思。

「總兵大人……」師爺和幕僚們竊笑道：

「這行文……？」

「嘻嘻，沒啥，沒啥……。」

「不對……」張師爺說：

「十萬火急的行文，難道沒啥？」

「那麼……你看看。」

師爺接過文書，一拍大腿：

「哎呀！杭州陷落，星夜馳援杭州。」

「啊？」張玉良大吃一驚，

「怪我粗心，差點誤了大事。」

當天清點兵馬，立刻帶領將兵向南出發，但到了蘇州，卻被江蘇布政使王有齡留住，當晚設宴款待張玉良。飲酒間，王有齡舉杯對張玉良說：

「蘇浙乃唇齒相依，杭州不復，蘇州必危，君能幾天把杭州克服，我以十萬犒軍……。」

「真的……？」張玉良興奮得瞪大了眼睛。

「軍中無戲言！」

兩只杯子正要相碰，只聽衛官喊道：

「王大人，接詔書……。」

王有齡急忙放下杯子，接過詔書一看，笑了。

張玉良湊過來問道：「什麼事？」

「你看吧……。」

「哎呀，藩台大人，斗大的字我識不了幾筐，這你還不知道？」

「詔書說，調江蘇布政使王有齡為浙江巡撫。」

「好啊！」張玉良拍拍王有齡的肩膀說，

「這十萬銀兩你可花定了！」

王有齡笑呵呵地挽起袖子：

「好說，好說。來，喝！」

張玉良心有疑慮地說：

「杭州……早被太平軍搶光了，你這十萬銀餉從哪兒籌劃啊？」

「嗨呀！」王有齡呷了一口酒，拍著胸脯說，

「我在杭州有個活財神……！」

「誰？」

王有齡附耳說道：「候補道……胡光墉。」

「還活著……？」

「人很機靈，又慷慨好客，」王有齡很有把握地說，「我想……此人不會死的。」

第二天，張玉良親自率領兩營兵勇，攜帶竹弓二百六十三張、戰箭六千枝、京槍二百八十桿、籐牌七十二面、腰刀七百八十六口、大炮二十位、內劈山炮十七位、過山烏炮一位、子母炮兩位，直奔杭州而去。

四月初二，張玉良率江南軍隊抵達了杭州大關，並派遣徐殿臣化裝潛至市區，面見旗營大將瑞昌，商討內外夾攻收復杭州之事。誰料，李秀成眼見清兵大營先後來到浙江，「圍魏救趙」之計已成，因滿人旗營尚未攻下，湖州、寧國尚在清兵守持之下，唯恐歸

路被截，於是號召太平軍多製旗幟，並插遍山林要隘，引軍西走。初四日，張玉良率部進攻杭州時，太平軍早就撤出了杭州，張玉良沒折一兵一卒，卻得了十萬犒賞，王有齡沒費半點戎馬之勞，卻當上了浙江巡撫。

□

巡撫是地方的最高長官，總理全省的軍事、民政、吏治、刑獄等等一切事務。然而，擺在王有齡面前的首要問題，則是滿街橫七豎八的屍骸，還有那些與死屍同臥而且不停地呻吟著的活人。

黃昏，那本來微露春光的杭城，彷彿一下子變了個季節，雨雖然停了，可是老天爺始終板著個面孔，不肯賜給人們一點春天的氣息。撫台王有齡乘著小轎在街上走了一段，再也不能前進了，路上的屍體疊得老高，有的還不停地蜷曲、抽搐著肢體；地上已污穢不堪，到處都凝結著一片一片的血漿；硝煙氣、血腥氣、汗臭氣和屎尿氣混成了一種戰場廝殺後令人窒息的氣息，這種氣息像魔鬼的雙手，撕裂著春光。

王有齡回到了撫台衙門，飯也不想吃，只是背著雙手，蹙著雙眉在大堂上來回走動著。檢校官王郁清瞅著王有齡的這副愁容，試探著問道：

「大人，這市井的陳跡……請您吩咐……。」

「嗯，」王有齡轉過身來，深深吁了口氣。

「我看這市井的賑撫工作，非胡光墉莫屬啊！」

王郁清唯唯點頭說：

「大人講的極是，我這就去請胡大先生來。」

□

這胡光墉乃是王有齡的至交，他有十幾家錢莊和當舖散佈在全國十幾個省市，早年王有齡在杭州仁和縣任知府的時候便結識了這位富紳，如今他能連年陞任，均與這位活財神的鼎力相助有關係，而胡光墉的錢莊業能有今日之興隆，也全仰仗於各級官府的支持。五年前王有齡任杭州知府時，與胡光墉對酒當歌的一個夏夜，王有齡忽然心血來潮，說道：

「光墉啊，你應該有個號，像個文士一樣，才符合你的身份哪……。」

胡光墉啃了一口雞腿說：

「我呀，你還不知道，沒讀幾年書！我的名字已不能改了，這號嘛……就請你知府大人給取嘍。」

「你的號啊，我早就替你想好啦！」

「喔？」胡光墉一眼不眨地盯著王有齡，「請說。」

「雪巖！」

「怎個講法？」

「我的號叫雪軒。軒者高揚，巖者高峻，我們同時生長在一個氣候之下，這一軒一巖豈不是兩個兄弟？」

胡光墉聽得入了神兒，他舉起酒杯笑著喊道：

「來，府台大哥，小弟敬你一杯。」說罷咕咚一下喝了個滿杯。

從此，胡雪巖的名字漸漸地叫「響」了。並在王有齡的保荐下，胡雪巖先後花了五萬兩白銀捐了個候補道員。而胡雪巖創辦的「阜康錢莊」有了官府作後台，一下子變成官方支持並具壟斷地位的錢業大亨。

□

這天，正當王有齡愁思百結之時，胡雪巖來了。檢校官王郁清急忙到了堂前，

「大人，胡大先生來了！」

王有齡先是一怔：

「誰？」

「胡雪巖。」

王有齡驚喜地喊道：

「快請！」

此時，胡雪巖已經來到了廳上。

「怎麼？」

王有齡蹙著眉毛指了指胡雪巖胳膊上的紗布吊帶：

「這，這是怎麼啦？」

「被長毛砍了一刀！」

「快坐，」王有齡一揚手：

「上茶！」

繼而關切地問道：

「傷勢怎麼樣？」

「沒事兒，」胡雪巖大大咧咧地說，

「腦袋沒掉算撿了個便宜。」

「唉！」王有齡說，

「我正要找你呀……。」

「我這不來了嗎。」

胡雪巖把陳屍街頭的景象說了一遍，最後表示：

「不論清軍官兵和長毛軍，包括百姓在內，認領的盡快掩埋，沒主的我來處理。」

「國庫還有多少錢？」王有齡問。

「羅撫台放在阜康的還有二十五萬兩。」

「夠嗎？」

「放心，」胡雪巖異常慷慨地說，「這次賑撫和掩埋屍體的數目雖然不少，但是，為雪軒仁兄做事，我阜康在所不惜。」

王有齡一抱拳：

「有勞賢弟了……！」

□

翌日，胡雪巖拖著負傷的胳膊，徒步走到佑聖觀內。戰前此處為「籌防局」，昨夜王有齡令人特製了新牌一塊，名曰「賑撫局」。胡雪巖命人找來了保甲、稽查、棺材鋪老闆和城裏的搬運頭目，詳細部署了掩埋屍骸的方向、辦法和糧餉酬勞分配等問題，最後問道：

「這樣做……有啥個意見？」

「胡大先生，」老搬運吳老二大聲喊著：

「我們信得過您！再說……誰不想積點陰德？我看哪還是早點動手吧！」

「對呀！」保甲們異口同聲地說：

「有您下令沒有不相信的！」

「好！」胡雪巖說。

「今天，各削竹簽二萬枝，交我們戚先生染色。埋葬一具屍體，發一枝竹簽，憑簽領餉！棺材舖報出實賬，工本照付！」

這一號召，全城動員，貧苦人家誰不想多掙幾個簽？然而最難辦的則是棺材的供應，幾家老闆一商量，乾脆來個採運、鋸板、成棺等工作均在積屍成堆的地方現場作業，大凡懂點木工手藝者都來了，整個杭城變成一座棺材廠。

老實說，胡雪巖的這一招兒真靈。靈就靈在他已取得了衆人的信任；靈就靈在他說的話句句能兌現。因而，不到十天的功夫，杭州的主要街道已見不到一具屍骸了，剩下的工作便是三河一湖的打撈了。

全部掩埋完畢，用去了八萬兩紋銀。

巡撫王有齡一面奏請朝廷撥款，一面向全省富戶勸捐，並仿效羅遵殿的設局抽釐辦法，以彌補國庫的空虛。可是，太后老佛爺只顧四處賠款，哪兒來的財力撥給浙江？只得下詔飭令江南各省支援浙江，然各省總督與巡撫均在籌集糧餉，擬以足夠的力量應戰太平軍，能支援者亦屬寥寥無幾。儘管如此，浙江也收到各地援餉五十餘萬兩。

一天上午，胡雪巖來到撫台衙門，向王有齡詳細稟報了撫卹等各項開支情況，王有齡聽了甚覺滿意，笑了笑說：

「雪巖，我已將戰後的奏摺送上了朝廷。」

「哦，朝廷有沒有下詔。」

王有齡沈吟著說：

「朝廷……現在正在對付英法聯軍，舟山已被他們佔領了，眼看就要北犯大連。目前的情勢，杭州算是最太平啦。」

胡雪巖皺了皺眉毛，沒出聲。

「現在大局已定。」

王有齡接著說：

「唯糧台一項……我想還是請你出任。因為在你的阜康錢莊裏尚有省庫的單獨賬目，全省的軍用糧餉你也瞭如指掌；再說，上海、寧波的糧源你也十分清楚；我嘛……有你這個錢莊做後盾，也就放心了……。」

「你……」胡雪巖逗趣地說：

「不怕我用你的錢做生意？」

「哈哈……」王有齡大笑了一陣，

「請便，但是我相信，胡大先生吃肉，總少不了我一口湯吧？」

胡雪巖會心地一笑，把頭靠過來悄聲說道：

「想當年你當知縣的時候……」

王有齡拍了一下胡雪巖的肩頭，笑著說，

「行啊！就這麼辦！」

回頭喊道：

「來人哪！」

王郁清急忙進來：

「大人……？」

「備飯，」王有齡說，「我今天和胡大先生喝兩杯！」

「是。」王郁清應了一聲。

「還有，」王有齡一擺手，「下午起個草，下檄各縣，凡解糧餉者，必由省庫胡雪巖審核匯兌，否則不納！明天就發到各縣。」

「是！」王郁清退出大堂立刻到了厨房。

這天，王有齡將五十多萬兩銀票交給了胡雪巖，加上原來的公款，阜康錢莊已掌握省庫的六十餘萬兩銀子。

□

自太平軍退出杭州以後，王有齡對形勢的判斷有點頭腦發熱，加上當了現成浙江巡撫，似有躊躇滿志的樣子。然而胡雪巖的眼光比王有齡更高出一籌。這天他吃罷午飯，回到了阜康錢莊，將大管事戚翰文叫到了他的辦事房，把省庫的帳目交待了一番之後，問道：

「戚先生，我想問一聲你對時局的看法……？」

戚翰文被這一突如其來的問題，一下子悶住了：

「您……？我還沒明白您的意思。」

胡雪巖對這位跟隨自己十多年而且十分可靠的總管透露了自己的一份心思：

「現在巡撫大人對眼下的形勢估計不足，所以我想聽聽你的看法……。」

戚先生嘿嘿的憨笑了兩聲：

「我看……太平軍來勢洶洶，走得又那麼匆忙，這總不是個好兆頭。根據以往的軍事兵法，叫做欲進則退呀。」

胡雪巖一拍大腿：

「嗨！英雄所見略同！您想，這太平軍一時的轉移，正是為了集中兵力捲土重來。難道我阜康錢莊坐等長毛來搶？」

戚翰文頓然明瞭了胡雪巖的用意：

「那麼大先生的想法是……？」

「轉移！」胡雪巖不假思索地說。

「轉到什麼地方？」

「上海。把杭州的資金全部轉到上海的阜康號裏，加大上海的出入，杭州的流通，暫時動用糧台的存款。」

「好極了，好極了！」

戚先生連連點頭，

「還是大先生看得遠。」

當夜，阜康錢莊打烊之後，胡雪巖請全體職員和學徒共進晚餐，並從甬江飯館叫了幾個拿手好菜。胡雪巖端起酒杯說道：

「各位，太平軍攻進杭州之後，多虧大家巧妙地保護了阜康的資金，我胡某表示感謝。來！我敬大家一杯。」繼而說道：

「如今，太平軍已經離開了杭州，可是長江流域遍地都有他們的駐軍，誰也不能保證他們不會再來搶掠杭州，為了阜康的安全，為了大家的飯碗，我已決定，將杭州的阜康銀庫盡快轉移到上海，雖然杭州縮小了資金流通，但上海卻加大了。不過請放心，杭州的阜康照常營業，資金的出入，仍由戚翰文先生總管。」

其實，不說大家也很明白。誰不知道，胡大先生乃撫台衙門的簽約房上賓，即使轉移的消息被走漏，也沒人敢動他一根汗毛。

□

胡大先生的脾氣也是人盡皆知的，凡是他的決定絕不能拖延，時間就是金錢。第二天，戚先生便僱工製作木箱，將所有的銀兩和莊票裝滿了幾十個箱子。

這天，戚先生叫司庫邊先生守住庫房，自己到碼頭租了一艘貨船。而胡雪巖則大搖大擺地走進了提督府。老遠便有人喊道：

「哎呀，胡大先生。」

胡雪巖一眼望過去，正是總兵張玉良：

「總兵大人。」

「嗨，什麼大人小人的，我是個粗人，只會打仗。打仗嘛，還要靠你們這些富紳的支持啊。快，請屋裏坐。」

「不啦，」胡雪巖客氣著說，

「今天我來……可不是幫你的，是讓你幫我的！」

張玉良一拍胸脯，

「有事請說。」

「是這樣，」胡雪巖笑著說，

「我有批貨要運到上海，恐怕路上不那麼太平……」

話還沒說完，張玉良已猜出了八九分，

「要兵護航，對吧？」

「是啊。」

「撫台大人早跟我說了，不過……有好的外國槍，買點回來。」

「行啊。」胡雪巖補充說道。

「不過這次不是我押船，望總兵稍等些日子，當我胡某去上海的時候一定辦到。」

「好。」張玉良說著便與校尉挑選了十名精兵隨胡雪巖走出了提督營。

胡雪巖把清兵帶到船埠碼頭時倒把戚先生嚇了一跳：

「您……？」

胡雪巖急忙笑道：

「總兵大人照顧我們生意人，特別派了十名弟兄為我們押船。記住，把弟兄們照顧好。」

「好一個胡大先生，」戚翰文心想：

「虧你想得出來。」

於是對士兵們說：

「各位先上船，我去備點酒菜，咱們路上也好落胃落胃啊。」

說罷跳下船去，不一會兒買回來一批燒雞和花雕老酒，對胡雪巖一抱拳，說了聲「保重」便揚帆而去。

□

胡雪巖返回阜康錢莊，聽說王有齡有請，於是乘上馬車直奔撫台衙門，下了車徑行到巡撫堂上。王有齡見了胡雪巖，笑道：

「你來得正好。」

「不知大人召我來，有何吩咐？」

「哎呀，胡大先生，你我是老哥兒們啦，什麼吩咐不吩咐的，今日個我請你來……」

突然壓低了嗓門兒說，

「是請你喝酒……。」

胡雪巖瞅著王有齡那興奮的樣子，本來就不算大的眼睛笑成了一條縫，那胖敦敦的面孔都漲紅了，於是笑著問道：

「老兄像是有點喜事吧？」

王有齡神祕地一笑：

「我小太太的生日……。」

胡雪巖一聽，立刻翻開了腦海裏陳帳，禁不住「嗯？」了一聲，

「不對吧……？」你大太太是三月初四，二太太臘月十三，三太太是正月初五，四太太……八月初四，怎麼……？」

王有齡低聲笑道：

「我說的是小五……！」

「喔……，」胡雪巖臉上的肌肉立刻鬆弛下來，

「祝賀、祝賀，這杯酒我一定要喝！」

「走，」王有齡拉著胡雪巖走出廳堂，穿過月亮門，來到後花園。此時正值四月，牡丹花挺著腰桿，傲然屹立，碩大而艷麗的花朵，頗具壓倒群芳獨佔國色天香的丰彩。他們走在青磚舖築的小路上，領略著初夏的庭園風光，通過一條甬道，轉彎進了一間大

廳，王有齡對內喊道：

「小五啊……來見見胡大先生。」

小五忽地閃現在門邊，垂著頭不好意思出來。

「來呀！」王有齡笑著說，

「還害臊呢……。」

小五紅著臉，咬著下嘴唇，忸怩地走了出來，朝胡雪巖作了個揖，口稱：

「胡大先生。」

胡雪巖細心打量，心中暗自佩服和羨慕，禁不住喊了出來：

「哎呀，我的撫台大人，娶了一位天仙哪！」

「老弟過獎啦……」

王有齡一邊寒喧著，一邊瞟著這位新太太，心裏像抹了一層蜜糖，感到甜絲絲兒的，

「小五啊，今日個陪胡大先生喝兩杯，嗯……？」

小五揚起秀臉，說：

「我去通知廚房上菜好嗎？」

王有齡一揮手：「好。」

不一會兒，廚師擺起餐桌，上了滿滿一桌菜，小五端起酒壺，一杯一杯地斟滿酒。

「大太太呢？」

胡雪巖雖然問王有齡，但那覬覦的眼神兒一直沒離開小五那俊俏的小臉。

「胡老弟，」王有齡說，

「今天是小五的生日，隔壁還有一桌，你放心……。」

「胡大先生……」小五站著說：

「我敬您一杯……。」

「慢著。」

胡雪巖脫下臂上的紗布吊帶，從左手無名指上摘下足能令人眼熱目眩的寶石戒指。

「今天是五姨太太的生日，不成敬意。」

「哎呀！」王有齡接過這只嵌著「祖母綠」的寶石戒指，

「胡兄弟，太讓你破費啦……！」

說著便拉起小五的雪白手掌，給她戴上了。

小五望著這只碩大的綠寶石心早已醉了，看了半晌才想起：

「謝謝胡大先生。」

「謝啥呀……」

胡雪巖盯著小五說：

「第一次見面，留個紀念吧！」

酒過三巡，王有齡有點醉意了，他摟著小五問道：

「胡兄弟，說實話……我們小五怎麼樣？」

「哈哈……」

胡雪巖爽朗地笑了一陣，咕咚一聲喝下了杯紹興花雕，

「王大人……艷福……都讓你貪上啦！」

「老兄弟，別……別急，」

王有齡把筷子伸到空中晃了兩下，

「我們小五有個妹子，叫九姑娘，嘖！美得像一朵桃花。這事兒，叫我們小五去辦。」

胡雪巖笑得嘴巴半晌沒合攏。心想，這小五只不過十八九歲，她還有個妹子？……

還像一朵桃花……。不過，他相信王有齡的眼力，而且倆人的審美情趣是一致的。於是故意自謙地說：

「王大哥真有意思，我都三十八啦！」

「那怕啥，」小五接上話兒說，「胡大先生這麼威風，我那妹子還怕高攀不上呢！」

「嘿嘿……好啊，」

胡雪巖放下筷子一抱拳，

「那就仰仗五太太這條紅線嘍……。」

這頓飯一直吃到雞鳴時分，王有齡遣人用自己的轎子把胡雪巖送回胡府。

第二章

一八三六年（道光十六年）冬

一場百年不遇的大雪覆蓋了杭州城廓，西北風颳了一整天，彷彿與窮人過不去似的，把雪花捲在半空中，然後往行人的臉上撲打過來。地上的積雪足足有半尺厚，遠望群山已是白皚皚一片，漫天飛舞的雪花，濛濛的霧靄，把杭城吞沒在一片昏天暗地之中。

古老的街面，陳舊的平房，好像已經承受不了這積雪的重量，尤其糧道山下那間破舊的小矮房，像是老人的背脊，彎斜得似乎即將倒塌；窗櫺早已破損，雖然用廢報紙糊了厚厚幾層，但風一吹仍呼啦呼啦地亂響。

這間小屋住著孤兒寡母二人，母親姓金，父親胡藍田早亡，膝下只有一子，取名光墉，意在高牆閃光，增光耀祖。然而十四歲了還沒找到一點生計，全靠母親替人洗洗補補地過日子。

這天，老街坊劉大爺踏著厚厚的積雪來到小屋跟前：

「胡大嫂……，光墉……。」

「噯……」金氏急忙拉開小木門，笑道：

「是劉大爺，快進屋來。」

劉老頭拍了拍肩上的積雪，跺了跺腳，進屋便問：

「光墉呢？」

「到山後砍柴去了。」金氏說，「您找他？」

「你忘啦……？」劉老頭說：

「你不是託我給光墉找個地方當學徒去嗎？」

金氏眼睛一亮：「是啊！」

「現在有了眉目啦！」劉老頭拉過一條破櫈子，坐下說：

「你知道羊壩頭那兒有個三元錢莊嗎？」

「知道啊。」金氏說。

「他那有個先生回嘉興啦，正想找個學徒，我那外甥跟老闆說了，還真說成了……。」

「謝謝您了……劉大爺！」金氏一聽，激動得眼淚直流，

「這下可好啦，不然可真沒法活呀！」

「唉！」劉老頭嘆了一聲，

「謀事在人，成事在天，能在錢莊幹下去，這可是你們前世修來的。」

「唉，全靠您記掛著我們哪。」金氏抹了抹淚水問道：

「讓他什麼時候去？」

「過了年就去。」

「噯！……您看，我連開水都沒燒……。」

「不用啦。我看……開春就讓我那外甥帶他去。」

劉老頭說著便站起來，臨走時又補了一句，

「想辦法湊點錢，給孩子做身衣裳，啊？」

「我知道了，劉大爺，您慢走。」

劉老頭走後，胡雪巖的母親可坐不住了；她感到有了指望，但又擔心掌櫃能否看中自己的兒子？會不會因為家裡太窮而拒之門外？忽而又陷入美麗的遐想之中，她彷彿看

到了自己的兒子穿著乾淨的長衫，站在油光的櫃台裏打著算盤……。

「媽，」胡雪巖望著出神的母親叫了一聲，

「您在想啥啦？」

「喔，你回來了？」

母親望著逐漸長大的兒子，把剛才的事一五一十地說了一遍，胡雪巖驚喜道：

「能在錢莊當學徒，那太好啦。」

「只要能學出師，娘就不愁了。」

母親看了看兒子身上的衣服說：

「唉！也該做身衣裳啦……！」

過了正月十五，胡雪巖真的當上了三元錢莊的學徒。俗話說「先來為大」，上頭的大師兄便是介紹人劉老頭的外甥宓文昌，擔保人是米店老闆夏福成。雙方言明，兩年學徒，三年效力，並且立了字據，按了手印；擔保人和介紹人也在「空口無憑，立此為證」的下邊簽上了名字。

老實說，胡雪巖的活兒幹得真不錯，從掃地抹窗倒馬桶，到洗菜洗衣挑水，上至老闆和兩位師娘，下至三個少爺和師兄，伺候得服服貼貼，在老闆眼裏他彷彿是個閒不住，累不倒的人。

于老闆六十多了，身材不高，腦後那條又細又灰的長辮子像根老鼠尾巴；不論春夏秋冬總是那件藍色罩衫，遠看倒像個雜貨店的老伙計。這爿錢莊還是祖上留下的產業，正因為他懂得「創業容易守成難」的祖訓，他處處小心，連件新衣裳都不敢穿，生怕遇上見財起意的覬覦者。因此，他不敢擴大營業，辦事小心謹慎，甚至學徒一天的勞作他都記上幾筆。而今，有了這個小徒弟，他打心眼裏滿意。相反的，大師兄宓文昌倒成了他數落的對象：

「你看人家胡光墉，那是屬牛的，多勤儉！你是屬算盤子兒的——撥撥動動！」

胡雪巖每次聽到老闆數落大師兄、自己的介紹人，心裏頭怪不好意思的。

然而，胡雪巖心中也藏著一個「小算盤」，因他知道錢莊生意要能寫會算，憑自己這點學識，即使滿了師，也當不了「先生」。於是，他橫下心，每到夜裏把鋪蓋往櫃台上一鋪便在小油燈下臨幾篇小楷，讀一讀歷史小說，練幾盤珠算。如此兩年，已對三元錢莊的銀庫出入，能夠說出個子丑寅卯來。

果然，兩年滿師升了「跑街」。這下，胡雪巖猶似鳥入叢林魚入海，可以一展長才，正式與「錢」打交道了。但那長袍卻始終沒換，還是學徒時母親做的那件藏青色的大褂。初穿時又寬又長，現在又窄又短，雖然衣不附體，但那一副臉龐卻十分討人喜歡：白皙的面孔，濃黑的眉毛，雙眼皮下嵌著一對深邃而烏黑的眼睛，薄而勻稱的嘴唇彷彿始終在微笑著，加上那副高眺的身材，乍看之下真像個文人書生。

胡雪巖跑街的戶頭，大都是寒士貧儒之流，時有借債捐官者和補缺後本息償還者。

一天，他帶著帳簿來到清河坊的王有齡家。他自我介紹後，還沒等拿出帳簿，王有齡的臉色刷地變了：

「小兄弟，」王有齡尷尬地說，

「跟掌櫃的說說，再通融些日子，好嗎？」

胡雪巖瞅著王有齡那副窘態，心裏怪同情的，再看他的相貌，也並非奸狡之輩，心想：

單憑這捐納的數字，將來官職絕非平常，何況古人有言：得讓人處且讓人。於是笑道：

「這到期的借款，我和掌櫃的說說，這利息……」

「不，不行，」王有齡苦笑著說：

「我一下子周轉不過來，說老實話，我目前的困境……誰也無法理解。小兄弟，請你無論如何……」

「好吧。」胡雪巖合上帳本，笑了笑說：

「掌櫃的那兒我去說，你要是當了官……可別忘了我。」

「哎呀小兄弟，善有善報啊……！」

王有齡笑得極不自然，簡直比哭還難看。

□

這天，胡雪巖回去就挨了訓。于老闆氣得「咕嚕吐嚕」抽著水煙，胡雪巖立在老闆面前，半晌沒講話，大先生和大師兄見狀都溜到後屋去了。

「你……答應他了？」于老闆又問了一句。

「嗯。」胡雪巖硬著頭皮應了一聲。

「俗話說，水火不留情，債務不讓人，這，你難道不懂？另外，你一個伙計怎麼能作這個主？如果都像你這樣，我祖先在地下也會嚎啕大哭的！」

「老東家，」胡雪巖囁嚅著說：

「我是替咱們三元錢莊著想。他的擔保人已經仙逝了，如果再迫使他還出本息，萬一他有個三長兩短的，這筆債可就危險了。」

「什麼危險？」于老闆猛地站起來：

「父債子還！」

「他沒兒子！」胡雪巖好像抓住了戰機，

「他家裏已經一無所有，連妻子都回娘家了！如果再去……他會告訴你，只有一條繩子啦……。」

于老闆看了看窗外，暮色已經降臨，嘆了一聲，無可奈何地說：「既然這樣，以後要多長個心眼兒！記住，每一筆本息，處理不當就會毀了你的前程！」

說罷，悶悶走出錢莊，回家去了。

胡雪巖見老闆走了，心裏也覺得窩囊。是的，他對失意者抱有同情，然而他也下意識地抱有幻想。他接觸的人，不是借貸捐官者，便是捐了官還債者，做為一個跑街，在這些人中廣種善根，多認識些捐官的未來「大人」，對自己不是沒有好處，哪怕是落魄失意者，對個人也毫無損失。他彷彿是個登山運動員，在人生的起跑線上，望著要達到的目標，懷抱著自己的潛在意識和攀高的理想。

一八四三年（道光二十三年）春

蘇堤兩旁的草坪像兩條綠茵茵的地毯，桃花吐艷，垂柳成蔭，十九歲的胡雪巖，像春天的野草，自然地萌生和長育著。

清明的那天，老闆到古蕩上墳。大先生因母親病危請了假，大師兄宓文昌外出收帳去了，錢莊裏只有胡雪巖挑起了全副擔子。

錢莊不像百貨店那樣人來人往擠擠攘攘的，別說鄉下來的香客不敢進來逛逛，就連城裏人一輩子沒進過錢莊的也大有人在。也許「清明時節雨紛紛」的緣故，半天沒有人光顧這爿錢莊。胡雪巖索性拿過算盤打起了小六九……。

「喂，小先生……。」

胡雪巖一抬頭，見是一個清軍校尉模樣的人，年紀不過三十上下，寬臉盤，隆鼻梁，身形魁偉。胡雪巖急忙站起來，走到櫃台邊問道：

「有啥事體？」

「我是綠旗軍駐杭的先鋒副將，」說著拿出了一紙憑證，「因為糧餉一時周轉困難，想請你們幫個忙……。」

「需要多少?」

「兩千兩。」

「啊……」胡雪巖望著這位被雨水淋濕了軍服的副將，蹙起雙眉，思索了半晌，最後說道：「過幾天不行嗎?」

「小先生，」副將說：

「軍隊出發時就沒吃飯，既然到了杭州，再不吃飯……我的罪可就大了。」

胡雪巖的心情亂了。他想：

軍隊不能一天不吃飯，辦錢莊的目的就是放債，但是如果借出去，又如何向掌櫃的交待?

然而他又想：

既然留我一人在此經營，我就是作主放債也不為過呀!

「好吧!」他咬了咬牙說，「寫個借據!」

「帶來了。」副將說著便遞上一張《借據》，

「利息我不知道，請你填上吧。」

胡雪巖一看借據，經辦人叫張彪，下方還蓋了一個大圖章。於是他在月息上填了一個「五」字，每月付息「一百兩」，六個月本息付清。

誰料，紋銀剛取走，于老闆回來了。胡雪巖立刻把清軍借債的生意稟報了一番。老實說，此時的胡雪巖心裏真有點發毛，料想老闆要大發脾氣的。

果然，老闆火了。他瞇著雙眼問道：

「誰讓你自作主張的？」

聲音不響但語氣很沈重。

「這……這也是生意嘛……。」

「生意？」老闆一拍桌子，連墨盒都跳得挪了位，「這是軍隊……有撫台衙門和藩台管！你管得著嗎？嗯？……再說，南北大營到處流動，我這兩千兩到哪兒要去！」

于老闆氣得連鬍子也顫抖了，他在屋裏來回走了幾趟，一扭頭：

「好了，我不想再跟你動口舌了，這兩千兩銀子算我前世欠你的。好吧，等大先生回來，給你算了算，從明天起你就別來了。」

這一番話，猶如五雷轟頂，把胡雪巖震得喘不過氣來。他絕沒想到會受到如此的打擊。解雇，意味著丟了飯碗，好不容易才熬出頭，回家如何向母親交待？他一下子感到委屈、難堪、茫然、痛苦，簡直說不出是什麼味道。但他清清楚楚知道——被解雇了。他也不想等大先生回來給點遣散費，只是淡淡地向老闆說道：

「謝謝掌櫃的對我四五年的栽培，那……我走了。」

說完，從櫃台下拿出自己的行李，把幾本書往裏面一捲，黯然地離開了三元錢莊。

□

胡雪巖被解雇，店裏同仁都吃了一驚。

胡雪巖回到家，母親嚇了一跳。

「媽……」胡雪巖第一次落了淚，

「我沒錯……您放心，即使我被開除了，我也不會讓您吃苦。因為我……不是小孩子了，我有的是力氣……。」

「別哭，孩子，」金氏抹了抹眼淚：

「媽知道你是好孩子。放心，媽不會怪你……。」

第二天，胡雪巖脫下那件又瘦又短的長袍，找了件破衣服穿上，長辮也沒梳便離開了家。

「到哪兒去？」母親追出來問。

胡雪巖一回頭：「尋生活去！」

說罷一溜煙地走遠了。

錢塘江碼頭，停泊著一艘艘大木船，遠看像一排大魚整齊地橫臥在岸邊。碼頭的石階下，橫列著兩艘貨船，船主們吆喝著，提貨和運貨的先生們拎著算盤不時地和船主們爭吵著。遠遠望去，這碼頭就像海蟹的那只大鉗子，一批搬運工人就在這只張開的大鉗子裏上下移動。

胡雪巖登登地下了埠頭，兩眼一下子盯上了那艘運磚的大貨船。他像個有經驗的碼頭苦力，徑直走到發簽的先生面前，問了聲：

「怎麼個挑法？」

「挑一百一個簽。」

乖乖，從挑到卸，要爬上四十八級石階，最後還要堆疊在路旁。胡雪巖估算了一下，挑一天可以賺五角左右的輔幣，雖然不多，但總比閒著強啊！於是他挽起褲管參加了苦力的行列，不到一個月他便改了樣子，彷彿變了一個人，面龐黝黑，那雙深邃而發光的眼神兒不見了；本來又破又小的衣裳被扁擔磨得補了又補，任誰看到都會認為他是街邊的叫化子。

□

一天，清軍副將張彪來到了三元錢莊，于老闆先是一楞，繼而堆下笑臉問道：

「您……？」

張彪爽朗地說：「還債！」

還債？于老闆稍一思索，頓然想起，這可能就是胡光墉借出去的那兩千兩，於是問道：

「您……大概就是張彪副將吧?」

「對!」

此時已有兩名兵勇把兩千一百兩紋銀抬到了櫃上。于老闆急忙翻出《借據》還給了張彪,順手拿起一塊紋銀,看了看成色,笑說:

「您的糧餉解決了?」

「咳!原來借錢的時候,部隊是在行軍,現在駐營在留下,有糧台供給,糧餉當然就不愁了……」

張彪說到這裏,驀地想起借他債的人來,

「你們那位小錢倌呢?」

于老闆怔了一下,信口答道:

「他……病啦。」

張彪不以為然地離開了錢莊。先是打發兩個士兵回營,自己走去碼頭接糧船,不料糧船未到,只有幾個碼頭苦力蹲在牆角聊天,他隨便瞥了一眼,驀地發現一張熟悉的面孔。

天下的事情就是那麼湊巧，正當張彪盯著這張熟悉面孔時，胡雪巖的目光也正好與他交接，張彪走上去，驚奇地問道：

「你……？」

胡雪巖立刻從牆邊站起來，尷尬地笑道：

「張副將……。」

「你不是病了嗎？」

「病？」胡雪巖感到丈二和尚摸不著頭腦，又怕對方看錯人，急忙答道，「我沒病啊！」

「你不是三元錢莊的小錢倌嗎？」

「是啊……」胡雪巖吞吞吐吐地說，「我……被解雇了……。」

「為什麼？」張彪把眉一擰，粗聲問道。

胡雪巖透了口氣，望著張彪說：

「就是為了您借的那筆銀子……。」

張彪的腦海裏立刻浮現起于老闆那茫然不安的神態。而眼前的小錢倌又是那麼潦倒：

原本白皙的面孔不見了，一身肌肉從襤褸不堪的衣服中裸露出來，飛花的破鞋沒穿襪子，那條又粗又黑的長辮子變得像條草繩，蓬亂而焦黃。

「啊……是這樣。」張彪喃喃地說，「你為了接濟綠軍而被解雇，天下還有這樣的道理？」

他一把拉住胡雪巖的胳膊，「走！咱們到營裏談去。」

二人雇了一輛馬車，來到留下綠軍大營。二人坐定，張彪歎道：

「小兄弟，都是我把你害苦了！」

「嗐！提這幹啥。我把錢借給別的營官，也會把我趕出來的！」

此時，侍衛官獻上茶來。張彪命道：

「到街上買點菜回來，今天我請客。另外……」指著胡雪巖說，「根據這位先生的身量，到成衣局買一套夏裝來。記住，料子要好。」

侍衛官答應而去……。

這天，胡雪巖在大營裏洗了澡，穿上絲綢長袴，罩上一件夏布長衫，換上了一雙粉底黑色布鞋，儼然又是一個眉清目秀的「先生」，連他自己也有煥然一新的感覺。晚飯美食佳餚，胡雪巖飽飽地吃了一頓，末了，張彪深情地說：

「光墉啊，我看你人品不俗，定能幹出一番事業，加上你仗義助軍，榮辱不驚，我深感欽佩。鑒於你目前的處境，我理應助你成業……。」

胡雪巖聽到這裏，禁不住眼睛瞪得老圓。

「我可以坦率地告訴你，」張彪接著說，

「我這裏有十萬兩白銀，是從賊人手中得到的，軍中別人不知，你也不必告人。這十萬兩交給你，去開個錢舖，只要精心經營，就不至於再如此落魄了……。」

胡雪巖懵了。他懷疑自己的耳朵是否失靈，楞楞地張了張嘴，沒說出一句話來：他又懷疑張彪是酒後胡言。心想：

給我十萬做資本，天下哪有這樣的美事？

「其實，」張彪又說，

「當軍人的……生死難卜。這十萬兩交給你，我就放心了。」

胡雪巖覺得張彪的語言誠摯而鄭重，於是笑道：

「您既然如此相信小弟，我向您立下軍令狀，我如果辦不好……」

「別、別，」張彪急忙搖搖手說：

「小弟，如果我不相信你，就是不相信我自己呀……。」

當夜，二人談了一些銀兩交接的具體事宜，而後胡雪巖乘了大營的馬車回到了家裏。

□

誰料，胡雪巖剛踏進自家低矮的小屋，驀地發現三元錢莊的于老闆。說實在的，包括母親在內三人都各吃了一驚：母親見兒子的服裝突變，吃了一驚；雪巖見老闆半夜登門，吃了一驚；于老闆見雪巖像是高陞也吃了一驚。此時，于老闆先站起來，笑著說：

「光墉，回來啦……。」

「啊……」胡雪巖笑了笑說，「老闆來了。」

「嗨，」金氏插話說，

「人家于老闆等了你有些功夫啦！」

說話間，兩眼不住地盯著這身新衣裳。

「哦，」胡雪巖狐疑地望著老東家，

「您快坐下，您……有事找我嗎？」

「唉！」于老闆苦笑道：

「人哪！一老就糊塗，原來我都錯怪了你。我今朝是特地來向你賠不是的……。」

「不——」胡雪巖說，

「伙計做錯了事情，是應該辭掉的。」

「你聽我說，」于老闆迫不及待地搶著說，

「你呀，也別生我的氣啦，明天就回錢莊去，啊？」

「不……。」胡雪巖笑著搖搖頭。

「瞧你這孩子，」母親嗔道，

「人家于老闆等你大半夜，你還拿什麼腔調啊……？」

「不，娘……」胡雪巖心中已經有了十萬兩的底數，故對母親的話並不介意，只不過不便講明罷了，因而說道：

「我已經有了差事……。于老闆，您的好意我心領了！」

「哎，我說光墉啊，」于老闆心急地說，

「過去的事兒……你還放在心上啊？」

胡雪巖見老闆這麼懇切，心中突然升起個問號。不是嗎？叫一個小伙計回店工作，何必親自上門，而且又如此遷就？

「老闆，」胡雪巖堆下笑臉，「您如果有什麼需要我做的事，就儘管吩咐……。」

于老闆的面色變了，顯得極不自然，他嘆了一聲說：

「事到如今，我就跟你直說了吧。那位王有齡先生已經做了浙江鹽大使啦！」

胡雪巖一聽，興奮極了！但他沒露聲色。于老闆接著說：

「不知他從哪得到的消息，說你被我趕出去了。最近幾天他接二連三的找我要人，而且一定要我把你請回去，你如果不回去，他的債……可就難討了。小兄弟，回去吧，你錢不夠可以櫃上拿……。」

胡雪巖笑了，于老闆傻了，母親糊塗了。

「老東家，」胡雪巖收斂了笑容，親切地說，

「您收我做學徒，已經是恩重如山了，您的難處我不能袖手旁觀。債，是我同意讓他拖欠的，那就由我叫他還出來。至於您為啥把我趕走，我向他說明就是了。」

「喔……」于老闆的神色頓時鬆弛了下來，剛才還是滿臉愁雲，這時好像露出了陽光。

「這樣就多請你費心嘍……。」

「放心，」胡雪巖說，「我明天就去。」

于老闆悻悻離開這間小矮房，胡雪巖攙扶著老人，在漆黑的小路上一直把他送到家。

□

夜，靜靜的，胡雪巖的心卻不停地翻騰著，他抬頭望了望夜空，彷彿每顆星斗都在擠弄著調皮的眼睛向他祝賀。是的，他將擁有十萬兩的資本，也將擁有糧台總辦作靠山。張彪、王有齡，像是兩顆「吉星」照在他的頭上。他，激動得一夜沒闔眼。

晨曦，窗外微微現出魚肚白，胡雪巖一骨碌從小木床上爬起來，推開小窗探頭張望了一下，一股野草的清香伴著清晨的涼意鑽進了這間小屋。

「光墉，再睡會吧，」母親說，「昨夜睡的太遲了。」

「娘，我睡不著啊。」說著又回到了床上。

「咳，不睡覺怎麼行。睡覺可是不花錢的補藥啊……。」

其實，母親也沒睡著。昨夜胡雪巖送走了于老闆之後，把一天的事兒原原本本地向母親說了。即使不說，母親也覺察到兒子的興奮情緒，因而她一夜都沒敢翻身，生怕吵醒了兒子。

「娘，」胡雪巖乾脆披衣離了床，「我今天要早點出去。」

沒等母親說話他便漱洗起來。母親只得起來，在門邊劈了點木柴，把昨夜的剩飯煮了煮，又把那碗又老又黃的炒豌豆端出來，往矮桌上一放，說：

「吃點泡飯再走。」

「喔。」胡雪巖拿起筷子胡亂地吃了一點，站起來穿上那件新長袍，一溜煙兒地走了。

清河坊與糧道山很近，當他走到王有齡家門外時太陽才剛露臉。他在門上輕敲了幾下，沒人應聲，覺得自己來得太早了，再看看周圍，似乎還沒有多少人走動，於是他慢慢地走到了鼓樓，漫不經心地繞了一圈，然後又回到原處，側耳聽聽，感到有了動靜，這才又敲了幾下門。

「誰呀？」這是王有齡的聲音。

「我呀，胡光墉。」

門「呀」地開了。王有齡笑容滿面地把胡雪巖請到屋裏。

「王先生，」胡雪巖又抱拳又作揖地說，「我是特來向您賀禧的！」

「哈哈……」王有齡神彩奕奕地笑道，「小兄弟，我忘不了你呀。那天，我聽說你被三元趕出去了，氣得我非向他要人不可！」

「他來過了，叫我回去。」胡雪巖說。

「哈哈……，他是怕我不還錢。快坐。」

胡雪巖剛坐下，佣人便獻上了釅茶。

「你……」王有齡笑著問道，

「也有喜呀，知道了嗎？」

胡雪巖一怔，心想：

莫非這十萬兩的資本他知道？

於是反問了一句：

「您說的是什麼喜事？」

「嗨，張彪沒找到你？」

「是偶然碰到的，我們談了很久。」

「跟你說清楚吧！」王有齡說，

「我和張彪是同鄉，都是福建人。他得了一筆秘而不宣的外財，這筆錢要放在哪兒，他找我商量過，然而最有意思的是，我倆不約而同的都提起你。」

「謝謝您了，王先生，不，王大人。」

「嗨，我和你都是吉人自有天相，上蒼有眼。今後你是錢舖的小老闆，我嘛，作我的鹽大使。我們本是兄弟，何必大人小人的？將來，你的錢舖發達了，我還請你幫忙呢……。」

「那……我一定為王……王大哥效力。」

胡雪巖激動得直結巴。

「這十萬兩……運來了嗎？」王有齡問。

「我今天就把它運到我家裏。街坊都知道我家又窮又小，很安全的。」

胡雪巖想了想，接著說道：

「但是我……您是知道的，沒讀什麼書，這店名……還是請您給取個吧！」

王有齡笑了，想了想說：

「古人云：物阜民豐，康莊通達。在這兩句中各取一字，聯起來叫阜康，怎麼樣？」

□

沒幾天功夫，阜康錢莊在清和坊大街開市了。胡雪巖搖身一變，成了錢莊的大老闆。

開業那天，王有齡親自上門祝賀，王有齡以下大小官員，還有張彪以下清軍校尉們，把店堂擠得水洩不通，杭城一下子轟動起來：

「這阜康有來頭的，底子厚，財源不得了！」

「有錢存到阜康，這是官辦的！」

「阜康可靠，連縣太爺都送禮了！」

「借債到阜康，對窮人免息……。」

好傢伙，阜康錢莊一下子門庭若市，三元錢莊卻門可羅雀了。

不過，阜康的興隆全靠胡雪巖，他善於應酬，不論大小客戶，一視同仁。當然，對那些獲得外財的清軍校尉們，都是上門取「貨」。

當時，清廷有個規矩，在官僚中提出了一個「養廉」的口號，凡在錢莊存款者，不得超過兩千兩。誰相信？常言道：三年清知府，十萬雪花銀。做官的見了錢，就像花間的蝴蝶，貪婪地吸個沒完。

一八五五年（咸豐五年）春夏之交

王有齡陞任仁和知縣。他找來胡雪巖，商量道：

「你的錢莊正在仁和縣內，這糧台一職就請你擔任，全縣的縣庫就設在阜康錢莊，你意下如何？」

「好極了。」胡雪巖說：

「銀庫的帳冊可以另立，但是，要給我一個活動餘地。」

「哎呀老弟。」王有齡說：

「需要的時候你能拿得出來，就行了。如果……你放出去……」

「嘿嘿，」胡雪巖笑了笑說，

「放出去的利息……？」

「嗨……！由你支配嘛！」

王有齡忽地壓低嗓門兒說：

「告訴你一個好消息：湘軍的將領手中，有一批高額外財，最近都要存到阜康來。」

「我已經收了一批。」胡雪巖說。

「摺子上怎麼寫？」

「兩千。」

王有齡拍了拍胡雪巖的肩頭：

「做得對，這些紋銀的數字，絕對不能對外公開。」

「這我知道，」胡雪巖說，

「你放心，阜康的信譽，不只在小客戶身上，重要的是使軍政要員放心！」

❖ 第三章 ❖

阜康錢莊熱熱鬧鬧地開張了。

門簷上高懸著的兩串大紅鞭炮直垂到地，吉時一到，炮聲齊鳴，震耳欲聾。憑著胡雪巖和縣太爺王大人的交情，官府大小官員，誰敢不來捧場道賀？當日，只見冠蓋雲集、清軍保駕，存戶絡繹不絕，連晚上也不打烊。店內燈火通明，門外兩盞風燈更是照得人臉上發紅。

杭州阜康錢莊的排場，隨著口耳相傳，像陣風似的吹到了上海灘，連外國銀行都曉得「胡大先生」這號人物。霎時間，胡雪巖成了金融界最富傳奇性的話題。

胡雪巖的老東家于老闆眼見自己店裏的大戶紛紛上門討回本息，一轉彎便把銀子遞給了阜康，這口氣怎麼也嚥不下去，於是強作鎮定地走了一趟阜康，禮貌性的表示祝賀。誰知這一去，他親眼看到兩個勤快的小學徒，把絡繹不絕的客人請到長條桌前，又是招呼、又是沏茶，連好奇的路人進來隨便逛逛也可以享受到一碗清茶。這還不算，因時值盛暑，房角還有小學徒拉著吊繩，擺動天花板上那扇門板大小般的紙扇，陣陣微風吹來，使人暑氣全消。

雖然胡雪巖對待來訪的老東家又恭敬又客氣，一如以往，但于老闆想到自己那間暗沈沈、熱悶悶的店鋪，不由得深深歎了口氣，這次可是輸得心服口服啊！走出阜康時，于老闆已經心裏有數。

一個星期後，三元錢莊結束了營業。

□

盛夏的夜晚，清河坊的路邊坐滿了乘涼的人們，曝曬了一天的馬路，不時散發出陣陣熱氣；大人們一聲不響地忍受著這酷暑的考驗，只有幾個小男孩光著屁股嬉戲著。

胡雪巖穿著一身絲織長衫，搖著摺扇閃避開乘涼的人們徑直往仁和里走去。來到這條狹窄的弄堂時，他睜大了眼睛在乘涼的人群中尋找著……

「光墉——」這喊聲來自暗處。

「宓大哥，」胡雪巖興奮地笑了，

「你如果不喊我，我還真看不出是你呢。」

「這……」一個老太太眯起雙眼問道：

「是光墉吧？」

「是我呀，大媽。」胡雪巖把「是」字加強了語氣，

「您也在這乘涼呢……？」

「是啊……」宓大媽說，

「快！到屋裏坐一會兒去。」

說著便站起來，宓文昌連忙拉著胡雪巖來到自己的房裏。

「光墉」，宓文昌歉疚地說，

「原本我要到你櫃上祝賀一番的，可是……我已經失業了……。」

「我知道，」胡雪巖說：

「今天，我就是來請你出山的。……這不單是我們兄弟的情誼，而最重要的是你已經具備了錢莊的工作經驗。」

「哎呀，兄弟！」宓文昌激動地說，「這是真的？」

胡雪巖點點頭：

「是的，請你幫我的忙！」

「唉！」宓大媽說：

「剛才我們還發愁呢。要是再閒待下去，我們兩個人可就要喝西北風啦。」

「說吧！」宓文昌問：

「叫我幫你什麼忙？」

「當總管！」

「啊？」宓文昌楞了半天吞吞吐吐地問：

「你……拿我尋開心吧……？」

胡雪巖微微一笑，鄭重地說：

「你能當櫃上的總管，就是幫了我的忙。你的工作就是讓我能脫出身來。」

宓文昌憨笑笑，問道：

「現在店裏有多少人？」

「懂得錢莊業的只有兩個人，還有兩個打算盤作帳的先生、六個學徒，加上庫房先生共十個人。哦！還有，仁和縣的糧台設在我們錢莊，忙的時候，可以找縣裏要人。」

「學徒太多啦……」宓文昌皺著眉說。

「你聽我說，」胡雪巖胸有成竹地說，

「咱們這錢莊底子很厚。它就像一株樹苗，我們可以分栽、播種、稼接。要把眼光放得遠些，不要等樹苗長大、結了果，再去育苗，懂嗎？」

宓文昌暗暗佩服胡雪巖的眼光。

「還有，你明天到阜康之前，先到大先生戚翰文家裏，把他也請來。」

「好啊！他可是個好總管。」

「不，我另有安排！」

宓大媽在旁將一言一語都聽在耳裏，想到兒子即將當上錢莊的總管了，樂得半天合不攏嘴。

「喲！」她突然想到，

「光聽你們講話，忘了給你們沏茶了。」

宓大媽剛要走開，胡雪巖急忙攔住說：

「大媽，您也幫我辦個事兒。」

「嗨，」宓大媽搧了兩下扇子說：

「什麼幫不幫的，叫我做啥我就做嘍。」

胡雪巖從絲綢上衣口袋裏掏出一張錢票說：

「這是二百兩銀票，交給您，請您幫我給宓師兄娶個媳婦！」

喲！宓大媽心想：

這是自古以來沒有的事啊！

胡雪巖明知大媽感到驚奇，故意說：

「您剛才不是說了嘛，叫您做啥就做嗎？」

說著把宓大媽的手拉過來，把錢票一塞，

「這個事兒就拜託您了！」

說罷，即向外走去，沒幾步又回頭加了一句：

「明天的事兒別忘了！」

「忘不了！」宓文昌朝胡雪巖的背影喊道。

□

第二天，阜康錢莊提早打了烊，胡雪巖把大夥召集起來，宣布了阜康的總管、庫管、大先生、師傅、學徒等之職責範圍、待客態度、獎懲制度，並宣布戚翰文協助自己處理一切事務。

這戚翰文以前乃是三元錢莊的大先生，胡雪巖打學徒起便與他相處，在胡雪巖的眼裏，這位四十來歲的大先生，對銀錢業甚是內行，並有他獨特的經營之道。為人磊磊落落，帳面清清楚楚，關係網路縱縱橫橫，辦事認認真真，待人和和氣氣；然因老闆思想陳舊、故步自封，使他滿腹生意經無處發揮，有志難伸，加上他不善修飾，一身打扮像個菜農，前額的頭髮過早脫落，連辮子都像冬天的柳條，毫無「大先生」的風采，所以作了十幾年的「大先生」，家境仍是近乎寒酸。這次則不然了，他的薪水高居全店首位。

□

一天，胡雪巖吃過早飯，拉著戚翰文到望湖茶樓喝茶，面對濛濛的西湖景色和悠悠的小船：

「老戚，」胡雪巖說，

「你說乘上這艘小船能有幾個去處？」

「湖心亭……，還有三潭印月……。」

「我看，這幾處即使是人間仙境，如果持續待上幾天，也難免有自陷囹圄的感覺吧？」

「此話有理，」戚翰文答道，

「囹圄孤島，恰如飛鳥入籠，再好的美食，也有被困之苦啊。」

「你說，我們阜康能有幾個去處……？」

「哦……」戚翰文摸了摸沒毛的禿頭頂說，

「這話我早就想說了，只是我剛來……」

「做生意，就像個拳術師，不僅要會拳打腳踢，而且還要眼觀四面耳聽八方啊！只要稍一遲疑，就會輸給對方……。」

「這我懂。」戚翰文說，

「關於阜康的未來走向，我認為主要關鍵是信譽，而且應該先在大商埠紮根。你知道，五口通商以來，上海可是重要的港口。」

「對——」胡雪巖說，

「這是首先的去處……。」

「我學徒就在上海。」

「那麼，你先去一趟。第一是了解錢莊業的情況；第二是找地盤，最好是界於華洋之間的地段。還有，在去上海之前，陪我到蕭山、紹興去一趟。」

「幹啥？」

「買田。」

戚翰文還沒弄明白，大學徒田志成來了：

「胡掌櫃，有幾位客人……一定要見您。」

「告訴他們，我就來。」胡雪巖說。

田志成走後，胡雪巖與戚翰文慢悠悠地下了台階。

「你剛才說買田……？」

「對呀，」胡雪巖說：

「一些大戶，特別是腰纏萬貫的清軍將領們，都悄悄將大筆銀兩存在阜康。我們拿一部份買田，當朝廷的軍餉入庫，阜康便租米抵帳，這不是比替軍營買米更有利嗎？」

「回去我盤算一下。」戚翰文說。

「再說，田地永遠不會跌價。只有賺，不會賠。」

二人說著便雇了馬車，一路向阜康而去。

不出所料，確是三位腰纏萬貫的都統和八旗副將來訪，然而使胡雪巖吃驚的是，他們毫不皺眉地各自存入十萬兩白銀。

「小老闆，」八旗副將董阿賴捋著八字鬍說，

「這筆銀子可不能落在明帳上……」

胡雪巖一揚手：

「您放心，明帳一律兩千兩。」

隨手便將戚先生早已開好的「存據」交給了三位大戶。董阿賴一看：

「紋銀拾萬兩，年息五厘，存期十年。」

笑了，彷彿這兩年到處搜刮、搶掠的罪名已一筆勾消，不管刑部吏部派按察使如何調查徇私枉法者，他都可以清清白白地站在「養廉」的清官之列，於是三位要員滿意地離開阜康錢莊。

□

翌日，戚翰文陪著胡雪巖渡過錢塘江來到蕭山，然而天公不作美，連日暴雨傾盆，嘩嘩地把水稻打得七倒八歪。此時正是水稻灌溉的要緊時刻，農民們眼巴巴地看著自己的血汗將要付諸東流，只能瞪著無望的眼神，望著這片淹沒在雨水裏的稻田。

胡雪巖二人眼看暴雨難停，決定不再久留，於是買了兩把特大油布傘，踏著泥濘的小路往錢塘江渡口走去，正當小船緩緩靠岸之際，胡雪巖說：

「我想，你留在此地，災後農民急需要錢，地主也是一樣，摸清情況再商量。」

「也好，否則便空跑了一趟。」

小船到岸，戚翰文目送胡雪巖上了船後，回頭又往旅店走去。

船到江心，賴老三拎著錢袋，吆喝著：

「喂，錢！交錢！」

胡雪巖看看其他乘客紛紛付了船錢，自己一摸衣袋……糟糕！錢都在管事身上。

「喂……」賴老三抖動著錢袋子，發出清脆的碰撞聲，走到胡雪巖面前：

「渡江的先生……拿錢。」

「下次給。」胡雪巖客氣地說，「真對不起，錢不在我身上。」

「不行，假如每個人都這樣說，我們吃啥？」

「我真的沒帶……。」

兩方僵持不下時，過來一個叫化子，年紀不過十五六歲，笑嘻嘻地捧過十文錢，說：

「胡大先生，我借給您十文……。」

胡雪巖瞅了瞅叫化子：

「你認識我？」

「哎呀……！誰不認識阜康錢莊的大老闆哪……！」

胡雪巖笑了笑：

「好吧，先替我墊上。」

叫化子斜過臉來笑嘻嘻地說：

「我……也要利呀……」

「給你利就是啦！」胡雪巖不耐煩地說。

叫化子把十文錢往賴老三的錢袋裏一放，又轉過臉說：

「我的利……可是一天翻一翻哪！」

胡雪巖冷眼看了他一下，信口說道：「行！」

「還是胡大先生好哇……」。

□

胡雪巖回到錢莊時已經是下午了，宓總管報告了這幾天的收支狀況後，又交給他一份「庚帖」，胡雪巖接過一看，笑著問道：

「這是怎麼回事？」

「女方託了王大人做媒。人家還要等你回話呢。」

宓總管笑笑地又加了一句：「這位陸家的姑娘，聽說真不錯……。」

「誰說的？」

「吔！你母親冒著大雨去相親的，她老人家到城隍山找過『張鐵嘴』了，說是八字挺合。」

說真格的，胡雪巖此時已經二十歲，是個成熟的男子漢啦，也該娶妻成家了。

當天回到那間破矮屋。母親便把陸家託王有齡說親的事講了一遍。末了，母親說：「姑娘我也看了，蠻不錯的，又識字又規矩，也挺孝順、賢慧，你呢！老大不小了，是該娶個媳婦了。」

「聽說是知府王有齡派人送來的帖子？」

「姑娘家的二舅認識王大人，既是縣太爺保的媒，你宓大哥把這事一說，我馬上就去瞧瞧了。」

胡雪巖自幼失怙，靠母親幫人做雜活把他養大，故奉母至孝，事事順從母親，因說道：

「成家的事就由您做主吧，反正我已找好了房子……。」

「好啊，過年的時候……就把事兒辦了。」

□

婚事已定。第二天胡雪巖到了縣衙門，見到王有齡當面表了謝意。接著兩人商討了農村水澇賑災之事。王有齡說：

「雨水不停，四鄉告急，不僅收成無望，而且已經餓死了不少人。不知你們糧台還有多少儲糧？」

胡雪巖想了想說：

「倉橋大倉積穀十萬擔，武林門外尚有小倉兩庫約有三萬擔。如果以糧賑災，可以提出一半，剩餘的為了以防未然，不可全放。」

「這事就由你去辦。」王有齡說，

「你雖身兼兩職，既負責糧台，又負責賑撫局。但是，賑糧的經費，必須由糧台支出，否則也對不起前任的知府……。」

「當然。」胡雪巖說，「用去多少穀，就填進去多少相應的紋銀。」

「現在糧價多少啦？」

「每擔三千八百文。」

「好吧！」王有齡端起茶碗，

「那就照價提款，移到糧庫帳上去。」

「您放心……」

王有齡站起來，說道：

「兄弟，到後邊去陪我抽兩口……。」

胡雪巖到了後宅三太太房間，三太太熟練地遞煙槍、點煙泡，胡雪巖吸了兩口，開始有些騰雲駕霧的感覺，隨後感到全身舒暢。胡雪巖本是不抽鴉片的，但縣太爺給面子，又怎好拂逆？

稍晚胡雪巖從縣府出來，直接到了佑聖觀，找到了賑撫局的幾名衙役，討論了一些賑糧的具體辦法，並指定一個懂文墨的檢校官起草一份《賑糧文告》，決定啟程和運糧的日期，吩咐完畢又返回錢莊。

□

戚翰文回來了。

「辛苦啦……」胡雪巖笑著說。

「咳！不辛苦辦不了事。」隨後他悄悄告知說：

「災難深重，農民飢苦不堪，初步估計可以買到五千畝地，其中還有一些偏遠的零散水田。按平均十兩一畝算，需要五萬兩銀子。」

「這五千畝地可以產多少糧？」

「每畝年產三百斤，共計一萬五千擔。不論出租或收買入庫，均超過五厘的存息。但是，遇到災害，這存息就要貼出去。」

「我有數了」胡雪巖說，

「最近我要去仁和鄉下賑災，你速去上海，以開設錢莊為目標，可能要住的時間會長些，為了使你全心地投入，你的生活由你太太負責……」

「什麼？外出辦事還帶老婆……？」戚翰文疑惑地問。

「我的意思很簡單，」胡雪巖解釋著說，

「生活不用愁，辦事有勁頭。不是讓你們夫妻去逛十里洋場，而是讓你倆替我辦事。你想，旅店同樣花錢，只不過多一個人吃飯。你放心地去，多一個人吃不垮阜康的。」

「那……那好吧。」戚翰文摸摸自己的禿腦門兒心想：

「帶老婆到上海，做不好事……對不起人哪！」

戚翰文帶老婆去上海後，胡雪巖以賑撫局的身份下鄉。他察看了水田，面對那片片顆粒無收的稻葉，心裏委實難受。

發救濟糧的幾天，鄉甲們忙著報戶口、維持秩序，胡雪巖坐在高腳椅上，頭頂一把大旱傘，很有威風。

在這塊晒穀場上，人們排著擁擁擠擠的長隊，露出希望的眼神，男女老幼帶著籮筐和米袋子，期待著每人一斗的口糧。其中，有個人使胡雪巖特別注意。誰？借給胡雪巖十文錢的乞丐，他比別人能擠，剛剛領走了一斗，又插到前邊舉著那只米袋子，嘴裏嚷著：

「救救我呀……。」

儘管那人把草帽拉得很低，但胡雪巖居高臨下，可看得十分真切。正當這個無賴叫得起勁的當兒，胡雪巖喊道：

「趙裘……。」

趙裘一抬頭，問道：

「有事嗎？大人？」

「準備個剃頭刀。」

「是！」趙裘雖然嘴上應著，但心裏噗噗跳得厲害，連排隊的人們也嚇了一跳。趙裘飛快地找了把剃頭刀，舉起來說：

「拿來了。」

「你們注意！」胡雪巖喊著說：

「對規矩人不得少一兩！對領兩次糧的人，要剃去眉毛一邊！領三次者，兩道眉毛一起剃掉！……」

「是！」趙裘應著又繼續維持隊伍去了。那叫化子偷偷瞥了胡雪巖一眼，訕訕地溜走了。心想，少一條眉毛，可沒臉見人了。

這次的賑災工作進行得很順利，災民中知道賑撫局的人不多，可是「胡大先生」卻是人盡皆知，給叫出了名氣。

□

戚翰文帶著老婆到了十里洋場的大上海，哪敢久待！選了個便宜的小旅店，臭蟲不多，跳蚤倒有幾個；戚太太更是節儉，不是菜泡飯就是陽春麵，還經常嘮叨著：

「省著點，人家胡老闆這麼器重你，你可別大手大腳的花錢。」

戚翰文可比老婆還清楚，

「嗨，你囉嗦啥呀，我摸過的金元寶也比你吃過的大米多；我遇到的老闆不少，但說實在話，這個胡雪巖我是最佩服的。你想，他花錢叫我們來這裏，我好意思大把大把地花銀子嗎？」

「喲——」戚太太笑著撇撇嘴說，

「瞧你這張嘴，像抹了油似的。叫我別囉嗦，你比我還會嘮叨。」

的確，他倆的開支很省，連戚翰文出去辦事都不肯乘車。他辦事認真，門路也熟，幾乎上海錢莊業的老同事都認得他，尤其那副禿腦門和厚嘴唇，彷彿是個厚道的標誌。

胡雪巖賑災結束，在鼓樓北邊買了一座房子，又添製了兩輛馬車，一切安頓好後，立刻乘船趕到了上海。他按照戚翰文信中的地址，來到九馬路的一個小客店，等了一會兒，戚翰文回來了，他正要稟報工作情況，戚太太進來了：

「翰文，去給大先生買點小菜去。」

「不用了。」胡雪巖說，「大嫂……隨便，隨便。」

說著便走到黑忽忽的夾道裏：

「今天吃啥？」

「菜泡飯！」戚太太笑著說。

「菜泡飯？」胡雪巖驚訝地問，

「可苦了你們了，等一下。」

說罷衝出九馬路，一轉彎到了滷味店，買來燒雞、牛肉和豬蹄子，還帶了一瓶杜康酒。三個人邊吃邊談，戚翰文談到在上海已物色了兩處設莊的地點……

「兩處都要！」胡雪巖沒等戚翰文講完，插話說：

「不論租賃和轉讓，都吃下來！」

戚翰文端著酒杯愣了一下，感到自己的「少東家」頗有「天高任鳥飛」的架式，也深為他那果斷和敢做敢為的氣度所折服。

「也好。」翰文說，

「這兩處……一個是靠近英租界，一處是在上海商業區……。」

「你想，」胡雪巖侃侃而談，

「五口通商以來，上海是個重點碼頭，中國商人需要借貸和存款，各類官員的浮財也都要在此私蓄，如果上海沒有可靠的銀行和錢莊，這白花花的銀子就要流入國外。因此，我們阜康的立足點應該是上海。所以……你看準的兩個地方，我的意見……抓住它，別放掉！」

胡雪巖說到這裏，呡了一口酒，撕塊雞肉送入口中沈思了一會說：

「我現在最擔心的還是人，內行而能幹的人！」

「這，我倒一點也不擔心。」戚翰文說，

「我那批師兄弟，一聽說阜康要在上海設莊，有不少人都跑來找我……」

「為什麼？」

「有的呢，不得志；還有的呢，是仰慕您胡大先生的大名而來的。」

「慕名而來？」

「是啊！早在杭州阜康開張的時候，您的大名就傳遍上海灘嘍！」

「好啊！」胡雪巖望著戚翰文興奮地說，

「那，人就由你挑，有的要給他位子，有的給他高薪。切記我們要的是人才，不是奴才。」

戚翰文使勁兒地點頭，說：「贊成，贊成。但是還要招幾個練習生。」

「這，你就看著辦吧。」

胡雪巖扭頭望著半晌沒說話的師嫂說：

「我決定上海的阜康由我師兄擔任總管，做好長期在上海住下去的打算。不過……開業以後盡快物色人選……。」

「人才有！」戚翰文說，

「林茂的經理、德盛的總管，都是我的師兄弟，對金融業很熟，而且人品也好……。」

「好！」胡雪巖喊著說，

「人才多……說明了阜康的樹大招風，不是枯樹烏鴉。人們往往把金銀看成是實力，但是，他們忽略了一點，人才，才是實力的門面。好吧！房子和人力請大師兄盡快落實，我明天去拜訪上海巡撫大人，回來後再作具體商量。」

第二天，胡雪巖面見巡撫大人，並遞上了王有齡的拜帖，送了些厚禮，阜康在上海設莊便成定局。

晚飯仍然是邊吃邊談，房子和人力方面，戚翰文落實得十分圓滿。經過討論，在商業區的街面房子定名為「阜康雪記錢莊」，比鄰英租界的街面洋房定名為「阜康銀號」。當晚決定戚翰文留在上海加緊籌備，胡雪巖則隔日返杭。最後胡雪巖交待說：

「你們二位自明日起遷移到大旅館，在籌辦錢莊銀號的時刻，節約事小，阜康的體面為大。」

師兄師嫂聽了，相視一笑。

□

胡雪巖回到杭州，先至錢莊巡察，見工作一切正常便轉身到了佑聖觀賑撫局，繼而來到王有齡府內，王有齡見了胡雪巖，笑問道：

「上海如何？」

「兩個錢莊已成定局，道台大人也支持，這還要謝謝你呢！另外，為了紀念你我雪軒雪巖之情誼，我在錢莊前邊加了『雪記』兩個字……。」

「哈哈……」王有齡笑得眼睛瞇成了一條縫說，

「這雪記二字，又意味著一官一商。」

「託您的福啊！」胡雪巖說。

「哎，說真格的，你的婚事什麼時候辦？」
「上海的兩個錢莊開辦之日，就是我完婚之時。」
「待你完婚之後，」王有齡說，
「也該捐一個位子啦！我建議，為了鞏固你的財源，最好是捐一個官位，哪怕只是候補銜……。」
胡雪巖嘿嘿地笑了笑：
「這……還要仰仗王大人嘍……。」
「好說，好說……」
胡雪巖二十歲娶了陸氏為妻，上海的錢莊和銀號也緊鑼密鼓地開始了。

□

一八五二年（咸豐二年）

清廷戶部重開捐納，此時三十歲的胡雪巖用五千兩白銀捐了一個候補道的虛銜，此時阜康錢莊和典當業已遍及江南。

就在慶賀胡雪巖捐得候補道當天，一個衣著襤褸的小伙子來到阜康錢莊，此人一作揖：

「恭喜胡大先生！」

胡雪巖甚覺奇怪，宓文昌厲聲問道：

「你是那裏來的，沒事快出去！」

胡雪巖一擺手，說：

「先問問他什麼事。」

「哎呀，胡大先生您不認識我啦？」小伙子說，

「您……不是欠我錢嗎？」

胡雪巖緊鎖雙眉感到蹊蹺：

「我欠你的錢？」

「吔！您忘啦？在船上我借您十文錢，說好每天翻一翻，到今天十一年零四天……。」

「你的記性不錯嘛……。」胡雪巖竊笑道。

「嘿嘿，胡大先生，這十文錢……可不容易呀！」小伙子說，

「您當時是答應過的……。」

「你還欠我的呢！」胡雪巖故意逗他說。

「唉……，我怎麼……？我欠您什麼？」

「一道眉毛！」

「不，不，胡大先生，我知道您是嚇唬我的。我不是改了嘛……。」

「好吧！」胡雪巖說，

「你去弄個車來，叫我們總管給你算一算，大概有一車銀子吧……。」

「胡大先生，誰都知道您做了道台了，大人不計小人過。我今天來，討債是假的……。」
「真的呢？」
「我是想在您這裏討個差事當當。」
「叫什麼名字？」
「我沒名字，連姓啥我都不知道。反正村裏管我叫長毛禿。」他指了指頭頂，
「我長過禿瘡，沒錢剃頭，辮子也梳不成……。」
「不要講了。」胡雪巖說，
「念你在船上借我十文錢，我今天就收留你。鋪裏有輛馬車沒人趕，這差事就交給你，至於薪俸怎麼給，由宓總管安排。」
當天，宓總管支出二兩銀子，給他洗澡買衣服，第二天變了個樣子，趕起車來挺內行的，沒事時還幫廚房做些雜務，沒多久就成了錢莊同仁中最勤勞的人。然而，那「長毛禿」的名字未改，小學徒還經常稱他「老常」。

第四章

一八六一年（咸豐十一年）

太平軍以圍魏救趙之計，攻杭州而分散清軍包圍天京的兵力。金陵的危機解除了，但太平軍並未從杭州退兵，而以旋攻旋退的政策，不斷地騷擾杭城。

「報，城中起火了……」

「報，太平軍搶了小船直搗湖心亭，我們的水師抵擋不住，紛紛上岸逃命了……」

浙江巡撫王有齡聽了探子回報，心裡慌了，看看門外竟還有兩三個士兵等著報告軍情，他不耐地揮揮手說：

「都進來，一次說完。」

「王大人……」兵報：「嚴州知府李文瀛跳水自殺了。」

「張玉良被敵軍砲火擊死。」

「王大人……」副都統持舉箭矢，手拿書札稟呈道：

「太平軍射諭勸降！」

王有齡倒剪雙手斥道：「不看！」

「大人，」總兵文瑞來到府台衙門吞吞吐吐地說：「城中糧盡……，軍心不穩……。」

最使王有齡頭疼的便是糧食，俗話說「人是鐵，飯是鋼」，全城的軍民不能一日無糧，但現在杭州城內外已經買不到一粒米糧，王有齡為此每日忐忑不安，一聽到「軍心不穩」四個字，腦袋「轟」地一下，差點栽倒。半晌，才對文瑞說：

「快，派人到糧台把胡雪巖找來！」

胡雪巖眼見太平軍沒離開浙江，早未雨綢繆，把母親和眾妻妾送到了上海，他一聽王有齡找他，心中也有數了：非錢即糧。

「大人，找我有事？」胡雪巖進門便問。

「糧食……？」王有齡剛開口，胡雪巖便說道：

「前幾日就空了。曾派人幾次下鄉征糧，都被長毛打潰了。」

「百姓飢餓，軍心渙散。」王有齡焦慮地說，

「你要馬上想辦法呀！」

「那……我馬上去一趟寧波。」胡雪巖沈吟道。

「寧波？」王有齡問。

「對！」胡雪巖果斷地說，

「趁著寧波沒受圍，買點米來暫作應急之用，估計可以辦得到。」

「那好，」王有齡懸在空中的心放下了一半，

「快去快回，怎麼走法想過嗎？」

「雇小船，走水路；我一個人走，目標小一點。」

王有齡見胡雪巖胸有成竹，深深吁了口氣。於是雙手抱拳說道：

「杭州成敗，在此一舉啊！」

當夜，胡雪巖租了一艘大船，沿著杭州灣向寧波悄然駛去。

冬天，海風冷得刺骨，大船頂著風浪向前划進。在靜夜中影影綽綽地可以看到岸邊一排高高低低的農舍，但由於兵變和賊人的騷擾，家家戶戶都緊閉著房門，連個油燈都不敢點，四周靜謐得可怕，只有激浪拍岸發出「嘩嘩」的聲響。船艙裡，胡雪巖把絲棉

袍裹得緊緊的，把風帽拉得低低的，沒有點燈，沒帶管家，只是不住地往艙外張望，注意著太平軍的動靜。

「胡大先生，」船主拎著一瓶燒酒，端著一碗小菜進了船艙，「現在已經離開杭州一半了，天亮就可以到寧波。來，喝點燒酒祛祛寒氣。」說著便把酒菜擺在小矮桌上。

「好啊，」胡雪巖笑著說，「沒有光亮，咱們就瞎吃瞎喝。」

「船上人習慣了，」船主說，「你就湊合著點吧。喏，喝點白酒，這種酒，擋風、祛寒，我們平時出海，沒有白酒可過不了日子……。」

胡雪巖隨便喝了幾盅，抓了一把花生來，一路上還不寂寞。天亮以後，當陽光斜著射進窗口時，船已到寧波。

□

數日後，浩瀚江面上出現了一艘海輪拖掛著二十艘貨船，像一條長龍潛游在水面。這龐大的船陣剛要駛進杭州，立刻被太平軍發現，頓時槍炮齊放，箭弩亂發。

「停船！停船！」胡雪巖扯著嗓子下令道，

「各船脫勾，分散划入山峽背後。」

不一會兒，糧船扮成商船模樣，一艘艘地駛進了三郎廟。還好太平軍水戰力量不強，躲在此處可以避開襲擊和搶掠，但杭州軍民卻仍在饑餓中與死神掙扎纏鬥。

胡雪巖正在寧波買糧時，太平軍已將杭州圍得像天牢一般，除了阜康錢莊早把銀兩和米糧深藏之外，百姓的口糧早已斷絕。饑民們拔草根剝樹皮，搶皮革充飢，杭城內已看不見一雙飛鳥蟲鼠，全叫人吃下肚了。王有齡下令殺戰馬，每個士兵分到一塊小得不能再小的肉塊，人人都當作珍寶，一面慢慢咀嚼，一面緊張地東張西望，深怕旁人來搶。

最後，連草木都被飢民爭食啃盡的杭城，已是餓殍遍地。

尚能動彈的人手持小刀，用僅剩的一點力氣，割下死者的臀肉，來不及生火燒烤便狼吞虎嚥地生吃了起來；連清軍也仿效割食同袍的屍肉，甚至軍民一起爭相搶奪。

當飢民持刀割肉時，還常常會聽到刀下的「死屍」發出微弱的哀嚎：

「哎喲！我還活著啊……」

「救命啊！疼啊！別再割啦！……」

而這些奄奄一息的半死人最終也難逃被分食的下場。

整個杭州成了一座人間煉獄。

□

錢塘門外的太平軍糧也告罄，兵卒已餓得不能打仗。李秀成捋著他那撮美髯，問副將道：「圍了幾天了？」

「兩個月了。」

「城內已經死絕，即使攻進去也無糧食，不如我們回天京過年去，讓弟兄們吃飽了肚子再來。」

「不妥，」副將答說，

「城中虛實，現已瞭如指掌，不趁今日攻破，必有後患！」

李秀成蹙著眉鋒說：「好吧。下令，攻！」

一聲令下，軍卒們來了精神，立刻豎起梯子，翻牆湧入城中。只見不遠處有一人，搖搖晃晃地舉起雙手，有氣無力地說：

「我……投降！」

「你是什麼人？」李秀成急忙過來問。

「我……」

沒等他說出來，埋在城中的探子搶先說道：

「他是錢塘縣令，叫袁忠清。」

「是嗎？」李秀成問。

袁忠清虛弱地點了點頭，李秀成說：

「既然投降，我命你為監軍！」

「噯呀，」袁忠清猛地來了精神，急忙跪在地上：

「感謝將軍，末將無以為報，願終生追隨麾下……」

「算了，」探子說：

「你也不看這是誰？是忠王！」

正在這時，忽然有人來報：

「亂軍布政司林福祥、杭嘉湖道劉齊昂還活著……。」

「報，」另一個下級首領跑來說：

「亂將瑞昌自焚而死。」

不一會，又有官兵手裡拿封書信，急急進來說道：

「忠王，巡撫王有齡自殺了！這是他留下的遺書。」

李秀成聽了戰報，接過遺書仔細看了一遍：

「……我不負朝廷，但負杭州城內外數十萬忠義士民耳！……望留我完屍，戒弗屠戮……」

「唉，忠臣……」忠王李秀成暗暗嘆道。

隨後他大聲下令說：

「眾將士聽令！速將王有齡、瑞昌等人入歛。我與他們生雖為敵，死不為仇，令活著的敵方藩台林福祥、杭嘉湖道劉齊昂將死者棺木護送上海，其他百姓一律趕出城外！」

林福祥、劉齊昂高興得像漏網之魚，生怕李秀成改變主意，押著王有齡、瑞昌的靈柩速速地離開了杭州。而被驅趕出來的百姓，早已饑不可忍，大都跳進錢塘江而死……

□

阜康錢莊的一批先生學徒們，早把銀兩藏在間壁中，總管扶母攜妻奔回老家蕭山鄉下，其他人將「阜康錢莊」的招牌打破，塗上了「壽衣」二字，又掛上個「售完」的牌子，然後倉惶而去。

「你到哪？」由宓文昌提陞為「先生」的田志成問長毛禿。

「我……不放心胡大先生，我想去看看。」

「能去嗎？」田先生問。

「能。有一條我以前討飯時常走的小路，那時偷些雞啊狗啊的，都是在那裡燒著吃。」

「既然你路熟，我和你一道去。」

二人出了城門，直奔江岸，不一會到了農舍田野交錯之處，長毛禿前邊引路，穿過一座座茅草棚，爬上了一條無人的小路，他倆彎著腰躲閃著枯樹枝和路邊的蒺藜，不到兩個時辰便來到了三郎廟。他倆蹲在草叢中，清楚地望見一批船隻停泊在對岸。

「你在這兒別動，我先過去看看。」長毛禿說。

說罷，脫掉了棉衣，只剩一條短褲，他順著堤壩往下滑，忽地「噗咚」一聲掉在了水裡。

雖說長毛禿能吃苦又會游泳，但這三九嚴寒的天氣和刺骨的江水，使他全身麻木，彷彿掉進了冰窟窿裡，他忍著滲入骨髓的寒冷，拼命地向對岸游去……。

「誰？」船上的人慌了，一人抄起了長篙問道：

「幹什麼的？」

「我……是好人……」長毛禿一面打著哆嗦，勉強划動即將凍僵的手臂，一面喊道，「別打……我是胡……大先生的人。」

船上的人聽不清他說的是什麼，但見他隻身一人，即使是太平軍也成不了大氣候。於是在他游近船身之時，有人伸給他一只長篙，長毛禿拼著力氣猛地抓住了篙頭，被船上的人們拉上了船。

「說，你是什麼人？」有人厲聲問道。

「我不是說過了嗎，胡大先生的人！」

這時，船上的人早把棉大袍披在長毛禿的身上，並扶著他進了船艙。人們圍著這個面色發青，上下牙齒打架的「偷渡」者，不住地詢問城裡的情況。

「胡大先生來啦——」外邊有人喊了一聲。

長毛禿一抬頭，看真的是胡雪巖來了，於是掙扎著站起來，又猛地跪在船板上，望著自己的主人，哭了：

「胡大先生，您受苦啦……！」

胡雪巖扶起長毛禿問：「你怎麼來啦？」

長毛禿從杭城被圍說起，將活人割死者肉分食及全城災民被驅之狀，一五一十地說了一遍……。

「這麼冷的天……唉！」胡雪巖同情地說，「下水要生病的……。」

「我放心不下大先生，」長毛禿說，

「所以，也顧不了那麼多了。唉！大先生，您也瘦啦……！」

「那王有齡呢……」胡雪巖焦急地問。

「自殺了！」

「啊！自殺了？……」

長毛禿的話彷若晴天霹靂，震得胡雪巖半晌說不出話來，相識了二十多年的點點滴滴回憶，如潮水般湧出。

……在低矮房舍下囁嚅地要求延後還債的沒落公子……

……捐得鹽大使官職，得意風發的王大人……

……自己的第一門親事，能夠娶得賢慧的陸家姑娘，也是他作媒牽成的……

……為自己取字「雪巖」，肝膽相照的金蘭兄弟……

……有著相同審美眼光，介紹如花美妾小九姑娘的知己好友……

……在自己最落魄時，助一臂之力創建阜康錢莊的貴人……

……派任自己為全省的糧台督辦，直接掌握浙江經濟命脈的堅實政治後台……

胡雪巖沿著船舷來回踱了好幾趟，紛亂的思緒久久不能平息。

□

傍晚，胡雪巖派小船把田志成接了過來，又問了些城裡的情況。晚飯過後，他找來各個船主，說道：

「杭州已被太平軍攻佔，現在只得在此停泊。從今天起，船租加倍，明日我要上岸辦理公務，船上的軍糧軍需，暫由田志成和常先生負責。切記，當我未歸之前，任何人不得處理一粒糧食！」

胡雪巖要去向何處？

杭州既陷，王有齡自縊身亡，十一月二十五日清廷命曾國藩飭令左宗棠速領所部星夜馳援浙江，眼下已駐兵江西廣信。而自己任命辦理糧台和轉運局事務又是一個多月前左宗棠親自批准，若能投奔左宗棠幕下必有前途，何況我手握軍糧……。

經此深思熟慮，他似乎在濛濛黑夜中見到了曙光，因而決定面見左宗棠。

胡雪巖晝夜兼程，不到三天便來到廣信。左宗棠聽說杭州胡雪巖求見，立刻憶起王有齡幕下的富紳兼糧台和轉運局的胡雪巖。

「請！」左宗棠揚了一下手說。

胡雪巖急忙進見道：

「學生胡雪巖拜見太常大人……。」

「免禮！」左宗棠挪動了一下肥大的身軀，詢問了一些杭州的戰況之後，問道：

「聽說你辦糧台和轉運局頗有勞績。現在湘軍四萬將赴浙江救援，然軍糧一時難以籌措，不知老弟有無辦法可想？」

胡雪巖知道，左宗棠已經五十歲了，而今竟與他稱兄道弟，看來軍糧之急已迫在眉睫，於是順水推舟地問道：

「不知大人需要多少？」

「十萬石。」

「本來這是我份內之事……」胡雪巖故意蹙著雙眉說，

「原不知大人為軍糧如此焦慮。今日我雖然身邊無款，為解決湘軍之急需，我可以求助一批米商朋友，但不知大人限我幾日把米送上？」

「十天，怎麼樣？」

「如果左公急需，十萬石三天送到！」

左宗棠驚奇地望著胡雪巖，脖子都暴起了青筋。心想：

難怪王有齡誇他為奇人哩！今日所見，果然如此。於是拍著大腿喊道：

「備酒。」

這天，左宗棠與胡雪巖痛飲了一番，左宗棠悄悄告訴胡雪巖：

「曾公與我面諭，擬奏我任浙江巡撫，到時……台局的事情，還是要委派你呀！」

胡雪巖竊喜，心想：

過去與王有齡往來，得益頗豐。如果左宗棠能任浙江巡撫，那也就不枉我的一片心意了！

□

翌日清晨，胡雪巖急忙上路，是夜回到了杭州三郎廟，命令深夜起錨，扮成商船模樣，逆流負縴，船隻分散獨行。行動時幸因太平軍已兵分富陽、桐廬、金華、衢州、海寧、平陽；因而水師不足，無法全面控制錢塘江，故使胡雪巖有隙可乘。

第三天傍晚，二十艘貨船準時抵達了江西廣信。左宗棠得悉，親自赴碼頭察看實情，頓時欣喜之至，禁不住暗自讚服胡雪巖的辦事能力。

「雪巖啊……」他拍著胡雪巖的肩頭說，「過去，王有齡全靠你的鼎力協助，老夫我……也少不得你呀！」

當夜，左宗棠宴請了胡雪巖，田志成和長毛禿自有校尉們酒肉招待。

十萬石糧食堆進了廣信府，並將廣信做為湘軍進浙的糧台。一八六二年過了春節，左宗棠便任命胡雪巖辦理糧台和轉運局事務。當湘軍從廣信經安徽進入浙境時，左宗棠於正月二十九日寫了一份奏稿《官軍入浙應設糧台轉運接濟片》，文曰：

「臣軍業已入浙，所有餉需一切，自應設糧台轉運，以資接濟。……現擬暫於江西廣信府設立糧台，為收支軍餉子藥總匯，再於玉山設立轉運局，隨時轉運，以利師行。……聞籍貫浙江之江西候補道胡光墉，急公慕義，勤幹有為，現已行抵江西，堪以委辦台局各務。……以浙江之紳辦浙江之事，情形既熟，呼應較靈。」

這一奏章既給胡雪巖打了氣，又替他在朝廷掛了號，也為他今後的財源疏通了「血管」，於是胡雪巖挺起腰桿辦起了賦稅捐納，凡是湘軍的駐地均有捐納的條文。

哪個富紳敢不支持清軍？

哪個商賈敢不納稅？

哪個農民能不納糧？

哪個鄉甲稅官敢懈怠？

胡雪巖眨眼之間成了湘軍財糧的實權人物，而他帶來的田志成一躍成了糧台的經手人，連那個叫化子出身的長毛禿也指揮起轉運的船隻來了。

□

左宗棠剛進浙江，便被清廷任為浙江巡撫，並調蔣益澧為布政使，曾國藩署按察使。左宗棠有了足夠的糧餉，首戰便奪下遂安，俘虜了太平軍將領符天侯羅音，繼而進駐江西石笏，以重兵破壞太平軍圍困衢州的計劃，並兵分九路挺進，自衢州至龍游百餘里間拉開了戰場，迫使太平軍退至金華。

左宗棠本非武將出身，道光十二年二十歲時中舉人，後屢試不第，做了個鄉村塾師，時為湖南巡撫張亮基的幕客。一八六〇年，太平天國連克蘇州、湖州、杭州之後才被曾國藩保舉，清廷特旨任為四品京堂襄辦軍務。他招募湖南湖北兵勇五千人（人稱湘軍、楚軍），到江西、浙江與太平軍作戰，確也顯示了他的才幹。但先前因湘軍兵力有限，如果冒然行動直逼杭州，必會遭損兵折將之敗局，而此次與胡雪巖因緣際會，真乃天賜良機也。

四月，風和日麗，迷人的春色總是慷慨地把山野草香吹進營幕，那些剛甦醒過來的蝴蝶撲動著柔弱的翅膀，在軍營帳前上下飛舞著，像是預告著晴朗的天氣。

「轟——轟轟——」

幾聲炮響從遠處傳來，震醒了左宗棠。探子回報，原來是太平軍首王范汝曾自杭州到寧波，守寧波的太平軍鳴砲迎接，不料砲彈卻落在北岸外國人的居留地，登時造成數人死傷。此事惹惱了英國艦長，當天即照會駐甬太平軍，並提出：

「如再有炮擊英船事件，英軍即行攻城。」

左宗棠聽到這消息，靈光一閃，正好此時胡雪巖來到衢州述職，左宗棠拉著他到議事廳，急說道：

「糧餉之事，籌辦甚妥，今日暫時不作商量，吾擬委派你進入寧波，與洋人取得聯繫，請他們援清攻打太平軍，你看如何？」

胡雪巖微笑著抹了抹額上的汗水，沒講話。

「你我之間不必拘束，」左宗棠說，

「一路風塵，脫掉上衣擦擦汗。來人！」

侍衛進來：「大人……。」

「快打盆水，讓胡大先生洗把臉！」

侍衛端水上來，胡雪巖脫去上衣，左宗棠立刻眉頭一擰，指著胡雪巖的右臂傷疤問道：

「這……？」

「嗨！」胡雪巖把在嘉興被太平軍砍了一刀的情景繪聲繪影地說了一遍，最後說：「算我命大，否則這大刀一偏，就見不著左公了。」

「對嘍！」左宗棠操著濃厚的湖南腔說：「如今這長毛的砲彈又炸死了好幾個洋人，《左傳》裡說，『諸侯敵王所愾，而獻其功』，不如趁著洋人怒氣正旺時與他談判，同仇敵愾，就不怕杭州的太平軍重兵百萬嘍……。」

胡雪巖擦完上身，把手巾一丟，披上了衣服，不慌不忙地呷了口茶，坐下之後才說：「左公，聯絡洋人，實為上策。他們有洋槍洋炮，就憑長毛那些洋槍、土槍，也是小巫見大巫。但是洋貨之貴，洋餉之多，恐怕我湘軍難以應付……。」

「那，你看……？」

「左公別急。」胡雪巖眉頭一皺，計上心來，「買洋武器，請洋人訓練中國兵，到頭來技術和裝備都是我們的。這錢，花出去就不吃虧！」

左宗棠聽罷，使勁兒地點頭。

□

七月，驕陽似火，胡雪巖揮著汗水又到了寧波。

此時，太平軍雖然撤離了寧波，然人心惶惶，市井蕭條，商店老闆們仍不敢開門營業，生怕那些趁火打劫的什麼幫、會、道之類的土匪搶掠，就連阜康錢莊的先生們也鎖緊了三層門戶，不時地隔窗張望，時時觀察著街上的動靜，儘管他們熱得大汗淋漓，也不敢打開門窗透透空氣。

「砰砰！」胡雪巖敲了幾下門，總管吳亦民吃驚地隔著門縫往外瞧了瞧：

「咦！胡大老闆！」急忙開門笑道：

「胡老闆，可把您盼來啦……。」
胡雪巖到了後房，才剛坐下，職員、學徒們都圍上來了。
「大家都安全吧？」胡雪巖脫了上衣指了指汗水，
「最近沒營業？」
「兵變以來就把庫房轉移了。」吳亦民說，
「清軍為了打敗太平軍，徵集了五十萬兩白銀，請英國艦隊開砲攻打太平軍……。」
「阜康有沒有捐納？」胡雪巖急問。
「尚未得到寧波糧台的勸捐書。」
「好！」胡雪巖說，
「從現在起，任何勸捐都不必繳，如有人質詢，請他去問左襄公。另外，戰事在寧波來說，太平軍已經撤了，清軍將領們得到的外財必然儲到阜康。所以，我們的錢莊不要把這筆浮財放走。明日我要去法國艦隊，幫我準備五萬兩白銀……。」
總管吳亦民連連點頭，表示照辦。

第二日，胡雪巖穿了一件白色絲綢長衫，把那條又粗又黑的麻花辮子梳理得烏黑整齊，帶著總管乘了高轎馬車來到了寧波軍港。

守港的法國水兵端起大槍，問了一句外語，胡雪巖氣定神閒的用漢語說：

「我要見你們司令。」

「哦……你是什麼人？」出來一位法國譯員問，

「你是哪個……部隊？」

「我是湘軍糧台督辦，也是阜康錢莊的掌櫃。」

譯員問：「身上有武器嗎？」

胡雪巖笑了：「我是商人，給我武器我也不會用。」

譯員走近胡雪巖，朝他倆打量了半晌：

「請你們跟我來。」

胡雪巖二人被帶到軍艦上的一間會客室。不一會兒譯員陪著一個大鬍子海軍將領到來，原來是法國駐寧波的艦隊司令勒伯勒東。胡雪巖雙手抱拳微微地鞠了個躬，隨即從上衣口袋裡掏出兩隻精美的小盒，拿著那只大一點的說：

「按照中國人的習慣，我們第一次見面，這是點小意思，不成敬意。」

司令接過一看，面露悅色：

「哇，寶石戒！」

另一只交給了譯員，胡雪巖笑著說：

「如果能把我的禮物交給你們的夫人，我將不勝榮幸。」

雙方說了些應酬的話之後，胡雪巖鄭重地說道：

「目前太平軍雖然撤離了寧波，但尚未離開浙江。湘軍左襄公所耽心的是太平軍一天不消滅，與外國的一切條約和五口通商的往來就受到威脅！目前，太平軍在江南一帶四處出擊，鑒於清軍的力量和軍械尚不能在短期內打垮太平天國，故此我想邀請貴國參戰……。」

「胡先生，你提幾個條款，我們再商量，好嗎？」勒伯勒東司令說。

「據我所知，」胡雪巖說，

「太平天國不僅對準大清帝國，而且把砲口、砲台、砲位都對準了協約國。」

「是的，」勒伯勒東說，

「英國對太平軍已經發出了照會，不准他把炮口對準北岸。」

「這種要求，用中國話來說叫『一廂情願』。所以，我們要求組織一支中法混合軍隊；希望司令供給貴國新式武器裝備，派遣有作戰經驗的校尉做為中堅力量，全軍的軍事訓練請貴國派教官指導；關於這支混合軍的指揮權問題，我們的意見是：戰略上的指揮歸湘軍左襄公，戰術和方案請貴國任命將領指揮。」

勒伯勒東心中直納悶，感到胡雪巖談了半天沒涉及到半點經費問題，於是他旁敲側擊地說：

「聽說胡先生是阜康錢莊的東家？」

胡雪巖笑了笑說：

「中國的錢莊和貴國的銀行一樣，是做錢的生意。我今天和司令先生談的是戰爭合作。如果您考慮到經費問題，我提出以下幾個條款：

一、貴國供給我軍的武器，一律以白銀兌現。

二、貴國派來的指揮官和軍人由我國聘用，待遇與清軍相同，額外補貼則由貴國負責。

三、初建這支中法聯合軍隊人數暫定為一千人，視今後變化而增減。

我想能有貴國的鼎力支持，必定能常捷無往而不勝！」

「好哇，那就叫常捷軍吧！」司令笑著說，

「胡先生的計劃，我們也曾想過，我基本上同意您的條款，不過買武器一項，佣金還需要再商量。另外，僱洋兵與服兵役不同，所以軍官的薪餉與清軍也不盡相同吧？」

「司令說的……我理解。」胡雪巖思索了一下說：

「軍械開支，當然由我的錢莊墊付，佣金問題按貴國一貫的回扣交給阜康錢莊。如果僱佣費用負擔過重，那就將比例縮小，以防朝廷不能及時優待。但有兩點是必須做到的：第一，要有實戰經驗的教官負責訓練；第二，不論中法軍人比例多少，必須有戰鬥力，能夠稱得上是常捷軍。」

「既然參戰，當然要表現出我們法國軍隊的戰鬥力；既用法國的長槍大炮，當然要顯示出它的先進性和殺傷力，這點，請胡先生放心。」

當天，雙方便擬定了《合約》，並決定由寧波阜康錢莊預先支付軍火定金二十萬兩白銀和兩萬兩的僱洋兵安家費……，且軍械生意結帳之後，佣金歸阜康帳內。第二天正式簽訂合約，經費由吳亦民經辦。

常捷軍的統帥人物由駐寧波法國艦隊的軍官德克碑和法籍寧波海關稅務司日意格出任正副司令；日意格即刻回國招募洋兵及購買大炮、長槍及彈藥；德克碑立即與寧波府台衙門聯合募集洋槍隊士兵。

一個月過後，二百多名法國洋兵隨著裝滿槍炮彈藥的軍艦緩緩駛進了寧波港口，寧波的招募工作已完成，接著便在港口設營訓練。其間，雖已耗資八十萬兩，但阜康錢莊卻獲得了四萬兩的佣金。

左宗棠得知「常捷軍」業已建立，並且正在加緊訓練，樂得抓耳撓腮，甚感滿意。一天，中飯吃罷，他悠閒地躺在竹榻上，習慣地解開鈕扣，磨搓著自己那肥漲的肚皮。

「張三，」左宗棠笑呵呵地拍拍肚皮問道，

「你知道這肚子裡存的是什麼東西？」

「都是燕窩魚翅嘍。」張三說。

左宗棠笑著斥道：

「胡說！」

張三慌了，急忙補充說：

「還有鴨子火腿。」

「哈哈……」左宗棠大笑了一陣，站起來說：

「你是不知道的，我這肚子裡裝的都是絕大經綸哪！哈哈……。」

誰知張三沒讀過一天書，出屋時正遇見議事堂的幾個文官。

「哎，幾位先生，」張三疑惑地問，

「什麼樣的金輪能吞到肚子裡去？而且還是絕大的！」

幾位老先生先是一怔，忽而捧腹大笑，把張三笑得更糊塗了。

其實，左宗棠建立洋槍隊，用意並非全在於對付太平軍，其潛在意識則是與淮軍領袖李鴻章暗自較勁。

「你的洋槍隊，有美人指揮，我的洋槍隊，由法軍訓諫，你叫『常勝軍』，我稱『常捷軍』，看看最後鹿死誰手！」

「報，常勝軍領隊華爾在慈谿被太平軍擊斃。」

此時，胡雪巖正巧帶來個好消息：

「常捷軍已經訓練完畢。左公，是否行軍作戰？」

左宗棠自信滿滿地下令：

「通知常捷軍，往餘姚進發！」

◈ 第五章 ◈

一八六二年（清同治元年）中秋過後

太平天國京都再度吃緊，清軍漸從四面八方向天京逼近。

保王童容海帶領六萬士兵在安徽叛變倒戈，與清軍一起圍困天京。

在浙江，駐浙的太平軍首領李世賢率軍數次攻打遂安失敗，不得不改變方略固守金華，堵住左宗棠東進之路，並為回援天京作準備。

中法混合「常捷軍」和清軍張景渠部隊合力攻克餘姚，收復處州，奪回縉雲。

翌日，烏雲密佈，左宗棠帳前落了幾滴小雨，他抬頭望了望天上那片徘徊不去的烏雲，復而入內攤開地圖，悉心思索著進攻的路線……。

帳內的空氣漸漸鬱悶起來，彷彿籠罩在沈重的壓力中。左宗棠挪動他那肥大的身軀，深深透了口氣……。

「報告大人，」侍官張三進來稟道：

「據報，有兩乘綠呢四人轎子進了衢州……。」

「哦？」左宗棠挺直了身子，

「知道什麼人嗎？」

「聽說是兩位高官，一位姓林，一位姓米。但不是我湘軍將領……。」張三回道。

「再探！」

「小的明白。」

張三出了帥帳，急派探兵離營，中午探兵回到帳下，直接向左襄公報道：

「……一位是原浙江布政使林福祥大人，一位是原浙江提督米興朝大人，現正在會賓樓盛宴招待本地富紳。」

左宗棠一聽，頓時臉色沈了下來：

「傳我的話，立即將二人綑綁押來，還有，筵席上的鄉紳全部帶來！」

「是！」侍官張三立刻派一槍隊備好繩索前往緝拿。不一會，林福祥和米興朝被五花大綁押至堂前，齊聲說：

「左公，這是誤會。」

十幾個鄉紳呆呆地望著左宗棠，後邊站著一批荷槍實彈的士兵。

「跪下！」左宗棠大喝一聲，氣得滿臉通紅，兩眼不住地瞪著被綁著的人：

「一個一個地報上名來！」

此刻林、米二人早被士兵按在地上。

「下官林福祥，原任浙江布政使……。」

「下官米興朝，原任浙江提督。」

左宗棠吼道：

「說！來到這裡有何公幹！」

「因為杭州缺糧失守，」米興朝囁嚅著說：

「下官率領……但是……」

左宗棠「叭」地一拍桌子，茶碗應聲掉落地上。那發怒的雙眼幾乎冒出煙來：

「大膽叛賊！你，林福祥身為朝廷命官，在杭州被圍困的緊要關頭，置百姓生死不顧，居然屈膝待降。投降以後又俯首聽從賊命，護送忠義之靈柩到上海，你還有什麼臉面設筵聚眾?還有你，米興朝！」

說到這裡，左宗棠冷眼盯著米興朝。此刻，堂內靜得可怕，幾乎能聽清旁人的心跳聲，那十幾個鄉紳嚇得冷汗直往脖子裡淌，但誰也不敢喘一聲大氣。

「你身為提督，」左宗棠接著說，「乃是一省的綠營兵長官。不但不率兵抵抗，竟然還趁火打劫，帶著士兵像土匪一樣，挨家挨戶地搶掠，導致百姓失去了生存的希望。在你的搶掠下，百姓投河、上吊的不計其數。可惡的是，當饑民待斃之時，你卻率部掠財逃生！」

「大人……」米興朝哆嗦著說：「當時，也都……」

「來人哪！」左宗棠命道：「湘軍將士集合，把這兩個叛賊拉到天寧寺，斬！」

林、米二人立刻被押赴天寧寺，其他鄉紳嚇得篩糠似的發抖，面色慘白，誰也不敢抬頭。

「你們也聽著！」左宗棠說，「俗話說，不知者無罪，你們如果願意支援湘軍戰勝太平軍，剛才的事就一筆勾消。

我現在向你們勸捐，這事自有我軍糧台督辦胡雪巖全權辦理。去吧！」

眾鄉紳聽了，壓在心中的那塊大石頭忽地落了地，人人沒命似地直點頭表示「一定照辦！」

□

此時，胡雪巖正在廣信分類派捐，經田志成匯算，總額已超過了一百萬兩，隨即將糧台與轉運工作重新佈置妥當，將一百萬兩銀子打包裝運，令田志成與長毛禿一起帶回了衢州，百萬銀兩直接匯進了寧波阜康錢莊。

「雪巖，」左宗棠把胡雪巖叫來問道：

「江西方面如何……？」

「自設糧台轉運之後，所收稅款足以償還常捷軍的軍火和僱洋兵的費用。但是湘軍駐浙的軍費還需努力籌措。」

「不知你的打算如何？」左宗棠問。

「除了勸捐之外，還要從細小處打算，哪怕是釐捐，也能積少成多，這個……決不能忽略。」

「好！」左宗棠堆下笑臉說，

「正合我意。為了保證軍隊的糧餉，我打算在浙江建立一個釐金局，凡貨物運轉，共抽收二起二驗（值百抽九），釐金局要到處設稅官具體經辦，這稅官就由各地鄉甲、地方官兼任。」

「設局是必要的。」胡雪巖說，

「但考慮長途販運和短途生意的區別，您提的抽稅比例用於浙東與浙西的販運為當，但小範圍之內我建議抽取一起一驗（值百抽四‧五），因為短途販賣……都是小生意。」

「有道理……。」左宗棠點點頭，

「這總局匯兌，還是請你出任嘍……？」

胡雪巖笑了：

「請左襄公放心，我在浙江的錢莊，均可代辦！」

從此，浙江的稅款一律匯入阜康錢莊。布告貼出，第一批進阜康捐納者便是那十幾位鄉紳，總數近三萬兩。

□

一日，清廷根據法國公使的要求，賜「浙江總兵」銜給駐寧波的法國艦隊司令勒伯勒東，統帥「常捷軍」一千五百人防守寧波，聽從浙江巡撫指揮。

左宗棠巴不得親自出馬，然而他偏不爭氣……

第一仗雖攻占了上虞，但日意格負傷進了醫院；

第二仗進攻紹興時，勒伯勒東自己中了槍彈，常捷軍退回上虞。駐上海的法國司令若勒斯派軍官達爾第福趕到，接統「常捷軍」。

第三仗再次攻打紹興，卻連達爾第福也被擊斃，損兵折將一百多人。

一八六四年（清同治三年）二月二十四日，左宗棠的得力戰將、浙江布政使蔣益澧率廣西左江鎮總兵高連陞聯合「常捷軍」分九路猛攻杭州。

太平軍主將聽王陳炳文的精銳部隊已傷亡殆盡，加上糧道斷絕，終於在漆黑的午夜間，帶著餘眾悄悄丟棄杭州，從武林門奔德清而去；晨曦，太平軍比王錢桂仁率數千兵卒投降了清軍。

被太平軍佔領了兩年三個月的杭州又回到了清軍手中。

然而，清軍水陸各部入城之後，立刻縱火燒房，搶奪財物，見了女人如虎似狼，遇到珍寶你爭我奪，如此惡行，卻美其名曰「取之於賊」。

杭州復歸於清，西太后總算鬆了口氣，一連三天叫李蓮英使出混身解數為她推拿按摩，她瞇著眼睛，舒服得像剔掉了骨頭似的：

「小李子……。」

「奴才在，老佛爺。」李蓮英急忙躬身站起。

「膽子大一點，揉的輕一點……」

「喳。」李蓮英應著又繼續施展了他的絕活。

「小李子。」

「喳。」

「你說，我那『借洋兵助剿』的辦法怎麼樣？」

李蓮英急忙瞟了一眼慈禧的面色，說道：

「老佛爺聖明！這可是一舉兩得的聖策，既攏絡了洋人，又保住了我大清朝的國泰民安……」

「傳我的話，賞賜收復杭州的洋將……叫什麼來著？」

「叫德克碑。」李蓮英隨口答出。

「對，是叫什麼『杯』，賞他『頭等功牌』，白銀一萬兩！」

「喳。」

「還有，左宗棠統兵有功，加封太子太保（高級官員的榮譽虛銜）銜。」

左宗棠進了杭州，接到了聖諭，高興得喝了三碗酒。當天下令：

一、所部官兵不得私入民宅擄物。

一、嚴禁搶劫財物。

三、不得姦淫婦女，違者嚴懲不貸。

然而，杭州已是一片慘景了！

戰前，杭州人口有八十一萬，而現今活著的卻只剩下七萬人！

胡雪巖佈完「釐金局」後，興致勃勃地衣錦還鄉。誰料剛踏進城門，殘垣瓦礫一片，四處陳屍陋殍，荒蕪狼籍不堪，有如人間地獄。胡雪巖見此情景，鼻子一酸，差點落下淚來。他尋著方向，邁過腐屍殘垣，找到了自己起家的阜康錢莊。這裡，門面已經殘缺不全，櫃台早被人們撬走做成棺材了，幸好內廳和銀庫尚在。他咳了一聲，昂然向裡走去，忽然有人大喊道：

「胡老闆——！」

隨著親切而熟悉的聲音，學徒方克勤已走到胡雪巖面前：

「您一走過來，我就看見了……。」

「你們受苦了！」胡雪巖說，「宓大先生呢？」

「來了。」方克勤引著胡雪巖繞過殘垣破壁，

「你們看，胡老闆來啦！」

「胡老闆——」宓文昌拉著胡雪巖，激動地流下淚來，

「唉！你看看這副樣子，房不像房，牆不像牆，只有這一間房子還囫圇點……。」

胡雪巖的眼光在屋裡尋視了一圈：「就來了你們五個人？」
「另七個人生死未卜。」宓文昌說。
「有兩個人和我在一起，長毛禿、田志成。那麼說……還有五個人下落不明。」
「幸好，」宓文昌敲了敲一面牆壁，
「這個，誰也沒發現。」
「牆裡藏多少起來？」胡雪巖問。
「六十萬兩。還有些碎銀子，分給大夥逃難用，整數和帳目全在牆裡了。」
胡雪巖笑著點點頭：
「多虧你們哪，你們大家就是我們阜康的資本。文昌，現在有三件事要做。」
「您說吧。」
「第一，」胡雪巖說，「想辦法讓大家吃好一些；第二，杭州有家的，先回去把家裡頭安頓好；第三，多用點銀子，快將門面修復原狀。我估計，恢復杭州，第一筆費用，阜康是義不容辭的。這些事就拜託宓先生，我現在還要到巡撫衙門去。」

□

胡雪巖離開阜康錢莊，徑直找到了省撫台衙門。

「哎呀！」左宗棠見了胡雪巖，像是天上掉下來一個救命菩薩，

「雪巖，可把你盼來了，釐金局佈置好了？」

「好了，只有幾個太平軍活動的地方還不便設局，其他各縣各府都安排了專人管理。」

左宗棠「唉」了一聲：

「這杭州你看了嗎？」

「看了。」

「我來之後，」左宗棠說，

「派人調查了一遍。你想想，遍地的屍骸居然躺了兩年沒人掩埋，據初步統計，單是路面曝屍就有五萬具。其他投井的、沈河的，有親屬收斂者都不算在內。死於城外望江門至艮山門外者有十餘堆骨骸，江岸、泉山洞的死者也尚未統計在內。」

胡雪巖望著左宗棠那愁眉不展的樣子，心想：

此事不必等待委託，還是主動為好。何況太平軍之後，第一個衣錦還鄉的是我胡雪巖啊！現今糧台、賑撫、釐金等一切經濟大權都操在我一個人身上，加上王有齡的「遺產」尚在阜康錢莊，銀兩方面不成問題，更何況收斂骨骸曝屍實為積德之事、慈善之舉。

想到這裡，他乾脆地說：

「大人不必為此擔憂，此善後之事，應由我負責一切，義烈王有齡做巡撫時尚有六萬兩在我錢莊，如果不夠，我阜康錢莊會全力以赴的。」

左宗棠聽著聽著，那緊繃的臉像漏氣的皮球，一下子鬆弛下來，笑著說：

「你能把撫貧恤亡的善事做好，我一定上奏朝廷，為你請功！」

胡雪巖笑了笑：

「感謝大人厚愛……。」

說罷告辭回到家裡。

第二天，他請巡撫衙門貼了幾張「告示」，內容為募工打棺、斂屍、掩埋諸事，並表明棺材一口銀二兩，斂骸一具銅錮十串，扛埋一具棺材銅錮二十串。

第三天，左宗棠派人通知地方保甲鄉勇頭目於大堂內發動處理善後事務：胡雪巖宣布了發餉辦法和掩埋方向。老實說，誰沒有惻隱之心？加上左宗棠親自出面，鄉紳胡雪巖親自督戰，尤其看在那一封一封的白銀和整筐整筐的銅錙份上，整個掩埋遺骸、收拾屍骨的工作進展得很快。

一部分葬於西湖南北兩山，鐫碑曰：「義烈遺阡」；望江門外下葬十餘處，天池寺、泉山洞各一處，還在蒲場巷東渡庵旁挖一大塚，葬屍更多。胡雪巖最後一統計，墳塚共二萬二千八百座，棺木十一萬四千餘口。浙江銀庫用盡不算，連胡雪巖自己也捐出一萬餘兩。

事後胡雪巖至左宗棠面前說：

「城中最大之墳塚，尚需大人親自作記。」

左宗棠已知善後之事處理得十分利索，並對大塚死難者甚表哀情，他想了一下說：

「古人周穆王南征，一軍盡沒，君子為猿為鶴，小人為蟲為沙。這大塚的碑記……應該是『猿鶴蟲沙』。」

左宗棠於是提筆寫了這四個字，鐫刻於碑上，為後人致祭者緬懷哀思。

□

不幾日，市井現出一點生機，清軍被紀律約束著，秩序稍有穩定。但店家仍提心吊膽地把門面半掩著，不論伙計或路人們都板著面孔，彷彿都是同一個模子翻出來一樣，個個凝滯而無神，包括胡雪巖在內，人人都笑不起來。

唯一例外的是左宗棠得了太子太保榮銜，隔三差五地乘著綠呢大轎在主要街道上前呼後擁地兜一圈，有時還停下轎來，掀開轎帘朝外瞧瞧，對不敢靠前的百姓擺手笑笑。

俗話說「民以食為天」，難民們誰家有糧食？偶有糧販進城卻要價極高，人們有詩形容說：

可憐糧草已空空，
草木搜羅入腹中，
三市六街多餓漢，

一升米值二千銅。

胡雪巖看在眼裡，急在心上，他一邊派宅裡的老管家戚老頭去上海接家眷；一邊派糧台經辦去寧波買糧；他自己則組織力量在佑聖觀、清波門、昭慶寺、艮山門、武林門辦了五個粥廠，待糧食運到，五處粥廠齊開，使活著的窮人能夠繼續維持生命。那鍋有多大？後人讚嘆著說：

五歲孩童站進去，望不見頭頂。

四月十二日，左宗棠派人把胡雪巖請到衙門。開口便問：

「用去多少糧了？」

胡雪巖掐指算了算說：

「大約有一百石了。」

左宗棠沈吟了片刻，在桌上抽出一張牆貼遞給胡雪巖說：

「這個你看看，但是看完不必生氣。」

胡雪巖展開這張大紙，唸道：

「大設粥廠別局開，潛逃紳士已歸來，攻城助勇請奇策，依舊鑽謀欲取財。」

「哈哈……」左宗棠笑道：

「一派蜚語，別放在心上。這詩句決非出自受益者之手，必是抗捐殷戶所為，目的是蠱惑人心；也許是太平軍留下的奸細所為，我已派人通緝，雪巖莫氣惱啊……。」

胡雪巖笑了：「不會的，只有坐著不動，才免遭誹謗啊！」

「這點事就不要提它了。」

左宗棠朝旁一呶嘴，對著一乘二人抬的小轎說：

「這個是衙門送給你的，憑你的功勞和身份，那咕轆轆的馬車就不要乘了。」

胡雪巖見賞了一乘小轎，急忙謝道：

「蒙大人抬愛，雪巖實在不敢當。」

「非也！」左宗棠站起踱著方步說：

「養生送死，一大善舉，你不承受誰承受？」

忽地轉過身來，笑著說：

「不僅贈你這個，我還將兩名有官銜的轎夫送給你，請他們『帶銜為民』。你要知道，這兩個人的抬工無以倫比，一碗水放在你的腳下，連個波紋都不起。」

胡雪巖受寵若驚地問道：

「兩個做官的抬我這個商人，這……？」

「怕啥！」左宗棠說，

「你的官還比他們高。好了，不談這個了。」

左宗棠又回到那張烏木太師椅上說：

「今天我找你來，是商量幾件大事。」

「哦！」

「杭州收復以來，你首開善義辦了粥廠，可謂實心實力，急公好義……！」左宗棠鄭重地說，

「據說……都是你個人掏的腰包。目前的要務是辦好善後，我考慮設賑撫局，收養難民，招商開市，修浚工程。這幾件事，都需要錢，而且地方上你又熟，看來這幾件大事非你莫屬啊……。」

左宗棠說到這裡，眼睛一直盯著胡雪巖，好像看相先生似的，在他臉上不停地搜尋

著，希望能看到一絲樂於接受的神情。

胡雪巖有個老天爺特別賜給他的能耐：他能在聽取問題的同時，肚子裡在撥拉著算盤。當左宗棠剛說完，他的「得數」已經出來了，因而笑笑說：

「中國有句老話叫『恭敬不如從命』，左公的設想雪巖已經領悟，亦感責無旁貸。至於賑撫局、難民局、恢復戰後修浚工程諸事，左公放心，我是當盡其全責。」

左宗棠微笑著望著胡雪巖，彷彿眼前是個神奇人物。但浩大的經費那裡來……？因而問道：

「經費有困難嗎？」

「沒困難。」

這三個字說出，左宗棠像吃了顆定心丸，然而他又懷疑地問道：

「省庫裡不是空了嗎？」

「不錯。」胡雪巖說：

「我想，省外的糧台和轉運局足可供應湘軍的糧餉；本省受災地區可由釐金局撥款資助，歸省庫者可獲八十餘萬兩；另外，本省鄉紳殷戶至少可以勸捐五十萬兩，這一百餘萬兩足可供給恢復市井的經費開支。何況，市面商店、廟宇、富戶民宅並非全靠賑撫局撥款，只不過略加補助而已。」

其實，胡雪巖還有一筆可觀的已知數不便說出。即阜康恢復之後，湘軍的浮財和「得於賊人」的資財必然儲入阜康，單是放出的利息就可以養活一個難民局。

從此，胡雪巖乘上二人抬的「官轎」，幾個項目同時籌建進行中。不出所料，阜康復業第二天，湘軍搶掠的浮財均投入了阜康，初步估算也有三百多萬兩。

□

一天，田志成和長毛禿押送釐金局的稅款回到了杭州，將七十多萬兩的銀子納入了阜康，列帳於浙江糧台。職工們分別兩年多，見面的剎時，那眼神兒裡充滿了喜悅，張大了嘴，驚喜地發出一句話：

「呀，是你呀！」

尤其那長毛禿，人變了，服飾也變了，自從胡大先生派他監管轉運之後，他換穿上長袍，那些搬運工人誰敢叫他「長毛禿？」都是常先生長常先生短的，時間一久，連他自己也忘掉了長毛禿三個字。當然，那些小徒弟們就根本不知道他有個綽號，於是連宓總管也稱他為「先生」了。平時，他也協助田志成跑稅卡，並主動登訪殷戶勸捐，著實出了不少力。

這天，胡雪巖聽說田志成和常先生來了，立刻從粥廠乘轎來到阜康。二人急把省內釐金局的情況說了一遍，最後田志成說：

「現在的稅銀只是清軍佔領地收的，如果沒有太平軍在浙江活動，就不止這些了。」

胡雪巖使勁兒地點點頭。

「大先生，」常先生說，

「幾個縣的鄉紳我去了幾處，大都願意捐納，而且對我提的數字也不搖頭。只有一家可以把你氣煞。」

「誰家？」胡雪巖問。

「紹興那個大戶張廣川，怎麼說也不捐，就是你把嘴皮子磨出了血，他還是屬鐵公雞的——一毛不拔。並且還說了不少不三不四的話……。」

「他說什麼啦？」胡雪巖沈著臉問。

「嗨，清軍和太平軍一個樣，都是吃大戶的。」

胡雪巖眉毛一豎，怒道：

「我上次去，他也是這樣說。」

胡雪巖說到這裡，突然想起道：

「你再到紹興去一趟，找張保五，知道嗎？」

「知道，他原來是張廣川的帳房先生。」

「對，就是他。你告訴他，叫他通知張廣川，就說他『犯案』了。」

「犯案了？」

「你就別多問了。」胡雪巖說，

「當他知道犯案之後，我再上門，別的你就別管了。」

常先生摸了摸不長毛的頭頂，笑了，笑得很神祕，好像他能料到胡大先生的下一步棋。

「胡先生，您放心，我一定做好。」

當晚，胡雪巖為全體同仁接風壓驚，在甬江菜館包了兩桌席，不分上下，連最小的學徒也有位子。席間，宣布了提陞、加薪的名單，長毛禿也正式提陞為先生，宣布「常先生」從紹興回來後即去協助辦「義塾」，且成為義塾第一批生員。

第二天，常先生到紹興去了。

第三天，胡雪巖帶著小轎和轎夫由水路到了紹興，下了船乘上二人抬的「官轎」直奔張廣川的宅邸。此時張廣川已知「犯案」的消息，今見官轎到此，早已嚇得魂不附體，臉色煞白，全身篩糠似的抖個不停，出來迎接時，雙腿像綁上了石頭般地寸步難行，還沒走到院裡，胡雪巖的轎子已經停在他的面前。胡雪巖慢慢走出轎子，張廣川馬上抱拳作了兩個揖陪著笑臉說：

「啊……胡大先生從省城來吧？快請屋裡坐。」

「那裡，」胡雪巖說，

「路過這裡，不來看看你恐怕太失禮了吧……？」

「那裡呀，我盼還盼不到啊！從這兒走。」張廣川把手一指：

「進屋裡坐。」

那時擠在屋角裡嚇癱的妻妾丫鬟們，聽胡雪巖語氣還挺客氣的，喘了口大氣，拍著胸脯道：

「嚇煞我了……。」

「小翠！」大太太說：「快去獻茶。」

胡雪巖已被張廣川請到屋裡，此時胡雪巖像往常一樣寒喧道：

「最近生意還好吧？」

張廣川嘆了一聲，喃喃地說：

「唉！還可以。」

聲調微弱得幾乎讓人聽不清。此時丫寰小翠上了茶悄悄問道：

「老爺，太太問要不要請貴客留下吃飯？」

張廣川木然地瞅了瞅胡雪巖：

「在這……？」

「不啦。」胡雪巖說：

「巡撫大人還等我回去呢。」

丫鬟走後，張廣川吞吞吐吐地說：
「胡大先生……我想拜託……您一點事……。」
「嗨！」胡雪巖大大咧咧地說，
「什麼拜託不拜託的，咱們都是生意人，我只不過常為巡撫大人辦點事而已。」
「老兄弟，」張廣川哭咧咧地說，
「正因為你常在衙門走動……我才拜託你呀……。」
「你儘管說，只要我胡某人辦得到……。」
「唉！我那些事兒，其實你都知道，賣了幾支槍……和幾個綠林人物……拜過金蘭……。」
「這怕什麼？」胡雪巖直著脖子說。
「哎呀，有人告發了！」
「喔……」胡雪巖故作吃驚狀說道：
「這可不得了，弄不好……滿門都要受牽連哪……啊……呀呀！」
「老兄弟……」張廣川真的哭了，

「你……你要救救我呀……。」說罷，便揩著淚眼望著胡雪巖，那乞求的眼光著實可憐。

「唉！這種案可犯不起呀。過去我只是聽說過，可沒想到……，嗨！你怎麼倒沾起軍火來了……，賣給哪方面啦？」

「還有哪方面呢……」張廣川哭喪著臉說，「要是賣給清軍不就沒事啦，可……可偏偏賣給土匪了！」一邊說著一邊捶著大腿：

「我……完啦……。」

「別急。」胡雪巖說，「你的事兒我一定要幫。」

「老兄弟……」張廣川沒等胡雪巖說完，哭泣著說，「我就是等你這句話啦，為了把這事平息下去，要什麼條件都行……。」

「我今夜回杭州，」胡雪巖十足把握地說，「明天上午我就去衙門，用『以錢贖罪』的辦法把事情平息下去。」

「好兄弟，你說我要準備多少……？」

「我看……十萬兩就夠了。」

「夠嗎？」張廣川急問道，「不夠吧……？」

「放心，」胡雪巖說，

「巡撫大人那裡我再疏通疏通，我看十萬差不多了，他們總要給個面子吧！」

「這事兒我全仰仗老兄弟您啦……。」

「我盡力而為。不過……」胡雪巖思索了一下說，

「這事如果息下去了，我再勸你一件事。」

「什麼事你說吧！」

「為了在這方面表示你改惡從善，凡是善舉你可要多出頭露面呀！」

「老兄弟，不用說我也懂得，但首先還是要保住我的腦袋呀。」

「好吧，」胡雪巖站起來說，

「你就準備以錢贖罪吧！如果三天之內有人來取錢，就等於你的罪已經勾銷了。」

張廣川一聽，連連作揖說：

「但願如此，謝天謝地。」說這話時激動地差點跪下。

胡雪巖回到杭州，把常先生誇獎了一番之後，才把這場「戲」的原委告訴了他。最後說：

「這十萬兩銀子，不能由你去要。一來容易被他看破；二來會以為是你告的密；第三，以後你還得上門向他勸捐呢！」

常先生甚覺有理，於是點頭應「是」。

胡雪巖一琢磨，馬上想起這件事由轎官去最合適。他們抬轎至張廣川家，張廣川的目光不在「轎官」身上，離開時又天色漆黑看不出面孔。於是把轎官張保和李文才喚至室內叮嚀道：

「去紹興張廣川家，就說胡大先生已經把事情疏通過了，速交十萬銀兩勾帳；為了免遭非議，胡大先生不便親自附信，以防案事再起。你倆切記：穿上軍衣，不必多言，取銀即歸。」

二人倒滿機靈，第二天夜裡上船，至紹興天還未亮，在街上遊蕩了一會兒，吃過早飯便往張廣川家走去。誰料，張廣川這兩天的日子實在難熬，那心彷彿在油鍋裡煎熬著，第三天雞一啼便起了床，飯也沒吃就立在門廊等候消息，那兩條腿始終抖個不停，不時地隔著門縫往外瞧。

「啊……！是清軍？」

他的腦袋嗡地一下差點昏倒，這時他已經豁出去了，乾脆主動開了門。細瞧張保二人面無兇相，急忙苦笑道：

「二位……嘿嘿，快請屋裡坐。」

張保二人進到廳裡，按胡大先生的囑咐說了一遍，那張廣川像被大赦的死囚一般，心裡那塊石頭一下子落了下來，馬上一封一封的銀子如數交出，最後又拿出一千兩來，笑容可掬地說：

「這點算我孝敬二位的。」

他又指著地上一只大鐵箱子說：

「有勞二位，這……替我交給胡大先生，以表我感謝救命之恩。」

張保二人面面相覷，李文才說：

「胡大先生那裡，我們代他領情了。這些銀兩就留給你做點善事吧！」

十萬兩白銀運回杭州時，胡雪巖又各贈二人一百兩。正當胡雪巖將這十萬兩入了糧台帳上，嘉興的「胡記當鋪」二掌櫃張得發來了，胡雪巖瞧他精神恍忽，神色不定，急問道：

「怎麼啦？」

「賠了，」張得發雙唇微顫地說，

「讓人騙啦……。」

胡雪巖一怔：「別慌，說清楚！」

張得發惶恐地說：「高價收進來一件假貨！」

「啊！？」胡雪巖瞪大了眼睛。

第六章

嘉興於三月二十五日被清軍收復後，胡記當舖便趁著秩序混亂時開始營業，也正如胡雪巖所料，「當」進不少搶掠來的珍貴東西，而且大部份是「死當」，一兩個月後未贖回者，當舖有權拍賣，那利潤能翻幾翻，甚至幾件珍寶即可使胡雪巖發點小財。

一天中午，嘉興裏有名的無賴張臘子捧了一只「鼎」來到胡記當舖，他小心翼翼地送進櫃台的窗口：「喂，這個！」

「『當』嗎？」朝奉張得發問。

「當然啦，不『當』我跑這兒來做啥！」

張得發捧到裏邊一看，陶鼎上還有幾排蝌蚪似的文字，他想：

這可是件古代文物……。

「你不用看，」張臘子說，「我讓別人鑒定過了，是道地的商朝寶貝。」

張得發雖然在典當行中混了幾年，但畢竟不是全能。他直覺認為眼前這東西確是稀世的寶物，而且是他有生以來第一次發現，雖然不是光彩奪目的珠寶，但僅憑這朝代就值個幾千兩啊……。

「這是你家裏藏的？」

「地裏挖到的。」

「當多少？」

「二百兩。當多了我贖不起。」

「一百兩……」

「少一文都不當！」張臘子口氣很硬：「拿過來！」

張得發雖然沒有把握，但他還是把「鼎」抓過去了。隨手寫了張《當票》，標明「商鼎一件，無損，當期一個月，金貳佰紋銀。」

張臘子得到紋銀，帶著《當票》大搖大擺地走了。正巧，古玩收藏家夏友齋老先生來贖畫，張得發笑著說：

「夏老先生，有件古物請您看一看。」說著起身讓了讓，

「請往後邊來。」

夏友齋拐進店內，張得發便將這「商鼎」輕輕捧出來，小心翼翼地放在桌子上。夏友齋一看，不加思索地便說：

「假的。」

「您再仔細瞧瞧……。」

「甭瞧。」夏老先生斬釘截鐵地說：

「商朝是銅鼎，沒有陶鼎。陶鼎是新石器時代的東西，特徵是腹圓，有兩耳三足；商朝時期的鼎都是斂口，絕沒有開口的。你收進來的這件東西，肯定是上當了。當的人有沒講出它的來歷？」

「他說地裏挖的。」

「笑話！」夏友齋笑著說，

「這古不古、今不今的假鼎會在嘉興出土？」

張得發慌了，心想：

這二百兩紋銀丟在水裏了，當票的存根記得清清楚楚，萬一胡大先生查出此事，一定會丟了飯碗子，不如及早報賠掛損，責任尚小些。

於是急忙把夏老先生打發走，他便帶著陶鼎來杭「負荆請罪」。

胡雪巖聽罷覺得二百兩事小，我胡雪巖被騙豈不讓人恥笑？於是安慰道：

「別急，做生意就像下象棋、擺兵陣，稍不留心就會馬失前蹄。你先回去，兩天後我來。」

張得發回到嘉興，胡雪巖當晚找燒瓷工人按照張臘子當的「文物」，依樣畫葫蘆，做了一只泥坯子。坯子乾後，他帶著轎夫乘船到了嘉興，把兩件「文物」包好，乘上轎子來到了胡記典當舖。張得發忙將胡大先生接到後堂屋中，見他手捧著兩件東西：

「您這是啥？」

「鼎啊，」胡雪巖把包裏打開，「看看，像嗎？」

張得發拿起原件一比對——差不多。

「張先生，你馬上寫一些請帖送給嘉興文化名人及府台衙門的官員們，其內容嘛……就寫說當舖開業六周年，晚宴中共賞商代陶鼎，敬請光臨，……。」

張得發聽了心裏直發毛，不知大先生葫蘆裏賣的什麼藥……？儘管滿腹狐疑，還是一一照辦。

請帖寫好之後交給胡雪巖看了看，胡雪巖說：「這『文化名人』改成『鄉紳名士』。另外，叫練習生到菜館叫十桌菜，就擺在後院。」

「是！」

傍晚，賓客如雲，官員、鄉紳、名士、殷戶、歡聚在後院。夏夜，涼風送爽，十桌酒菜坐滿了客人，圈外還有許多聞風而來等著看寶的人，那眼神兒瞟來瞟去，恨不得立刻能看到這件稀世奇寶，即便不懂什麼叫「鼎」的人，也擠在外邊湊著熱鬧。

站在暗處者，還有那位「當主」張臘子，他看到這一切，心中暗暗竊喜：這胡雪巖真是個土財主，一件假東西值得這麼炫耀！

「諸位來賓，」胡雪巖端起酒杯說：

「今天，本店開張六周年，全仗各方父老兄弟幫助，在這裏我要將最近收進來的一件距今三千多年前的商鼎給眾位來賓欣賞一下，表示我們的心意！」

說到這裏，每個桌子都把燈蕊子挑大，希望能看清這寶物的廬山真面目……。

這時，管帳先生張得發從後廳捧著這件古文物小心地步下台階……。此時掌聲、驚嘆聲、讚美聲漸漸響起……

突然「叭」地一聲，人從石階上踏空，一個趔趄把張得發摔了一下，寶鼎當場摔了個粉碎。

胡雪巖一驚，繼而恢復了鎮靜，他面對各個飯桌晃了一下酒杯：

「啊……掃興，實在對不住大家。也許……這古人發怒了吧？啊……？今天失掉這個機會咱下次補。來！為我們這個當舖六年來，得父老鄉親們的幫助，我敬大家一杯……。」

這天，雖然盡興而來，卻沒能看清寶物，使得人人都飲憾而去。

第二天「胡記當舖」剛開門，張臘子來了，他不慌不忙地掏出《當票》往櫃台裏一伸，張得發接過《當票》一瞅，笑著說：

「小兄弟，不要贖了吧……？」

「為啥？」張臘子眼睛瞪得老大。

「當東西的人我們清楚，經濟上都很拮据，我看就算了吧……！」

「誰說我經濟拮据，老子有的是銀子！」

一伸手「嘩」地一聲，送上去兩封紋銀，

「你點點！如果還不出我的寶鼎，我要你賠！」

那提高八度的聲調帶著財大氣粗的神氣。

張得發迅速地抓起銀子往櫃裏一放，信手拿出那只張臘子的假鼎，送至窗口：

「小心點，摔破了不負責啊！」

張臘子愣了。心想：昨夜不是摔碎了嗎？

他捧起這件假貨，仔細瞧了瞧，沒錯！

「你們不是摔了嗎？」張臘子不解地問。

「是啊。」張得發說，「可惜，那不是你的！」

其實，胡雪巖已在高高的櫃台後邊，將張臘子的來去聽得十分清楚。但張臘子走後，張得發深感內疚地說：

「胡大先生，銀子雖然討回來了，可是這十桌酒席……？」

「怕啥？」胡雪巖說，「慶祝會是要花錢的嘛！我以贗品為餌，值得。將來真相公佈於眾，誰還敢『當』假貨？那張臘子偷雞不著蝕把米，我想他也該收斂一點了吧！只不過以後收當時，眼睛可要睜大點。」

張得發不住地點著頭。

「但是……從票面上我考慮一個問題，月利印的是『百抽十』，我認為要改分成三種《當票》，來路不明者月利應收百分之二十，而且進價壓低；富戶的臨時困難，可抽利百分之十；而真正的窮人……抽利百分之五就差不多了，否則要失掉一大批當戶。」

「胡大先生的想法，我很贊成……。」

「當然，」胡雪巖接著說，「這利率是我訂的，不怪你們。現在你就辦這件事，製三套木板，印三套《當票》，當鋪的店名留空，利率三種。印好後，這裏暫由老李負責，你到全國各省跑一趟，把我的意見告訴他們。」

說到這裏，胡雪巖掏出一本「當鋪分布冊」交給張得發。

張得發雖知道胡雪巖開的當鋪不少，但他粗略翻了一下，乖乖，那麼多！湖州、雙林、德清、新市三處，海寧兩處，硤石、嘉興、石門、塘棲、金華、衢州、龍游、蘇州、黎里、鎮江、湖北興國、德河、湖南長沙，加上杭州的三處共有二十餘處……。

「好吧，大先生放心，」張得發說，

「我一印好樣板，就各處分送，並把大先生的意思告訴他們。」

胡雪巖的這一著棋，震動了全國的典當業。眾所周知，典當歸屬於金融業，那些死守百分之二十利率的小當舖誰敢這樣做？尤其對窮人典當僅扣百分之五，誰吃得消？照此下去連朝奉的月薪都發不出，可胡雪巖的典當業卻發了，它像個經濟周轉的大磁場，一下子把窮困者吸引過來，就在這一年，倒閉的小當舖不下數十家。當然，這是後話。

□

這天，胡雪巖沒吃中飯便提早乘著小轎來到碼頭，僱了艘船，連人帶轎回到了杭州，到家時已近黃昏。

「大先生回來了……」這聲音從大門傳到了內廳，此時家裏正在吃晚飯，胡雪巖進了二太太房間，脫下長袍，早被二太太屋裏的丫鬟小玉接過去了。

「快，給大先生打盆水來，水溫要合適。」

二太太余氏乃上海大戶出身，性格溫順，心眼靈活，善於琢磨丈夫的需要，甚至丈夫的食譜和四時早晚用水的溫度，她心中都有一本帳。在九房太太中她像是胡雪巖情緒的「溫度表」，常引得諸房太太來打聽：

「見到先生了嗎？這兩天他喜歡什麼？……他愛聽什麼曲兒……？」

尤其是生活安排，本來是女總管潘寡婦的事，但那些丫鬟們有時沒把她放在眼裏，常常直接「請示」二太太，弄得潘寡婦好不自在，常常一個人窩在下房裏生悶氣。

「小玉，」二太太又吩咐說，

「告訴廚房，給大先生增加兩個菜：一個炒鱔絲，一個清蒸甲魚。今天大先生累了。」

「是。」小玉剛要去廚房，二太太又叫住道：

「啊……還有，今日個老太太食慾不好，叫他們給老太太做碗八珍湯……。」

小玉走後，胡雪巖說：

「我媽身體不好啦……？」

「精神還好，」余氏說，「就是飯量差一點。」

胡雪巖三步兩步奔到母親屋裏，發現潘寡婦正在老太太面前抹眼淚。那潘寡婦原是胡家的鄰居，也是糧道山下的一個貧戶，與胡雪巖一起長大，胡雪巖到三元錢莊當學徒時，這潘家姑娘就常去胡家小矮房裏與胡母作伴。偶爾胡雪巖回家一次，那姑娘可巴結哩，當天便把胡雪巖那件唯一的長袍脫下來洗淨晾乾，讓他可以乾乾淨淨地回店。不料胡雪巖搖身一變，成了錢莊的老闆，潘姑娘自感不如，於是嫁給一個箔匠，不幸丈夫在太平軍第一次攻城時，隨民團抗擊太平軍而身亡。潘寡婦便投奔到胡母金氏面前，胡雪巖念及舊情，決定將她留在胡宅內院，總管丫鬟。而今見她於母親面前抹淚，遂問道：

「怎麼啦……？」

「大先生……」潘寡婦立起來：

「這些小妮子們我管不了……。」

胡雪巖一聽便明白了八九分，笑道：

「也難為你了，丫鬟嘛都屬於各房屋裏的。我記得你不是喜歡唱小曲兒嘛，什麼宣卷啊、杭灘……，不妨你給我找一批會唱的小妮子，由你管理。隔壁牆門買下來還沒人住，你帶她們住那裏。」

「好啊……」潘寡婦一聽，急忙抹了抹眼淚笑道：

「這件事我會辦，杭州女孩子會唱的不少呢。」

「但是……要像買丫鬟一樣，人要小，嗓子要好，長相更不能馬虎……。」
「喲，大先生，這幾條很難哪，十全十美的女孩子不多……。」
「多給銀子。」
「有大先生這句話就行，好啦，您放心……」
潘寡婦帶著新「使命」高高興興地出去了。
「娘，」胡雪巖說，「聽說您胃口不好，要不要請個郎中來？」
「嗨，沒啥病……」金氏說：
「老了，天氣一熱我就吃不下飯，每年都是這樣。」
「娘」，胡雪巖孝敬地望著母親：
「您今年六十啦，本來想給您做個大壽，可是現在市面這個樣，有些人逃難還沒回來。等我忙完了賑撫事務，我一定給您熱熱鬧鬧地補上。」
正說著，二太太余氏親自給婆婆端來了一碗「八珍湯」，笑著說：
「媽，這碗湯對您身子骨有好處，您喝了吧。」
「好，放下吧，我一會兒喝。」

余氏放下碗，對胡雪巖說：

「你也累了一天啦，快吃飯吧……。」

□

第二天，胡雪巖乘著小轎往難民局走去。夏季眼看就要過了，但那剛露頭的太陽還是火辣辣的，使小轎裏的胡大先生感到炙熱和氣悶。

「不……！」他想：

「小轎雖靈便，但畢竟有些寒酸，而且夏季一到，像是在蒸籠裏忍受著薰灼和炙烤。這不是在享受，而是在受罪……。」

他決定要換轎。

「胡大先生。」小轎剛入昭慶寺便有人喊著跑過來。小轎停穩，難民局的總辦沈良德急著說：

「大先生，正有些棘手的事等您拿主意呢……。」

「好啊，裏邊談……」胡雪巖拉著這位厚道的老實人進了偏殿臨時辦事處。

「這個難民局……」沈良德鎖著雙眉說，

「本是一大善舉，卻也引來一些麻煩。剛開始收容的是四百五十二個人，後來又收進從湖州逃來的三百多人。可是那些認領孩子的大多數都是瞎認，不管是不是他的孩子，領了就走，我們還沒弄明白，人就不見了。」

「把大門關上！」胡雪巖火了，

「現在……沒父母的孤兒有多少？」

「領走了七個。現在……還有一百二十三個。」

這時，有個賊頭賊腦的中年男人走進來，點了點頭：

「先生，我來領孩子……。」

胡雪巖沒好氣兒地丟過來一張毛邊紙：

「先寫上：姓名、哪裏人、幾個孩子、被收容的行幾、孩子的大名小名、怎麼走失的、什麼時間逃出來的、男的女的……？」

「先生，」中年男子說，「我不識字……我一看那孩子就認得……。」

「你貴姓？」

「姓張……」

「哪的人？」

「湖州啊，兵亂的時候走失的……。」

胡雪巖竊笑笑，心想：

聽口音是安徽人，如何從湖州逃難來此？

「好吧。」胡雪巖對沈良德使了個眼色，站起來道：

「跟我們去認領吧。」

說著便帶了這位「家長」到了孤兒贍養所。這裏是昭慶寺的後殿，住著幾十個男孩，雖是「頑童」之年，但看上去卻像是經歷風霜的枯葉，萎萎縮縮的。

「你看……哪個是你的？」

「不，我的是個……女孩。」

穿過了後殿，來到一間和尚掛單的大寮房，胡雪巖指著這批女孩子說：

「看看，哪個是你的……？」

這中年男子拉著一個十二三歲的女孩，假惺惺地說：

「哎呀，你媽可想煞妳了！快跟我回家去呀……。」

「等一下！」胡雪巖沈著臉對女孩子講：

「你叫他一聲！」

女孩惶恐地縮回了小手，遲疑地搖搖頭。

「老沈，」胡雪巖說，「把登記冊給我。」

他翻到二十五號床，叫了聲「黃桂花」。

「噯。」小女孩說，「我是叫黃桂花，啥事體？」

「你是哪裏人？」胡雪巖問。

「杭州仁和。」

「爸爸媽媽呢？」

女孩「刷」地一下落了淚：

「死了，都死了。」

胡雪巖朝男子瞥了一眼，對女孩安慰道：

「別哭……父母沒了，有人照顧你，啊……。」

於是將這個冒領女孩的中年男子帶到了辦事處。

「吔！你又來了？」

辦事處的帳房劉先生一眼發現了這個曾認領過女孩子的人。

「你領過幾個女孩子了？」胡雪巖問。

「我今天第一次來。」

「不要說了！」胡雪巖正色道：

「趁火打劫的人口販子，賣了多少丫鬟？到大堂上去說！」

不用分說，登時被送進了大牢。

「沈先生。」胡雪巖說：

「寫一個《告示》，凡認領失散孩子的，必須先登記，然後對照孤兒名冊，經過父（母）子相認後，方可領走；另外，屬於『領養』的無後夫妻，經保甲證明，交雙保（鋪保、紳保）方可領去撫養；一旦發現騙賣者，嚴懲！」

「我也是這麼想。否則，害苦了孩子。」

「經費夠嗎?」

「吃住足夠了。我分析,戰火一停,這個贍養所的孩子會逐漸減少。認領的、想要孩子的愈來愈多,剩不了幾個,只不過冬天需要做些棉被……。」

胡雪巖站起來,剛才的怒氣已全消。

「該用的銀子,省也省不下來,就用吧。」

「胡大先生,」布政使署一個檢校官進來說,「蔣益澧大人有請。」

胡雪巖聽說布政使有請,便離開難民局乘轎來到布政使署,面見蔣益澧。這位新任布政使原是左宗棠的部將,文官出身,與太平軍轉戰三年多,頗具戰功。而今眼見掩忠骨、清河渠、收難民、撫遺孤、賑粥貧、遣流民等諸事井然有序,唯街面招商開市之事尚不盡人意,故請胡雪巖來商議改善市景蕭條的良策:

「胡大先生,數月勞績,諸善甚佳。街面店舖雖有修浚,但如何使市井繁榮起來,還請胡大先生動些腦筋……。」

「蔣大人,」胡雪巖迫不及待地插話道:

「市井的繁盛全在於資金的流通,店面雖然修浚,然而他們的財物大都被兵亂洗劫一空……」

「阜康的力量能解決嗎？」蔣益澧問。

「能！但要有個過程，因為有些無賴從中拉線，令旗人貸錢給商賈，按月加利，如果貸一千兩，十個月就得還二千兩，弄得店家寧願到粥廠也不敢開店了。現在，阜康決定以低息放款，盡快招商開市。為了把這事辦好，阜康準備派人挨家串戶地勸商，我想不幾日就會改觀的。」

蔣益澧笑了笑：「低息……？」

胡雪巖感到蔣益澧有些疑慮，很快補充了一句：

「是的，低息照顧受災戶，幫助他們開市。」

蔣益澧滿意的點點頭。

兩天過後，阜康錢莊除留下兩個人應付民間借貸外，其他人各負責一條街段，展開了勸貸開市的工作。

這時，眾多的老商店正愁著已無回天之力，不料「官方」錢莊自願低息貸款，誰不欣然合作？數月後，杭城又恢復了往日的繁榮景象，夜間的市貌像是天上的繁星落入了人間，大有「日中為歡樂，夜半不能休」的一派新景。

阜康錢莊貸出款項總共二十萬兩。此款正是浙江釐金收入的款額，但卻被阜康放出去了。儘管是低息，對阜康來說，也是一筆不少的額外收入。

平心而論，杭州的戰後恢復工作，胡雪巖確有勞績，是左宗棠心目中的商賈奇男子。

就在這年，左宗棠給朝廷寫了一篇奏摺。書道：

「江西候補道胡光墉，自臣入浙，委辦諸務，悉臻妥辦。杭州克服後，在籍籌辦善後，極為得力，其急公好義，實心實力，迥非尋常辦理賑撫勞績可比……。」

在奏摺最後還要求朝廷給胡光墉賞銜。

「太后老佛爺」一聽奏摺，感到此人不僅能「借洋兵助剿」，而在賑撫諸務中又「極為得力」，於是硃筆一批，賞了一個按察使銜。

獲銜的那天，不但家裏設宴，連阜康錢莊的上上下下也犒賞了一頓。

是夜，胡雪巖酒後將睡，他晃悠悠地溜進了二太太余氏房裏，余氏急忙命小玉取醒酒湯來……。

「不喝了……」胡雪巖醉醺醺地搖搖頭，「睡吧。」

「大先生。」余氏靠近胡雪巖坐下說，「今晚睡在哪？」

「還是這裏……」

「大先生，」余氏溫和地說：

「我知道你很喜歡我，但我有一事想和你商量……。」

「好說，好說。」胡雪巖說話時，眼皮兒都沒撩開，

「有什麼事你說吧。」

「你想，眾姐妹們常守空房，我也曾替她們想過。說實話，她們和我一樣需要你！何況，這些姐妹們都很年輕，而且又都是你愛上才娶進來的，她們天天巴望著你去呀。」

「哈哈……」胡雪巖被這麼一說，酒醒了一半，大笑了一陣說：

「我不是孫悟空……。」

余氏嬌嗔地勾住丈夫的脖子說：

「誰讓你變啦，我是讓你常走走。」

「來，」胡雪巖站起來說，「大家抽籤……。」

「這樣也好，」余氏寬心地說：

「誰抽到了誰走運！」

正說著，小玉端著醒酒湯進來道：

「大先生喝點醒酒湯……。」

「不喝了！」胡雪巖揚了揚手說：

「去，把幾位夫人都給我請來！」

小玉走後，胡雪巖對余氏說：

「抽籤的戲法就由你變啦，啊……？」

余氏微笑著剪了九張紙條，其中一張點了一點胭脂，待捲起來後，妻妾們都到齊了……。

「哎，姐妹們，」余氏喊著說：

「從今天起，我們抽籤，誰抽到了大先生，誰就侍候他……。」

大夥一聽，笑了。回頭看看大先生，只見他微笑著扮演了一個「頭彩」角色，倒也開心。

「我可不抓。」大太太羞答答地說：

「我跟他是老夫老妻了，要鬧啊，你們鬧吧！」

「哎、哎，不行，」二太太笑著大聲地說：

「抓一個，抓著了再放進去，丟一個空白的你再走。」

大太太深解其意，信手抓了一個空白的，笑呵呵地走了。

妻妾們剛被小玉喊過來時還是滿臉迷離，一聽是抽籤，那迷離的神色化成兩朵發熱的紅雲，悄悄蔓延到了耳根；尤其那位能書會畫的四姨太太柳氏，不知怎的，見了胡大先生心裏就慌，兩隻手都不知往哪兒放了，只是耷拉著眼皮，裝作沒看見的樣子。

「來，咱們一人抓一個……！」

二太太托著漆盤子說。但是人人都羞澀地轉過臉去，立在那裏像是一尊尊的木雕。

「好！」胡雪巖忽地站起來，指著太太們笑著說：

「我作『頭彩』你們不抓，你們作頭彩我來抓。」於是讓二太太將八張紙條順序點上兩至九個點，捲起紙條閉上眼一抓——九個點。

九姑娘沒敢笑出來，生怕姐妹們尷尬受窘。

「小九姑娘，」二太太說：「快去叫你屋的翠雲給大先生打洗腳水去……。」

九姑娘「哦」了一聲，隨著大家散去。

「小玉。」二太太說：

「趕明日叫戚老頭做十幾個竹籤，油漆漆了，寫上一二三……，你主子是雪記，白底紅字……。」

「喔……。」

「還有，」二太太輕聲說：

「這事……就由你拿著籤筒，每天晚飯後，請大先生抽一支，懂嗎？」

「要跪嗎？」小玉問。

「嗨，傻丫頭，」二太太笑著說，

「那是皇上，送籤的太監才跪呢！」

小玉咋舌縮脖地笑了。

九姑娘乃王有齡所贈，與他那「小五」都是上海「毛兒戲班」的戲子，今晚能與大先生同床共枕，自然有一番柔情蜜意，忽而唱一段《離恨怨》，忽而巫山雲雨，把大先生喜的了不得，顛狂了半夜才使大先生入睡。

□

第二天，吃過早飯，胡雪巖來到母親屋裏，問候了飲食起居，最後告訴母親，要補辦六十大壽，給母親做一乘小轎，母親喜得笑眯了眼。

她從那個低矮的小破屋裏走出來才十多年，她能住上深宅大院裏坐北朝南的大房子，睡的是烏木雕花大床，吃的是山珍海味，穿的是上等綢緞，丫鬟婆子圍著團團轉。她一露笑臉，那丫鬟佣人們人人開胃；她稍不痛快，下人們就會個個失眠。然而她並不會苛待下人，相反地，老夫人篤信佛教，遵循著「諸惡莫作，諸善奉行」的信念，時常接濟貧困、整修廟宇。今天，聽說兒子要為她作壽，因說道：

「等大勢至菩薩生日那天，在靈隱寺，花點錢請和尚們唸幾卷經就行了。」

胡雪巖很能理解母親的心，笑道：

「好，好，就照您的心願辦。」

他從母親屋裏出來，拐彎來到下房，找到張保和李文才兩個轎夫，轎夫們急忙立起來：

「大先生，您出去？」

「不……」胡雪巖擺擺手說：

「請坐下來，咱們商量個事。」

「您就吩咐吧，還商量什麼呢？」李文才盤著大辮子說。

「從今起我暫不坐轎，你們倆找間轎舖，或者找能工巧匠，租個地方做轎子。要做兩乘『四人抬』，做十幾乘小轎，但是款式要不同，顏色要翻新，我的要綠呢大轎，冬天能放炭爐，夏天能放水盆，轎圍子能透風能保暖，做得來嗎？」

「嗨，」張保說，「這有啥難的，我畫個圖樣，保您冬暖夏涼。」

胡雪巖坐著這兩位抬轎的「高手」，稱讚說：

「不錯，你倆的技術不錯，抬得十分穩當……。」

「嘿嘿……」張保憨笑著說，「您太誇獎了……。」

「另外，」胡雪巖接著說：

「做轎子的同時，到你們的家鄉無錫，從搬運工人中挑一些年輕體壯厚實的人來，成立一個轎班。我出去時你們倆是不能少的，但太太們出去，就由你們安排轎班。切記，招來的人均稱練習生，學得好，提前陞任轎班師傅，學不好的給點銀子打發回家，希望你倆盡心盡力……。」

「放心，」二人異口同聲地說，「我們一定盡心盡力！」

正說著，忽然戚老頭來了：

「胡大先生，找了半天您在這兒呢……！」

「有事……？」

「上海的戚翰文先生來了！」

胡雪巖立刻站起來往前院走去。剛跨進客廳，戚翰文便迎出來，笑著作了揖。

「什麼時候到的？」

「昨天夜裏下的船，我估計早上您會在家，我就沒到櫃上去。」

「快坐，快坐。」胡雪巖說著，戚老頭命小丫鬟端上了茶。

「上海……？」胡雪巖剛開口，戚翰文急著說：

「錢莊和銀號的事務我等下給您看看總帳，但是有一件急事必須請您親自去一趟……。」

「哦……？」

「本來，我可以處理，但那洋行老闆一定要與您親自會見。」

「什麼事？」

「有一筆大的生意……。」

第七章

秋天的日光從乾涼的空氣中直射到上海灘的幢幢高樓，洋人的汽車在馬路上穿梭奔馳著，不時發出振耳欲聾的喇叭聲迫使行人讓路。中國老百姓都知道，洋人撞死中國人就如同撞死一頭牛羊，清政府是不敢冒然干涉的。所以只要遠遠聽到喇叭聲，大夥都一溜煙閃到路邊去了，只有幾個討小錢的流浪兒，不知天高地厚地迎著車子大喊「哈囉！哈囉！……」

戚翰文跳下馬車，然後伸手將胡大先生接扶了下來，兩人朝著大理石階拾級而上。盡頭是一間大廳，傳出嘰哩咕嚕的洋話聲，胡雪巖推門而入，四、五個洋人立刻起身拍手歡迎這位中國著名的銀行家。

這時的胡雪巖年僅三十八歲，平靜的臉上不輕易流露感情，步履穩健，言談中自然顯現一股威嚴的氣質，面對洋人依然不慌不忙。

一個洋人客氣地伸出手來：

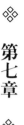

「你好！胡雪巖先生。」譯員急忙翻譯成漢語。

胡雪巖微笑著和洋人握了手，又聽譯員說：

「這位是怡和洋行大班波斯烏先生……」

「很高興見到你……」胡雪巖也透過譯員客氣地回禮。

其實胡雪巖早就經由打探知道波斯烏曾是丹麥領事，而胡雪巖也很清楚這些外國大班都同時具有多重身份：他們大都在中國擔任自己國家的駐華領事，一會兒以領事身份至道府商談公事，一會兒又成了勾結作弊的商人……

「胡先生，」波斯烏首先說，

「我們邀請您來的目的是溝通金融關係，加強進一步合作。阜康的實力遠在其他錢莊之上，據我們所知，您是中國省級巡撫官員……。」

譯員譯到此處，胡雪巖微笑著說：

「我有巡撫的爵位，但沒有開府做官，我還是一個中國的商人……。」

「按外國銀行慣例，大多要公開自己的資金。我為什麼提這個問題，坦白地相告，我們對上海錢莊開出的《莊票》不甚放心……。」

「我很贊成你們的坦誠，我不妨實言相告，本銀號和錢莊的投資是一千二百萬兩！」

「啊……！」大班驚嘆道，

「雄厚的實力啊！本來我們收進《莊票》時，要由極有實力的商家作擔保。根據你們的情況，我們將改變初衷，請胡先生提出個更方便的辦法，可以嗎……？」

「莊票上由我的代理人簽字。」胡雪巖說。

「在上海，資金一、二萬的錢莊不少，他們開出的莊票，我們規定必須有擔保人，而對阜康的莊票，我們將不需擔保，因為你們的銀號帶有官方性質。但是，我想在《莊票》上，代理人的權限能否在兩萬兩以下，超出者還是請胡先生自己簽字為宜。」

「我想……」胡雪巖說，

「波斯烏先生也是怡和洋行在上海的代理人……。」

波斯烏尷尬地笑笑：「是這樣。」

「既然大班先生能處理上海商務，我委派的戚先生也應有處理一切的權利。只不過你們的資金更雄厚而已。」

胡雪巖覺得他話已說到了絕處，但是為了將來的合作，把話又退了回來，

「既然大班先生提出了《莊票》簽字範圍，我也同意，不過超過兩萬的恐怕不多……。」

「比往年多。」戚翰文悄悄告訴胡雪巖。

「他的貸款做什麼生意？」

「絲和茶。」

二人耳語了兩句，卻給胡雪巖一個啟發。他正在思忖著，大班把話拉入了正題。

「胡先生，我想和您談一筆生意。」大班說。

「生意……？」胡雪巖笑著問。

「說來您也許不同意。我們除了茶和絲的生意外，想請先生支持我們做一次紋銀的生意。」

「請說。」

「因為中國商人與我國是『易貨』交易，他們得了紋銀不輕易脫手。我國在交易中又需要進口白銀進行調劑。所以我們單方意向是想從貴號借貸五萬兩紋銀，不知胡先生意下如何？」

「可以！」胡雪巖很果斷地答應。因為他知道在這十里洋場上給外商一點實惠，對

阜康不無好處，但這筆生意怎麼做，他心中還沒有譜，

「不知大班先生有何打算……？」

「用貨交換。」大班直截了當地說：

「等於我用貨換你五萬兩紋銀。」

「不知您現在庫存……？」

「布。」大班說，「在你們中國叫洋布。」

「大班先生，在中國，洋布的銷路較以往不同，下降的幅度較大，如果把價格降低，我們可以商量。如果照原來的價格向中國老百姓出售，除去運輸和損耗，我們就很難成交了。」

「胡先生，我們為了用紋銀調劑英國的市場，我給你的布疋自然會放低價格。」

「那好，既然大班先生肯放低價格，我們明天由戚先生與貴洋行經辦人再進行具體商談。」

「但願我們合作愉快。」大班笑著說。

胡雪巖離開怡和洋行後，二人走進了餐館，各點了兩道菜，邊喝著紹興花雕邊聊著。

「洋布是有銷路的，」戚翰文說，

「可是我擔心利潤不高。」

「老戚，」胡雪巖挾著一顆花生米說，

「一萬噸花生米也是從『一顆』開始的，也就是說一千一萬，都得從『一』開始。整個算下來，有百分之十的利潤也做。」

老戚抿了一口酒說：

「也對，只要利潤沾了嘴邊，這筆生意也吃。」

「但是，我考慮的重點還不是這個。我倒覺得他啟發了我！」

「哦？」老戚挾著菜的筷子停在半空中，兩眼直望著胡雪巖。

「現在英國要進口茶和絲，第一，港口處商人集中，我們要迅速在武漢、福州設阜康錢莊；第二，浙江兵變這幾年，大片荒山只有野生茶樹，我們要僱工除石鬆土，大面積栽種茶樹，春天坐地收茶，打包外銷；第三，最要緊的，是白絲，利潤高。」

老戚朝胡雪巖笑笑，心想：

大老闆的點子真多。

「這幾件事說做就做，你明天談定了就交別人去辦，然後帶兩個忠誠老實能獨立工作的人迅速去武昌、福州，建立分莊，代辦人選由你挑；我回杭州將常先生從義塾調派到農村，指揮開山種茶，茶苗一律由我們負擔，但收穫的茶葉不准賣給別人；在回杭州前，先向內行人請教，然後我們投資將湖州的鮮繭全部收購下來，必有大利可得。」

「好啊，就按您的意思去辦。不過我要把老婆送回杭州。」

「可以。」胡雪巖點點頭，信手交給老戚一張《莊票》說，

「我知道你家的房子要塌了，你把這二百兩帶回去，蓋了房子你也好放心哪！」

「這……？」

「是我來上海備用的，你先拿去蓋房子。」

老戚有點怪不好意思的，最後還是裝進了口袋。

□

隔天下午，胡雪巖沒乘車，隻身一人在外灘走了一趟，他瞧著那些停泊在黃浦江邊

一艘艘的外國貨輪，英國、法國、美國等各色旗子在空中飄揚，幾個外國人在甲板上指揮著貨物上下裝卸，碼頭工人通過又高又窄的弓形天橋，把一包包的麻袋扛到船上。船舷外面不時地翻出一人高的浪花，但船身穩然不動，像凸出水面上的礁岩。他想：

這裝卸工背上的麻包毋庸置疑，從重量和打包的樣子看來，必定是出口的生絲。啊……這些外銷的貨物應該是我阜康的，而這筆賺項必然不小。他記不起誰說過：

「智者創造機會，能者利用機會，弱者等待機會。」他反覆品味著這三句話，彷彿他正在商戰搏鬥中，找到了最銳利的精神武器；又好像在十里洋場的商戰對壘中，找到了主動進攻的契機。就在此時，趕馬車的從後邊「呱噠噠」地過來：

「先生，坐車哦？」

胡雪巖回頭，從容地上了車。車伕問：

「您上哪兒？」

「南市……。」

趕車的心裏有數，這位先生的目標是妓院。多年的拉車經驗使他鍛鍊出一雙火眼金睛，瞧著客人一副闊老打扮決非俗輩，於是二話不說，直往高級妓院趕去。

的確，胡雪巖今晚要喝花酒，宿花地去了，他的心飛得比馬車還快，腦海裏像走馬燈似的，翻過去十幾個極有風韻的人物：彩雲、蘋香、春梅、雪南、秀梅、杏花、大腳板，紅豆子，白雅君……

「停！」

他決定去白雅君的「雅君書寓」。

胡雪巖下車後便往一條灰磚高牆的弄堂裏走去。他掏出一只法國金殼懷錶，按開了彈簧錶蓋，

「才四點鐘，還早。」他想。於是放慢了腳步，悠然自得地走著。

連接兩側弄堂的是一座座似天橋般的過街樓，每座橋上都站了好幾個剛睡醒的妓女，有的散亂著頭髮在塗脂描眉；有的對著一只小鏡呲牙咧嘴地擠毛囊裏的粉刺；有的只穿了一件睡衣就倚著欄杆揮手招客，風一吹便露出一片渾圓雪白的酥胸……。

胡雪巖在弄堂下走著，聽見兩個妓女用野話對罵，看見她們三兩聚集對著來往的男人招呼、品頭論足，不時還發出一陣曖昧的嘻笑聲，他小心閃避姑娘們從樓上扔下的瓜子殼，對這些一張張塗滿脂粉的白臉紅唇感到一股厭惡，於是加快了腳步朝「雅君書寓」

走去。

「喲，胡老爺！」

鴇娘見胡雪巖進了白姑娘家，驚喜得兩隻手不知往哪放。她急忙朝樓上喊道：

「姑娘，我的寶貝肉啊，你看誰來了……？」

白雅君與鴇母有著不必言傳的默契，她倆都知道，喊見客時多加一句「我的寶貝肉啊」就代表了有「活財神」降臨。白雅君一聽，急忙照了照鏡子，隨即登登地下了樓，見是胡雪巖，好像久別的情人一般，猛地撲在他的懷裏，把那鼓鼓囊囊的酥胸緊緊貼在胡雪巖結實的胸膛前，杏眼含情，親切地呼喚：

「胡老爺……。」

白雅君在上海南市一帶的高等妓女中，算是最年輕最迷人的姑娘，一張鴨蛋臉嵌著一雙撩人的眼睛，那小嘴像剛裂開的紅石榴，略翹的鼻尖，整齊的貝齒，還有那顆引人遐思的美人痣，如果說她美麗，只因她的五官搭配得勻稱；如果說她多情，只因她聰明和嬌柔的動作。尤其那雙水汪汪，好像會說話的眼睛，總是給人一種熱烈的，燃燒著的慾望。藕色高叉的旗袍掩飾不住窈窕動人的曲線，雪白勻稱的大腿有意無意地從開叉處裸露出來，白雅君的媚態和風情，令人不禁目眩神迷。

她把胡雪巖扶到了樓上，鴇母本能地捧果子獻茶，那白姑娘也不避諱，當著鴇娘的面撒嬌撒痴，坐在胡雪巖懷裏，勾住他的脖子往臉上到處亂親：

「今天還走嗎……？」那聲音比抒情曲還甜。

「不走啦……。」

胡雪巖從發跡那天開始，除了對事業功名的追求永不感到滿足外，對女性的慾望也像個塡不滿的溝壑。他認為秦樓楚館、走馬章台是男人的風流韻事，女人是鮮花，要栽就得選最上乘的，而妻妾滿堂，花叢簇擁乃是人生一大樂事。

這天晚上，他留宿在白雅君的屋裏，當然，一個高攀權貴，一個盡採野香，有唱不盡的鸞鳳和鳴，品不完的巫山雲雨。

第二天，日照三竿胡雪巖懶洋洋地打了個哈欠，剛要起身，被白雅君一把按住，那媚態簡直可以把鐵漢麻倒，胡雪巖更是骨酥神昏。

「胡老爺……」白雅君貼著他的面頰甜甜地問道，

「您不是答應我嗎……？」

「答應什麼啦？」

「瞧您，」白雅君睜大杏眼嬌嗔道，「您不是想把我贖出去嘛……。」

「喔……寶貝兒，」胡雪巖擰了一下白雅君的下巴，「我什麼時候撒過謊啊……！」

說著便起身穿上衣裳。此時鴇娘早就端著漱洗水立在門外，她隔著門縫見胡老爺起來了，便咳了一聲推門進房，笑著說：

「胡大老爺，請洗臉……。」

「通知玉春齋，晚飯送一桌菜來。」胡雪巖說。

「您寫個菜單吧……。」鴇娘說。

「不用寫，」胡雪巖說，「我點什麼菜他們都知道。」

說罷，拿出一張莊票：

「這一千兩是贖人的錢。晚上吃過飯，我就把人帶走。」

鴇娘接過銀票，苦笑著說：

「胡大老爺……，這……買個丫鬟還得百八十兩呢……，您家大業大……。」

「好了，好了，」胡雪巖說，

「再添五十兩，別的甭說了。抽空找人寫個字據，我晚上領人就是了。」

「這……？」

「娘，」白雅君插話說，

「上次您找胡老爺要一千兩銀子，人家今天又多您五十兩，總可以了，何況胡老爺又是體面人物，人家不會虧待您……。」

「嗳，好啊！」鴇娘說，

「我今天再侍候你們夫妻一次吧……。」說著還落了幾滴淚。

□

胡雪巖吃罷早飯，僱了一輛高轎馬車往摩爾登劇場駛去，到「恰泰絲經行」門前停下，付了車費走進這家中國人開辦的絲行。

老闆龐雲繒是南潯「四象八牛」十二家族之一，太平天國進軍南潯期間，他藉洋人租界的特殊地位避居於上海，因洋商需要輯裏湖絲殷切，他便與洋人接觸，打下了日後販絲致富的基礎。

龐雲繒比胡雪巖小九歲，打從十五歲就開始學習絲業，人既聰明，能幹又肯學，絲業方面的經驗彷彿比胡雪巖多了九年。然因能力過人，與人合夥投資反而每每遭忌，目前正為拆資而困擾著。過度思慮的結果使他眉峰之間擠成了一個「川」字，胖敦敦的臉上提早出現了好幾條皺紋，乍看起來比胡雪巖還要老成。

胡雪巖得知龐雲繒「龍困淺灘」，有志不得伸的處境後，正想羅為己用，這天特地為此來拜訪。而龐雲繒也正琢磨如何重操舊業、東山再起，不料從天上掉下一位「活財神」。

二人見面寒喧了幾句，胡雪巖便提出「吃花酒」的邀請。當然，生意場上的人一聽就明白，必有生意好談，於是龐雲繒的臉上現出了幾天來少有的笑容，問道：

「胡老闆有請，我豈敢推辭，你說吧，什麼地方？」

「雅君書寓。」

「哎呀，老兄的眼力真令人欽佩呀！」

「不過……」胡雪巖笑著說，「你也要叫局呀。」

「嗨，我那個素吟比起你那個小白，真是小巫見大巫啦，好吧，幾點鐘？」

「四點，」胡雪巖補充說，

「你那個素吟姑娘的局由我來叫。記住，不得失約。」

「放心，人而無信不知其可，『信用』二字我還沒少過一撇。」

胡雪巖離開絲行，走了不遠便回到阜康銀號。不久戚翰文也回來了，二人走到經理室裏，戚翰文將洋布生意的談話情況細說了一遍，最後道：

「他借白銀的數字和洋布的進口價相比較，確有賺頭，我毛算了一下，約一萬兩以上的利潤。」

「好，」胡雪巖笑了，「既使帳上拉平，我們也不在乎。因為以後和洋人打交道的日子還長呢。我看，這事叫別人去經辦，你嘛……要馬上帶上幾個人到武漢、福州設莊。」

「好啊……。」

「把家裏房子蓋好就走。」

「不必，」戚翰文說，

「有大先生給了錢，還怕沒人管！今兒個晚上我就把老婆送上輪船，帶著錢回杭州。」

「還有個事兒。」胡雪巖笑悠悠地說，

「你老婆走後，把屋裏收拾一下，換一套新的家具，做幾床新舖蓋……。」

「不用了，」戚翰文不知就理地笑了笑，

「您這是幹嘛，我做經理的總不能給您破費吧……？」

「你做經理，不只是替我做事，還要有經理的氣派。你可別忘了，這兒可是大上海呀！實話告訴你吧，我已經給你物色了一位姨太太。」

「您……您說啥？」

「給你找了一位姨太太。」

戚翰文聽了簡直是哭笑不得，那臉色像是爐火裏燒著的木炭，一會紅，一會白，不知該如何搭腔才好。

「放心，」胡雪巖看出了他心裏的矛盾，說：

「嫂夫人那裏由我去說，既作阜康的經理，就要有個小太太。」

這一招真靈，為幫他賺錢的重要人物配個小老婆，開支不大，卻攏絡了人心。胡雪巖對其餘為他出力賣命的重要人物也是如此，當然，這只是後話。

「你看……」胡雪巖把話鋒一轉，問道：

「分莊的經理誰最合適？」

「這……要有三個條件：一要誠實，二要機敏，三要能幹。這三項我認為張其昌、俞德海較為合適……。」

「就照你的辦，不過……路上還要幫助他們多掌握一些經營之道。」

「資金……請大先生吩咐一下。」

「先用糧台的錢，我知道有兩百多萬兩還沒有動，暫時拿來辦分莊，如果糧台急需，杭州的阜康還有，隨時可以充到公款裏去。」

說句公道話，戚經理的擔子不輕，既要管好上海兩個莊號，又要處理洋布，既要到外埠設莊開業，又要把老婆送回杭州蓋房子，忙得他焦頭爛額，但只有一件事情最簡單，即不費吹灰之力得了一位美妾，胡雪巖的這份慷慨，成為戚翰文為阜康四處奔波的動力和向心力。

□

下午，胡雪巖提前到了白雅君家，並寫了局票讓鴇娘到異香樓去叫局。晚飯時素吟和龐雲繒都來了。那素吟本是龐雲繒的老相好，年齡不大，且頗有魅力，她穿了一件紫紅色黑牙邊的夾襖，一條肥腿墨綠的褲子，大盤頭上兩支閃光的金釵，耳邊一朵大紅石榴花，尤其那一雙小粽子般的小腳，走起路來像風擺荷葉，顯得婀娜多姿。素吟知道今天是龐大老闆叫的局，因而她挽著龐雲繒的胳膊，仰著臉嬌聲嗲氣地說：

「龐老闆，你叫我好想啊……。」

「哎呀，我的小妹子，我哪有閑哪……？」

「我知道，你就是不想我。」

「怎麼不想啊！」胡雪巖一旁笑著說，

「不想會叫你的局嗎？」

「對呀。」白雅君也笑說，

「龐大先生想你想得吃不下飯，而胡大先生想我想得睡不著覺。」說著一屁股坐在胡雪巖的腿上，仰起秀臉問道：

「對不對？嗯？」

正說著，玉春齋的伙計挑著提盒送菜來了。素吟和雅君倆人爭著斟酒。

「慢來，慢來……」鴇娘笑著說，

「先幫著端菜。」

不一會兒，那張八仙桌上擺滿了菜，鴇娘立在旁邊報著菜名，一邊直嚥口水：

「啊，這是糖醋魚，爆蝦仁、東坡肉、燕窩、魚翅……，這是桂魚、叫化雞、叉燒肉、清蒸鰻……」

「哎，大嬸子，」伙計向鴇娘喊了一聲，「這碗八珍湯就放在小檯子上，先生們喝完酒，請您把湯給熱一熱……。」

「你放那吧，」鴇娘像是很懂的樣子，

「這還用你關照，我能讓大伙喝涼湯？」

胡雪巖拿起杯子和龐雲繒碰了一下杯，說道：

「我請你來，也想打聽一下你的生意……。」

「咳！別提了，」龐雲繒嘆道，

「才高遭忌，這恐怕是中國人的通病。」

「怎麼？」胡雪巖故意地問道，

「同伙還是同行？」

「同伙呀！」龐雲繒舉了舉杯，「咕咚」一口喝了一杯白蘭地，

「賺了錢對方還忌妒，算了，散伙了。」

胡雪巖呡了一口酒，說道：

「我記得有一副對聯說：不遭人忌是庸才，能受天磨真好漢。」

「因為這絲是我的本行，他分了利潤還眼紅，生怕我懂得太多。唉！我準備籌點款子自己幹。」

「甭籌劃款子了，」胡雪巖把剩下的半杯酒一仰而盡，說：

「今天我請你來就是談這個事。」

龐雲繒眼睛一亮：

「你借給我？」

「不！」胡雪巖微笑著望著龐雲繒說，

「我想跟你合作。說老實話，我很想做這個絲的生意，但是我……外行……。」

兩個女人一邊斟酒一邊吃著，還不斷地夾菜往各自的客人嘴裏送。她們懂得在生意場合中不輕易多嘴，只有在客人激動時，她們會像小貓般軟癱在男人的懷裏撒嬌。

龐雲繒又咕咚一口，把杯子使勁兒地一放，說：

「胡大先生，我知道你的為人。你……辦事俐落，知人善任，用人不疑。咱們打開天窗說亮話，我想你……比想這個小素吟還厲害的多呀。」

素吟感到撒嬌的機會到了，她捏起小粉拳在龐雲繒的胸前像擂鼓似的搥著：

「我不要……我要你想我……我不要……。」

那兩只小拳頭像對小棉球，打得又輕軟又舒服。

「你看，又遭忌了吧……」胡雪巖哈哈大笑。龐雲繒忙在素吟耳邊輕言軟語安撫。

「說正經的吧，」龐雲繒瞟著胡雪巖說，

「胡老闆，做生意要看準兩個季節，一是市場季節，二是產品季節，早一天或晚一天都不行。我告訴你一個底，絲的生意只要看準季節，就是個賺錢的生意，前幾年只出口貨值二百四十萬兩，合關兩一百五十四萬。這兩年已到兩千多萬關兩……。」

「出口的主要國家是哪幾個？」胡雪巖問。

「老實說，英國本來想獨吞。他先運到倫敦，然後再分銷到法、英、義各個廠家，其中以法國最多。但是現在……好傢伙，航運和電訊交通一發展，法國義大利直接來中國，擺脫了英國的中間分轉。前些年又修訂了一次關稅，把生絲出口稅值百抽五減到每擔十銀兩，你說這生意好不好做！但是，鍋裏無米難成飯，這一行非下本錢不可。」

「龐先生……嗯……別光顧著說話，喝酒吧。」素吟嬌滴滴地搖著龐雲繒說。

「斟滿，」龐雲繒摟著素吟說，

「我和胡大先生有緣，話說得多了點……。」

「來，再喝一杯，話更多些……」

素吟把酒杯送到了龐雲繒的嘴邊，龐雲繒只得一張嘴又是一杯，他哈了哈氣，閉了閉眼，繼續說道：

「每年收繭以後，要趕在繭蛹未蛻化之前繅絲，你要知道，那蠶蛹變化僅在幾天時間內，稍微遲延，就有破繭的危險，所以時間就是銀子。還有繅絲的程序，這裏的學問更大了……。嗨，我說到哪去了……。」龐雲繒一說起老本行就滔滔不絕。

「說吧，我最喜歡聽了……。」胡雪巖笑著端起了酒杯，

「吃菜，趁熱吃。」

「我呀，」龐雲繒挾了一塊叫化雞吃著說，

「三句話不離本行。胡老闆，咱還是說點真格的吧。」

「好，」胡雪巖放下酒杯說道：

「我們相互之間打了不少交道，但沒有共事做過生意。說老實話，我佩服你的才幹，我想……在絲的生意上我們可以合作，我的設想是：你出技術和人力，我出資本；第二，據我所知中國生絲的產地是浙江、廣東和江蘇三省，而太湖周圍的杭、嘉、湖三府產量最豐，質量也最好，這其中湖州又是最大的生絲集中地，距上海又近，交通運輸極為方便，運費也省。因此，我想咱們第一步就是把杭嘉湖，起碼湖州的鮮繭全部吃下……。」

龐雲繒把酒杯一放，伸出了大姆指：

「好，咱倆不謀而合。素吟，給胡大先生敬酒！」

「來，」素吟從龐雲繒腿上立起來，端起小酒杯，

「我敬胡大先生一杯。……您快喝呀……，老瞅著我，白姑娘要吃醋的……。」

「哈哈……」白雅君爽朗地笑道，

「這個小妮子倒捉弄起我來了，我呀，是在醋缸裏泡大的，連吐口唾沫都是酸的。我看哪，最怕酸味的還是你。」

白雅君笑嘻嘻地站起來，走到龐雲繒的身邊，

「龐先生，我敬您一杯，讓這小妮子的眼淚都淌出酸味來……。」

說的大夥哈哈大笑，龐雲繒笑得前俯後仰，最後還是把酒喝下去了。

「你別嘴硬，」素吟笑著跳起來喊著說，

「你再亂說，倆老闆發了財可沒你的份。」

白雅君聽了這句話，心裏格登一下：怎麼沒份呢？她想，胡雪巖把她都贖出來了，已是名正言順的小太太啦。然而這事她不好在素吟面前說出，於是含混地笑道：

「誰說沒我的份！」她回到胡雪巖身邊，交股而坐，瞇著迷人的杏眼，把頭往胡雪巖肩上一靠，

「胡大先生最疼我了，是吧……？」

胡雪巖笑了笑，對龐雲繒說：「這件事我們就這樣定了，你看怎樣？」

「好啊！」

「再重複一遍，」胡雪巖說，

「你出技術和人力，我出資金，繅絲過程我不管，工錢從成本中扣除，用錢從阜康支出，純利潤各佔百分之五十，怎麼樣？」

龐雲繒有了這麼一個銀行家做後盾，當然無話可說了，只是笑著直點頭。

「那麼就請龐老弟寫一份合作憑據，到杭州來咱們簽個字，一切按憑據辦事。」

「好！」

飯罷，素吟把龐雲繒拉走了。

鴇娘進來收拾剩菜，整理桌椅。白雅君見胡雪巖要走，連忙上前撲在他的胸前，柔聲地問道：

「先生，我的老公……，什麼時候把我帶出去？」

「我要告訴你真話，」胡雪巖收斂起笑容說，

「我已經把你嫁出去了！」

白雅君瞪大雙眼，滿臉狐疑，半晌說不出話來。

第八章

一八六五年（清同治四年）暮春

春天降臨杭州城，帶來一片蓬勃的生機，沈寂了一季的西湖再度展露她迷人風情。婉囀的鳥啼繚繞在岸邊成蔭的柳樹間，成群的水鴨在水波間嬉戲，剛冒出水面的碧綠荷葉像卷彎著秀臉不肯露面的害羞少女。在暖洋洋的春光下，人們的臉彷佛城隍山上的杜鵑，綻放著紅彤彤的笑顏。

左宗棠陞任了閩浙總督，仍兼任浙江巡撫，一因掌管錢糧的督辦工作得力，再因西湖的山光水色令人流連，左宗棠怎捨得離開這人間天堂——杭州。

杭州由破敗、重建，而回復繁華，胡雪巖是大功臣。左宗棠對他的鼎力協助確也銘諸肺腑。然談到犒賞，左襄公所能獎賞的也只有官銜了；於是由補用道而按察使，又專摺上報朝廷，賜了胡雪巖一個僅在巡撫之下的布政使銜，照理說胡雪巖這下可威風八面了，但他並不開府做官，而是另有打算。他想，官爵在位乃是身不由己，若坐在府台衙門裏致力聚財，不僅會受到同僚朝廷誹議，連自己也覺得有失身份，不如無官一身輕，既有官的榮耀、官商的實惠，又省去了貪官的嫌疑，豈不美哉？

胡雪巖的發跡，像錢塘江大潮一樣，那白花花的銀子沖「破」胡府大門，直往裏灌，不僅箱櫃塞滿了紋銀，連妻妾的床下都分藏了許多。

五月二十日，他請來三位土木工程設計家準備大興土木建造大宅，並將杭州鼓樓元寶街的連坊圖紙攤在桌上，眾學者一驚，個個瞠目結舌。半晌，張道逸緩緩地問道：

「據我所知，此地原是宋朝丞相王朝文的宅邸，如按此圖再連亘數坊，工程十分浩大。不如原建原修，地基……」

胡雪巖一揚手，搶先說：

「不……，我如果原拆原建就不必有勞諸位了。現在這片土地我已經買下了，遷移戶都給了銀子重新覓處安家，我不計經費，只求滿意：要既有中國特色又要參照西法；二十四位妻妾雖居同一永巷，但各房要迴旋曲折各具一格；內外裝飾不褪色的琉瓦彩壁，八仙羅漢顯具禪意，樓台亭閣各有風彩，庭院園林自然成趣，平地鐫刻美女棋盤，漢白玉石鋪小橋，南橋嵌上名家碑林，假山怪石另外設計。當然我母親和子女的居室，宅邸廳堂，還有帳房、下房、轎班、歌女、洋人的客房以及接官廳等等，還要各位勞心設計……。」

幾位設計家聽傻了，個個呆若木雞，心想：

天哪，就差一個金鑾殿了！當年的康熙皇帝建造圓明園時，恐怕也沒這些要求吧？

「胡大先生，」張道逸想了想說，

「我三人各有自己的專業，一個土木，一個繪圖計算，一個施工，這與您的要求相差太遠……。」

「嗨，」胡雪巖微笑道，

「我請諸位商議此事，無非請君等替我邀請全國建築、園藝名家，並主持此事，只要能令我滿意，花費銀兩在所不惜。」

「既然胡大先生相信，」張道逸說著朝其他兩人交換了一下眼色，

「我們試試看……。」

張道逸三人領了盤纏遍訪全國建築和園藝高手，末了請來了全國一流的建築設計、

疊山、花卉、裝飾、雕樑、陶藝、木工、瓦匠、傢俱、飼養、彩燈、水管等諸多名匠，並且帶著這批名匠高師走遍西湖的每個景點，又赴上海參觀西洋建築，最後設計了一幅奇秀的名園全景，並繪製出每一個局部的結構與細部，包括迴廊曲徑，亭院廳室，奇山異石，上下住房和庭院花卉等，一併交給了胡大先生。

胡雪巖花了整九個半小時才細細看完，並在參佰伍拾萬兩銀子預算後邊批了八個字：「銀兩不限，以精為美」；在佔地面積七畝的圖紙上也批了八個字：「地畝不計，求全為妥。」

這十六個字把張道逸等二十幾位名匠驚呆了，連西太后都沒批過「不限、不計」等字樣，於是，他們放開手腳、拓寬思路，運用奇想，尋找奇材，聘請奇人，開始動土了。

這邊，胡雪巖也沒閒著，他招來散佈在全國的二十六家「雪記當舖」經理來杭州，那些經理不知何事，惟恐革職換任，一個個驚悸不安。誰料第一天僱了二十艘小船，請大家遊湖，晚餐又招待大家飽飽地吃了一頓，第二天上午才讓每個人分別述職。胡雪巖聽了各舖的情況，欣喜得直點頭。最後，他列出了三條事項，交待回去即刻辦理：

一、對在職人員，優陞劣汰，優者報請提陞副經理，好的練習生提早晉為「朝奉」，差的立刻辭退，還要大膽聘請內行、顧問，協助典當業務，不得忌才。

二、對過期「死當」，組織登記清倉，根據物件的新舊，以低於市場百分之十的價格，進行大拍賣。

三、對收進的古文物、名人字畫，珍寶等物，到期不贖者，均派專人護送杭州，面交胡大先生，如有私藏私賣者，一旦發現立即開除並予賠償。

最後胡雪巖說：

「拍賣可分梯、分日期，如第一天，地方衙門、商會、火會、官紳們請他們來選購，生意可以靈活點，第二天正式公開拍賣，注意，收入逾萬兩的均解送杭州阜康錢莊，然後根據你們的營業盈餘，再分花紅。當然，開業較晚的當舖，請放心，我一視同仁……。」

老實說，哪個當舖幾年幹下來不賺它幾十萬兩？那高檔的「死當」拍賣時都翻了幾番，甚至十幾、二十幾番。尤其在兵變時期搶掠之物，一轉手進了當舖，不但不計較價格，而且絕大多數不敢來贖，這些貨物盈利最大。所以，幾個兵變地區的當舖都發了財。

就在胡雪巖召開會議之後的一個月，嘉興「雪記當舖」的經理張得發請了鏢局的人員護送貳拾萬兩銀子回杭州，喜得胡雪巖多喝了幾杯酒，賞給張得發一千兩紋銀不算，還附加了一個「功勞股」。

□

七月十三大勢至菩薩生日。

雲林寺掛滿了幾百幅的壽聯、壽帳、百壽圖、及壽桃圖，全出自於杭州有名的書畫家和士紳手筆，從山門處羅列到方丈禪房內。胡母金氏端坐於禪房內，接受杭城百官、士紳以及戚族們的祝壽，望著接踵而來的人潮，金氏喜得合不上嘴，知情的香客避開人群，直上大殿為大勢至菩薩焚香叩頭，禱告之後回頭便出了山門；寺外一些不明真相的善男信女看見這付排場，不知到底是給誰過生日，心裏一團迷糊，順著壽聯來到禪房，向老夫人磕個頭還分得一串銅鈿的謝禮。這一來可不得了，一傳十，十傳百，那窮苦人家聽說有銅錢可領，一窩蜂地都湧向雲林寺。小小禪房容納不下，宓文昌心生一計，帶著伙計把銅鈿都搬到山門口，站在正殿的石階上朝群眾大聲喊道：

「各位善男信女們，聽我說！」他望了望門外說：

「進了山門的人，先給菩薩祝壽，磕頭！」

人們立刻朝著正殿磕了三個頭。宓文昌又喊道：

「再給胡大先生的母親胡老太太祝壽，磕頭！」

「好！出門領鈿——。」

這一著兒真靈，人們順序下了山。

「下一批，進山——」宓文昌又喊了一聲。

人們蜂擁而入，磕了頭，回到山門就領鈿。如此上下，直至把帶上山的銅鈿發完，才簇擁著胡母上了轎。再看山門以下的壽聯，全被人拿完了。

回程的路上，十八乘大小、花樣各異的轎子浩浩蕩蕩，引得遊人和善男信女們駐足觀望，人們禁不住「嘖嘖」讚嘆不已。

晚上，紅燭高照，香煙繚繞。大廳裏由杭州著名廚房大師傅燒了十桌南北大菜，胡老太太坐上座，胡雪巖及眾妻妾、三個兒子、兩個女兒坐在老太太兩旁，中間一桌供奉了一座金葉鑄成的壽佛，一圈無煙小油燈點綴著佛像的蓮座，使這座壽佛閃爍著耀眼的金光。整個大廳坐滿了官紳、親友、阜康錢莊和阜康當舖的所有員工以及來杭送銀送寶的各地「當舖」代表。

胡雪巖沒講祝酒辭，只是端起酒杯笑著說：

「來，大家吃吧！這杯酒祝老太太長壽，謝謝各位來賓……」

說完便呡了一口酒，坐下了。

胡老太太激動地站起來，張了張嘴，笑了笑，只說了一句：

「大家多吃點……謝謝。」

儘管寥寥數字，卻也十足地表現出她那興奮的心情。

的確，她變了，與住在小矮屋時的胡媽媽判若兩人，不信？那臉上的皺紋明顯的彌平了好幾條，尤其眼角上的魚尾紋簡直被豐滿的肌肉遮掩了，眼睛閃出亮光，臉上也泛起了老年人少有的紅潤。今日胡雪巖安排的大壽使她高興之極，似乎令她感到年輕了許多。

「胡大先生——」戚翰文匆匆來到了胡府。

胡雪巖一回頭，「吔！你來了。」

「今天是……？」

「我母親的生日……。」

「真的？」戚翰文急忙走至胡老太太面前，不管桌上還有別人，笑著一拱手：

「老太太，給您拜壽！」

說罷，對著胡母就磕頭，弄得其他親屬都躲避不及……。

「好啦！快起來！」胡母站起來說，

「快去陪著光墉喝酒去！」

此時，戚老頭已在胡雪巖旁邊加了一只椅子，戚翰文磕完頭來到胡雪巖旁邊，坐下後說：

「大先生，我趕回來是為了一件急事……。」

胡雪巖端著杯：

「別急，先喝杯酒。把長袍脫下來……。」

戚翰文脫下長袍，用丫鬟遞上的毛巾揩了把汗，隨即喝了杯酒，急著說：

「大先生，有件急事……。」

胡雪巖又一擺手：

「嗨，忙啥！吃了飯再說。」

□

飯後，胡雪巖把戚翰文拉到小客室裏，說：

「你從哪來？」

「福州。我急著回來，是有一件急事要請大先生作個決定。阜康在福州設了分莊以來，茶商來我們莊裏貸款的不少……。」

「貸出去多少？」胡雪巖問。

「總計有八十多萬兩。借期都不超過三個月，眼下……都快到期了，可是分析一下，貸款都收不回來……。」

胡雪巖一怔，問道：「什麼原因？」

「往年茶商把茶葉運到福州以後，外商一般在滿十萬箱就可開盤，可是他們今年卻變了，眼看有二十幾萬箱到了碼頭，又提出要等四十萬箱才能開盤，而且放出風聲，收購價每箱要減五兩銀子。你說，茶商的貸款怎麼能還？既不能按期歸還本息，又要賠錢。這樣，我們放出去的錢……就存在著危險性。」

胡雪巖一邊聽著，一邊思考著外商的經營手段，他沒多想茶商的本息到期將無力歸還的問題，而是把他的思緒引到了另一個設想：

「翰文，我有個想法，不知對不對……。」

「我倒想聽聽。」

「把運到福州的茶葉全部吃進來！」

「啊……！」戚翰文驚喜地拍了一下茶凳說，

「這就是我想說而沒敢說的話。外商借機拖延時間，迫使你廉價出售。如果說，他一斤中國茶都收不到，今年他不但失掉了生意，而且還要賠錢。目前看，他十分主動，等到我們把茶吃進來，他就得處於被動地位了，與其說，讓他們減價收購，不如我們原價吃進。到時，不但本息歸還，而且外商必然向我們高價收回。否則，他就要撕毀外運和銷售合同，把老本都要賠進去！」

「對呀！我也是這麼想。」胡雪巖說，「到今年止，英國六次降低茶葉入口稅率，以前每磅茶葉徵稅二先令，現在降到六便士，為什麼？如果茶葉入口一百萬擔，僅能達到供應數的十分之一。另外，他的鴉片和棉布已經運到了中國，他真的不購進茶葉，這鴉片和棉布也就無法脫手了。因此，我們五個小卒過了河，他的老將也危險。老戚，這筆生意我們做，一定要做！」

「有大先生這句話，我的膽子就更大了。」

「你明天到櫃上，帶上幾十萬兩《莊票》，立刻回去。記住，茶葉放過兩個月沒關係，進倉以後要做好防潮工作。」

「我知道。」戚翰文笑笑說。

戚翰文帶了莊票日夜兼程，水陸輾轉回到了福州，和錢莊的年輕經理俞德海一商量，第二天在碼頭租倉，並貼出收購華茶的《告示》，規定了一級每箱四十兩銀子，二級每箱三十兩銀子。中國茶商見收購價不低於往年，那臉上緊繃的線條立刻鬆弛，頓時笑逐顏開，不到三天，二十多萬箱茶葉全部進了倉。

福州的阜康錢莊這下可忙了，左手才支付華茶的收購款，右手又馬上收回茶商貸款的本息。

此時，停泊在福州的英國商人愣了，他們搞不清這是哪國跟他「過不去」，本來低價到手的華茶一下子不見了，而從英國運來的棉布和鴉片眼看就要「擱淺」，經打聽才知道，這批茶葉被中國商人胡雪巖全部「吃」了。

英商真的被動了，他們上岸三個人，直接找到了胡雪巖的代理人戚翰文，首先說話的是個絡腮鬍子的英國人：

「請問，我們準備收購的茶葉，怎麼被你們莫名其妙的都買去了……？」

「對不起，大班先生，收購本國茶葉不限於你們外國人吧？」

「那麼，你們準備銷到什麼地方……？」

戚翰文笑了笑，說：「目前尚未確定……。」

「那好，」大鬍子商人說，

「既然你們還無買主，我們是不是可以成為這批華茶的買主呢？」

「當然可以……。」

大鬍子顯得有點焦急：

「我們可以做易貨貿易，我們帶來了棉布和藥品（鴉片）。」

「啊……大班先生，」戚翰文故作為難之色，他拖長了聲音，慢吞吞地說，「洋布和洋藥的生意，可不比往年喔……。」

大鬍子情知不妙，還是硬著頭皮問道：

「您的意思是……？」

「大班先生，說實話吧，洋布在中國已受到了一些人的抵制，去年進的洋布還積壓在倉庫裏，再說洋藥……，在中國官方來說仍屬禁藥，而且價格逐年在下降。您想，這交易能和往年一樣嗎？再說，我國的茶葉倒是越來越受歡迎，在國際市場上十分暢銷，這……和以前也不一樣啊……。」

「那……」另外一位英商焦急地剛要插嘴，被戚翰文用手一攔，繼續說道：

「敝莊有個主意，如果幾位實有誠意的話，不妨說給你們聽聽：一，貴國的洋布價格偏高，從中國市場的行情看，必須每疋降價五兩方可接受，其二，洋藥的進口稅每擔就要三十兩，我們的收進價該多少……，看來這筆生意很難做，最後，我們收進的茶葉必須以每箱增加二兩的價格讓給你們。這些條件……」

「不……不！」英國商人們還沒等戚翰文說完便搖起了頭。他們怎麼也沒想到，眼前這個中國商人會有這麼利害的一招，這不等於搶錢嗎？他們遠渡重洋就是為了來中國實現「發財夢」，這個條件怎能答應？他們面面相覷，誰也不願意認輸。

戚翰文雙手一攤，搖了搖頭說：

「諸位既然不同意，敝莊也不勉強，那就恕不奉陪了……。」

英國商人怏怏而回。

戚翰文笑了，那笑容裏包括著多少內涵，連他自己也說不清。

幾天過後，這筆生意成交了。英國商人無條件接受戚翰文提出的條件，因為他們別無良策，只得卸下洋布和洋藥，滿載華茶而去。

這裏，阜康僅茶葉利潤淨獲四五十萬兩銀子；洋布與洋藥亦由批發商全部購走。不久，中國的阜康錢莊與洋人打的這場「商戰」消息不脛而走，經此一事，阜康的地位在中國商人心目中已深深紮根，連洋人也不得不佩服阜康的經營手段。

□

時值盛暑。

早晨那金燦燦的陽光剛鋪滿大地，天空晴朗朗的沒有一絲雲彩。忽然，一聲晴天霹靂響起，像天神發怒，翻倒了一盒濃稠的墨汁，潑得漫天的烏黑。黑壓壓的雲層愈來愈濃，愈來愈厚，鋪天蓋頂地在空中盤旋翻滾。

空氣混濁濁的，

天色昏暗暗的，

湖面烏沈沈的，

而人心是惶恐恐的。

此時，杭州告急——瘟疫蔓延。

從咸豐到同治的今天，連年災禍，農民起義風起雲湧，凡有兵災的省份和地區，無不積屍如山，而杭州十幾萬死難者陳屍路街、水渠、井底竟達兩年之久，加上連年的自然災害，旱澇頻仍，頓時瘟疫四起，腦炎、傷寒、菌痢以及一時診斷不明的流行病像魔鬼的旋風，所到之處無不死亡枕藉。

「胡大先生，」左宗棠派校吏來到胡府，遞上「急帖」，立請胡雪巖面議公事。胡雪巖還來不及吃午飯便命張保備轎，他乘著帶有天然冰的四括綠呢大轎來到撫台衙門。此時，左宗棠正在堂內拈著花白鬍子閱讀各營的急報。

「大人，胡雪巖大先生到……。」校吏進來報道。

「左公，」胡雪巖急走了幾步，一拱手說，

「您找我有何指示……？」

「哎呀，雪巖，不得了啦！」左宗棠抽出幾份各營的《告急》說，

「你看，各地軍營的告急文書，一個營居然在幾天內死了一百多人；你再看這個，已經死了幾十個人竟不知道是什麼病？」

胡雪巖粗略地看了幾篇各營的告急文書，頓時擰起了雙眉，喃喃地說：

「這些病太可怕了。」

「看來……這種瘟疫還會蔓延，而且來勢很猛。所以，請你來商議一下，要採取應

急的辦法啊！」

胡雪巖正在思索著辦法，忽聽校吏進來報道：

「大人，仁和、錢塘兩位知縣要求見大人。」

「請！」

兩位縣太爺叩見了左宗棠和胡雪巖之後，急忙報告了仁和、錢塘兩縣的瘟疫情況：死於該病者已有三百餘人。左、胡聽了大驚失色。

胡雪巖以浙江布政使的身份，正言說道：

「左公，此病的蔓延已迫在眉睫！我現在提議，請杭州的名醫明日到此商議，並請他們推舉浙江名醫，速到南大街醫學署集中，一切由我來辦。兩位縣令速速通知名醫明日來此議事。」

兩位縣太爺見此「活財神」勇於挑起了這付擔子，自己也似乎輕鬆了一些，於是急忙退下去尋找名醫去了。

不幾日，全省名醫紛紛來至醫學署。這裏原是宋元祐年間郡守蘇軾創置的病坊，元祐八年創局製藥，遂名施藥局，元初始建惠民藥局，原設局八所，後併為現在的「醫學署」。胡雪巖見到來自嘉興、溫州、金華、寧波和杭州的十二位名醫薈萃一堂，心中稍微踏實了些。第二天上午即刻舉行了會議，胡雪巖先是讀了幾篇告急文書，並將過去的「局方」（官方的中藥配方）擺在會議桌上：

「諸位，救命如救火，望各位名家分析一下這次瘟疫的病因，然後在『局方』的基礎上對症下藥。鑒於蔓延地十分迅猛，幾副湯藥恐怕不能解決大面積的災難，我建議，能否研製成一種既能控制瘟病的蔓延，又能挽救性命的中成藥。這樣，服用方便，運輸也方便……。」

「可以，」傷寒病名醫袁先生說，

「丸散膏丹自古有之。但目前所流行者大多是災後特有的腦膜炎、傷寒、菌痢之類的致命傳染病。我看了局方，配伍十分嚴謹，但在『瘟病』的配方中，略有增減藥性則大變，這樣我們還可多製幾種中成藥……。」

胡雪巖聽到這裏，拍了拍掌，笑道：

「袁先生的高見我十分贊成。我看，在局方的基礎上，研究製成三種急用的丹散，如防瘟病的『辟瘟丹』，供給軍隊的『行軍散』，治療疾病的什麼……？」

「可以叫『八寶紅靈丹』，這是個驗方。」袁先生說。

接著，大家將珍藏多年的古方和秘方傾囊相授，對這三種藥給予補充和修正，會議討論得非常熱烈，而且頗具信心。半晌沒講話的潘鳴泉老先生說：

「我行醫大半生，還沒人提出過辟瘟丹三個字，這種藥的首倡者是胡大先生，因此，在藥袋上必須註明《胡氏辟瘟丹》，關於諸葛孔明調兵遣將、行軍打仗時有過行軍散，不妨我們的成藥，就叫『諸葛行軍散』；八寶紅靈丹是藥局的驗方，就不必動它了。」

「我考慮……」袁老先生思索了一下說：

「有兩個難題要做準備：一是經費，須知其中有幾味藥材價錢非常昂貴；二是採購，必須派內行坐莊採購，尤其是陝甘、雲貴地區是個重點……。」

「好吧，」胡雪巖說，

「你們十二位老醫生分成三組，三種藥的配方寫清。最後請袁古農、潘鳴泉二位老先生開列一份採購清單，包括地區和數量，但是根據瘟疫的流行面積，採購的數量要大，因為我們的人口很多……。至於經費，諸位大可放心。另外各位先生的酬勞……決不虧待！」

翌日，胡雪巖步行來到杭州新貢橋「春江樓茶館」。這裏是藥倌、藥商、失業藥工的集散地。胡雪巖剛坐下，茶博士一眼便認出這是杭州有名的「活財神」，他立刻跑過來：

「胡大先生……您……？」

「來壺茶。」胡雪巖說，「這幾天生意好吧……？」

「嗨，不瞞您說，這幾天還可以，過幾天就不行啦。」

「為啥……？」

「這瘟疫還得了啊，這些茶客都是我的衣食父母，過幾天，全走了，我的生意就清淡了。」

這時，那些藥業工人三三兩兩地湊過來了。胡大先生的名氣無人不知，但大多數的人都只聞其聲而未見其面，所以此時都爭著一睹胡大先生的風采。

「你們都是做藥材生意的？」胡雪巖笑呵呵地問，

「怎麼，生意好嗎？」

「哎呀，胡大先生，」一個光著膀子的小伙子說，

「能賺錢的藥材路遠，本錢小的那是做夢，路近的採辦來又銷不出去，這個生意不

好做。」

「你呢？」胡雪巖指著一個穿夏布長衫的人問。

「我……嘿嘿，什麼都會點，種德堂忙的時候叫我去做幫工，有時陪著生意人去採辦藥材，幫助他們鑑別真偽，嗨，混口飯吃吧。」

「今天來喝茶的有多少人？」

「每天差不多，就是這二十來個人。」光膀子的年輕人說，

「但是有活幹的人就不來了……。」

「你們願意到醫學署去做事嗎？」

「那……嘿嘿，哪是我們能去的地方啊……！」

「閑話不要說了。」胡雪巖鄭重地說，

「現在醫學署需要採辦藥材的人，願意去工作的，到署裏來，按你們各自的能力得到不同的職位、薪水……。」

幾句話引起了共鳴，那熱鬧勁兒像熱油鍋裏倒了瓢冷水，七嘴八舌，又感謝又作揖，幾個長期失業者甚至跪在地上直磕頭。

「下午，到醫學署找袁古農和潘鳴泉兩位老先生，他們會和你們面談的……。」

「考試嗎？」有人擔心地問。

「考試是為了量才使用，不必害怕，但是有一條，誰若犯了規矩，毫不客氣！」

「您放心，胡大先生。」

這天上午胡雪巖立刻僱了一輛馬車回到了醫學署。這裏的十二位名醫忙著調整配方、討論著成藥的製作方法，詳細地列起了一連串的藥名、規格和採辦地點。

「大先生，」袁古農抖動著花白鬍子說，

「我們研究來討論去，感到最棘手的就是人力。」

「嘿嘿……」胡雪巖神祕地笑了笑說，

「這杭州的茶館可說是『物以類聚，人以群分』，我剛去了藥工集中的地方——春江樓茶館，沒想到失業的、幫工的、採購的藥工都在，大約有二十多人。他們下午會來這裏，有勞袁潘二老和諸位先生進行考試，只要有一點用場，都用。甚至什麼都不懂，能背柴燒火、運藥卸船的，也行，總之就是量才而用。我想，出去採購藥材和煉製成品，都由他們操作，先生們一旁指導就是了。另外，他們外出採購時，諸位根據這裏的設備，需要添置什麼工具盡快提出，我馬上派人去辦。」

「不好啦，大先生！」胡府老管家闖進了醫學署，找到胡雪巖，哭泣著說，

「快……快回去看看大少爺吧！」

「他？他怎麼啦？」胡雪巖一驚，

「他不是到雁蕩山去避暑嗎？」

「他……」戚老頭抹著淚說，

「傳染了瘟疫，剛剛被人抬回來！」

胡雪巖一聽「瘟疫」二字，腦袋「轟」地一聲，頓時感到天旋地轉，他咕咚一聲跌坐在椅子上，兩眼茫茫然。

袁古農見狀，扯扯胡大先生的袖子說道，

「走，我們去看看……」

胡雪巖回過神來，強裝冷靜地說了一句：

「快去派轎子來！」

「已經來了。聽您說請來了十二位名醫，我把太太、小姐的轎子都派來了……。」

「大先生，別想得太多，」袁古農老先生安慰說，

「快，快去看看吧！」

「那就有勞各位先生了……。」胡雪巖講話的聲調都變了。

十二位老醫師和胡雪巖、戚老頭，共十四乘轎子往胡府奔去。誰料，剛下了轎子便聽到胡府裏傳出一片哭聲。

胡雪巖一驚，拎著那顆顫抖的心往大兒子屋裏走去。此刻，屋裏屋外跪滿了一片人，哭聲悽悽慘慘。胡雪巖和十二位名醫擠擠挨挨地湊到大兒子床前，只見這十九歲的孩子眼圈暈黑，面色蒼白，兩腮收緊，已經斷了氣。袁古農伸手搭了搭脈，沉著臉走出了房間，胡雪巖也跟著大夥離開了房間。

「袁老先生，怎麼樣？」胡雪巖急切地問。

袁古農沉重地搖搖頭：

「晚了……，典型的傷寒病……。快叫家裏人準備後事！」

胡雪巖的心像是被撕裂了一般，他的淚水再也控制不住了。活生生的大兒子，他的接班人，那雙眼和瘦長的身材，誰都說「像胡大先生。」而今，他去了！簡直是魔鬼從

胡雪巖身上挖走了一塊心頭肉！他情不自禁地轉身回到了兒子的床前，兩條腿像壓彎的彈簧慢慢地跪下去：

「兒呀！」

「胡大先生，」袁古農和潘鳴泉把大先生扶出來，說：

「現在，活著的人保證健康，就是對死者最大的哀悼……。」

「我們商量……」潘鳴泉老先生說，

「喪事早辦早葬，保證活著的人。我們回去立刻燒一鍋『辟瘟湯』胡府上上下下每人都喝，連喝七天！」

「哦……」胡雪巖木然地應著，

「諸位先回去，我在這兒料理一下。」

「品三，緘三，」胡雪巖先把二兒和三兒子叫來，說，

「快把你奶奶和你娘勸回屋裏去。」

「喔。」兩個小兒子應著便去拉奶奶和母親。

「老戚。」胡雪巖把戚老頭叫過來說，

「快到棺材舖，定一口厚材，今晚入殮！」

「這……？」

「戚大爺，別按老規矩了，這病傳染起來很危險，再說天氣又熱，快去快回！」

戚老頭應聲而去。胡雪巖又把潘寡婦叫來，叮嚀道：

「你和這批小戲子，把太太們全部勸回屋裏去，告訴她們一定要避開大少爺！」

「是！」潘寡婦收住了眼淚，又折回大少爺屋裏，叫女孩子們兩人扶一個，不一會兒，死者屋裏的人都散去了。

胡雪巖哭紅了眼睛。

胡家的喪事傳到了左宗棠耳中，大隊人馬、大轎子一窩蜂地來到了胡府。胡雪巖迎出門外，對左宗棠作了揖道：

「有勞左公……。」

「怎麼，聽說大公子……？」左宗棠一下轎便問，

「也得了傳染病？」

「敬告左大人，犬子已經歸天……。」胡雪巖強忍悲痛地說。

左宗棠一驚：「啊……怎麼會這樣！」

「左公，」胡雪巖說，

「為了保證您老的健康，我不便請您入坐院內，對於您的撫恤之心，我無以為報……。」

左宗棠聽到瘟疫二字，也有點慌兮兮的，所以也不敢久留。

「劉忠立、王郁清，你倆帶十名弟兄留在胡府，聽候差遣！」

「是！」

左宗棠剛離開胡府，戚翰文興沖沖地來了，見了胡雪巖，笑道：

「福州這一著棋走對了……！」

「怎麼樣，情況還好吧？」

「茶葉一進一出，易貨發出去的又快，純利已達到了六十多萬兩！」

「快！把這六十多萬兩送到醫學署！」

戚翰文一怔，眼神中充滿不解地瞅著胡雪巖，半晌沒醒過神來。

第九章

自從胡雪巖的大兒子死了之後，全家老小都無時不在提心吊膽，惟恐他精神上受不了。那些妻妾們有時像走馬燈似的，在他的周圍無話找話地談點別的事想分他的心，而他只是淒楚地微笑；有時他一個人會哭出聲來，眼淚亮晶晶地滴在濃濃的黑鬍上。九姑娘靈機一動，想到丈夫奉母至孝，說不定老太太能把他從難以控制的痛苦中解脫出來。

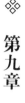

就在大少爺埋葬後的第七天，九姑娘來到老太太屋裏，見老太太心情還好，笑了笑說：

「姆媽……。」

「噯，是小九啊……，光墉今天好些嗎？」

「心情好了點兒，但……有時他會一個人呆坐在那兒流眼淚……。」

「叫他別太傷心啦，時間長了會弄出病來。」胡老太太叮嚀著說，「你們大伙都勸勸他啊！」

「姆媽，」九姑娘眼圈一紅，湊近婆婆面前，

「我們看著大先生那個悲痛的樣子，心裏怪難受的，我們說的又不管用，我看啊，還是您的話他最聽。」

「他在哪兒呢？」

「在客廳裏。」

胡老太太站起來：「我去看看他……」

說著便走出屋子到客廳去了，九姑娘沒有跟去。

「光墉啊……。」

「媽。」

胡老太太是虔誠的佛教信徒，因緣、無常等觀念早深植心中，並且將「生死有命，富貴在天」的古老論調奉為圭臬，因而她沉深地對胡雪巖說：

「光墉啊，孩子死了，也是塵緣的命定，你就不必老想著他了。你現在有了榮華富貴，就要聽佛說的『以己財分布於他』，多做些布施的事。你用錢財、飲食、藥品救濟那些貧病的人，這叫『財布施』。我知道你正做著製藥的公德，那就盡心盡力地去做，救活一些人，比什麼都要緊哪……。」

母親的幾句話，正是提醒了他。

「再說，」母親接著說，

「你還有兩個兒子，膝下也不寂寞，何況他們都已漸漸成材，就悉心地教養他們吧。這個傷心的事兒就不要多想了，你要是有點不好，娘……靠誰呀……？」

「媽！」胡雪巖急忙掏出手帕替母親揩了淚，

「媽，我聽您的話，我今天就到醫學署去……。」

這時，戚老頭在廳外喊了一聲：

「大先生……。」

「來吧，什麼事？」

戚老頭進來禮貌地垂著頭：

「老太太，大先生，難民局的沈良德先生想見大先生。」

「請進來吧。」胡雪巖說著便站起來。

老太太聽說是公事，便走出去了。

沈良德一進客廳，胡雪巖怔了一下，後邊還跟著一個小女子。沈良德笑說：

「胡大先生，難民到昨天為止，全部回家尋親去了，小孩子也按手續認領和認養走了。」

說著便指了指身邊的小女子：

「只剩下她一個人，剛成親不久，男人就死了。讓她回家她又沒有土地。她想做個幫工丫鬟一類的事，我想求胡大先生收留了她，她還不到二十歲。不過，請您原諒，您這些日子沒到難民局來，我就直接把她帶來了……」

胡雪巖瞄了一眼這個小女子，覺得也怪可憐的，雖然一身農民打扮，但臉蛋兒相當清秀。他想，胡家如果在難民中收留一個丫鬟，不僅受人責怪，就是年齡和寡婦的身份也不能做胡家的丫鬟……，驀地，他倒替她想了一條出路。

「我看……年紀輕輕的守寡也不是個事，乾脆我給你找個單身男人……好嗎？」

「……」小女子臉色「刷」地紅了。

「這個男人是跟我多年的職事人員，他沒娶過親，就是頭上長過禿瘡，不過老早就好了。」

「好哇！」沈良德說，「大先生用的職事人員都有出息……。」

小女子稍稍瞟了大先生一眼，兩隻手不住地搓弄著辮梢。

「不僅有出息，他現在正在管理著一萬畝茶田和山地。」

小女子驚喜地望著胡雪巖，她的心彷彿已飛到了綠油油的山地茶園。是的，她沒見過這麼大片的土地，兵變之前只不過和丈夫租了兩畝水田，而今聽到「萬畝」，雖然只是「管理」者，可是心裏還是像揣了個兔子，跳得厲害……。

「當然，」胡雪巖笑著說，

「這媒婆的事本是女人做的。你既然來了，我就直接地成全了你們。你看……願意嗎？年齡稍微大了一些，但是辦事很勤勞負責……。」

「好啦，」沈良德接過話說，

「這門親事是胡大先生做的媒，你也可在胡家做事啦……。」

「這一萬畝土地，就由你們倆人管！」胡雪巖說。

「不知……」小女子心裏甜滋滋的，

「不知……他……？」

「他會高興的，」胡雪巖說，「他的事，我作主了。」

小女子咬著下唇，滾圓的眼睛裏閃爍出欣喜的光亮。

「老沈，」胡雪巖說，

「就把她留在這兒，回頭我叫潘管事帶她到後院先住下，買幾件衣服。你回去和帳房劉先生把難民局的總帳結一下，交阜康就行了。不過，你們倆人不要離開，還有不少的事情要做。」

「謝謝大先生……」沈良德鞠了個躬走了。

胡雪巖把小女子交給了潘寡婦，不久便讓她和長毛禿「常先生」成親了。喜事辦得挺熱鬧，常先生娶了這麼標緻的媳婦是做夢都沒想到，新婚的晚上，他把「十文錢」的故事講給妻子聽，妻子笑得擰了他好幾把：

「虧你說的出！」

「嘿嘿，說不定大先生還真的看上我這個『一天翻一翻』的人哩！」

長毛禿夫婦住在龍井附近，三間平房，背靠茶山，面對小溪，生活得像泡在糖水裏似的甜蜜蜜地，彷彿有度不完的蜜月。

一天，常先生帶著年輕的妻子乘上了一輛高轎馬車到了大先生家。不巧，胡大先生不在家，常先生笑著說：

「不管回婆家還是走娘家，老太太一定要拜。」

說完就拉著小媳婦往後院走去。

「喲！」潘寡婦正從後院出來，差點撞在常先生身上，她逗趣地說，

「常先生，你可是艷福不淺哪，娶了這麼一個大美人，怎麼謝我……？」

常先生訥訥不言，眸子裏流露著蜜一般的柔情，潘寡婦又悄然瞟了一眼小媳婦，小媳婦羞怯地避開了目光。自她頭戴紅綢巾與常先生拜了天地之後，彷彿已沖破了小寡婦不得再嫁的世俗樊籬，她簡直是個向封建挑戰的勝利者，然而在潘寡婦面前又不能表現出精神上的復甦和生活上的美滿，只是羞羞答答地向她微微鞠了個躬。

「嘿嘿……」常先生憨笑笑，說：「謝謝潘大嫂。」

「喲，光這一句話就完啦？」

「哎，謝謝就行了嘍。」

潘寡婦把嘴一撇，笑道：

「瞧你，『吃了燈草，說得輕巧』，你媳婦這麼漂亮，都是我給打扮的，沒有我給她

料理，你享得了這艷福嗎？」

「好……，」常先生雙手一拱，「我再作三個揖！」

「哈哈……」潘寡婦笑彎了腰。

說說鬧鬧間這笑聲驚動了胡老太太，她走出房間瞧了瞧走廊上的潘寡婦，瞇著眼問道：

「誰啊……？」

「我呀，奶奶。」潘寡婦拉起常先生夫婦，

「快，去拜拜老太太。」

常先生三步併作兩步地來到胡夫人面前，拉著自己的小媳婦，說道：

「拜謝老太太……」

說著二人便磕起了頭。

胡老太太急忙扶起小媳婦：「不過年不作壽，磕啥頭呀，快起來……。」

「老太太，您就讓他們磕吧。按理，您應該讓他們磕兩次，既是娘家又是婆家，他們也是您的兒女……。」潘寡婦說。

胡老太太笑得合不攏嘴，常先生夫妻搗蒜似地不停磕頭，潘寡婦抿著嘴笑出了聲。

正巧，胡雪巖來到後院，見新婚夫婦向母親叩頭，心裏已明白了八九分，他笑笑地瞅著，沒講話。

「喲，大先生來了！」潘寡婦收斂了笑容說。

「光墉啊，」母親笑呵呵地說，「你看他倆……！」

常先生立起身來，迎著胡雪巖笑道：

「大先生，我們是來拜謝老太太的。當然，我們……全靠大先生的洪德……。」

「不要講這些了，」胡雪巖說，

「你們來拜謝老太太，我已領了情。」

小媳婦紅著臉要拜胡大先生，也被胡雪巖攔住了：

「你們來得正好，咱到前邊談談茶山去。」

回頭對潘寡婦說，「你去泡幾杯茶來。」

說罷，胡雪巖帶著常先生夫婦來到客廳，潘寡婦接著也獻上了明前新茶。

「先談談茶山的情況，好嗎？」

「喔。」常先生逢到急處，有點結巴，然而茶山的出租和生產情況他卻清清楚楚，「現在可耕土地……包括茶山，一共一萬一千二百二十畝，從去年就種上茶苗的有一千一百畝，今年剛種上去的有一百多畝。去年栽種的苗樹長勢很好，明年春季就可以採茶了……。」

「都賣出去了？」

「他們有些是自耕田，有些也是租來的，今年的產量平均都在一百二十斤以上……。」

「這一千畝以外的茶葉產量怎麼樣？」

「嗨，」常先生搖搖頭說，

「收購的人不少，可是出價都很低，茶農只好咬著牙賣，不賣不行啊……！」

「好，我問的就是這個。今年春節以前，你們二人做好一件事。」

「您吩咐吧，大先生。」常先生說。

「你呢，」胡雪巖對常先生說，

「把浙江所有產茶的地帶走一趟，每畝先付一兩紋銀的定金，採茶時按普通最高的收購價買進，這些工作一定要由當地的鄉紳協助，他們的酬勞佣金另付。」

胡雪巖說到這裏，又問小媳婦，

「你……認識字嗎？」

小媳婦靦腆地笑笑，說：

「認識的不多……。」

「那沒關係，這一千多畝的租戶和村落都有細帳，只不過是承種的多少不一樣而已。你和常先生一樣，對明年可以採茶的租戶，也是每畝先付一兩定金，叫茶農們過一個舒心的春節。」

「大先生，」常先生皺皺眉說，

「這樣的話……放出去的銀子是不是太多了……？！」

胡雪巖微微一笑，說，

「你們切記，在茶葉收購方面，千萬不能做小本生意！」

「胡大先生的意思我懂了……。」小媳婦閃動著圓亮的大眼睛說。

常先生使勁兒地點點頭。

「不過，在發放定金前後，你倆要學會三件事：發放定金時要學會記帳，收購茶葉要懂得分類和品茶，收進了茶要學會打包裝箱。至於包裝材料和僱工方面，包括僱幾個長工和管帳先生等問題，都由你們做主，總而言之，每年的茶葉收購，你們負責。」

常先生一聽，感到眼前的擔子不輕，儘管從小在農村長大，但畢竟農事並非在行，尤其這茶葉的種植技術更是一竅不通，又惟恐在收購中出現差錯，因說道：

「大先生，按理說我都能做到，只怕在收購技術上出差錯……。」

「這好辦，請有經驗的茶農負責技術，否則，你們向誰學去？」

常先生嘿嘿地憨笑道：

「我……我全懂了。」

「所有僱用的人，包括你媳婦，每月列一張清單去阜康領錢就是了。」

正說著，戚老頭進來說道：

「大先生，上海的龐先生來了。」

「快請！」胡雪巖對常先生夫婦說，

「你們先回去，有什麼困難再商量……啊。」

常先生離開客廳時，龐雲繒已經立在門外。

「哎呀，龐大先生，我正想去上海……。」

龐雲繒跨進客廳便笑著問道：

「到上海……幹啥去？」

「找你去呀。」

「我這不來了嘛……。」龐雲繒往籐椅上一坐，

「再說，巡撫大人到我這來也太屈尊了……。」

「我呀，」胡雪巖笑著說，

「我是個掛帥不出征的人物。不然，咱們怎能一起做生意！」

說著朝牆上的自鳴鐘瞄了一眼，

「走！外邊談去。」

丫鬟翠雲正托著茶盤進來。

「不喝了。」胡雪巖對翠雲說，

「你去吩咐張保備兩頂轎子！」

「是！」

不一會兒轎子來到前院，胡龐二人上了轎子。張保問道：

「大先生，到哪兒？」

「拱宸橋。」

張保「哦」了一聲，心中十分有數。

□

這拱宸橋地處杭州城外碼頭邊，娼寮頗多，其中最著名的是「秋月琴樓」。這裏的兩姊妹色藝雙全，大的叫秋月，雪白的臉蛋、烏黑的眼睛、齒白唇紅，頭上常束著唐代仕女般的高聳包頭，身材勻稱，不論冬服夏裝，總是掩飾不了她那玲瓏的曲線。她和妹妹秋雲是一對雙胞胎，父親去世得早，母親便帶著她倆去學唱小曲，不料卻在煙花柳巷成了大紅大紫的名妓。秋雲也極美麗，她比姐姐更活潑，在客人面前含羞帶笑，露出兩排細白的牙齒，和一對迷人的酒窩。

名妓名價，沒帶十兩廿兩的別想進來。轎夫張保、李文才都知道，胡大先生每逢請客吃花酒，必在秋月琴樓，別處似乎都看不在眼裏。
鴇娘見到兩乘大轎已抬到了自家門外，興奮地朝樓上喊道：
「秋月秋雲，胡大先生來了。」
胡雪巖和龐雲繒二人下了轎，剛進琴樓，鴇娘便笑嘻嘻地說道：
「哎喲，胡大先生，您這些日子沒來，可把我們姑娘想煞嘍……。」
「叫桌菜來，晚飯在這吃。」胡雪巖說。
「好哩，您放心。您喜歡吃啥我都知道……。」
二人上了樓，姊妹正好化完了妝，見了大先生們就像久別的夫妻，那種柔情蜜意，就算百鍊鋼也會化成繞指柔的。
「這位是龐大先生，」胡雪巖說，
「秋雲哪，好好伺候龐大先生，他的酒……可就由你斟了。」
「我懂。」秋雲一下子挽住了龐雲繒，
「快請坐，龐大先生。」
不用分說，胡雪巖把秋雲分給龐雲繒了，四個人心中都很明白。

晚飯前，秋月、秋雲唱了幾段宣卷和民間小曲，委婉的曲調和清亮的歌喉把龐雲繒樂得心花朵朵。

「怎麼樣？」胡雪巖問龐雲繒「比起素吟……嗯？」

秋雲一聽，頓然悟出其中奧妙，嬌嗔道：

「怎麼……龐大先生還想著一個叫什麼素吟？……不依不依！」

一頭撲在龐雲繒懷裏，撒嬌地拱著他的胸脯說：「我吃醋……！」

四個人見狀已笑作了一團。

「喲，瞧你們這高興勁兒！」鴇娘進來說，

「酒菜來了，請大先生們入坐吧。」

兩姐妹各挽著一個大先生來到飯廳，四人坐下，像一副杠鈴各壓著一頭，斟酒撿菜各負其責，那雪白的手腕上都戴著一副銀鐲子，水汪汪的眼睛，總是撩撥著自己伺候的大先生。不過這兩姐妹比起上海的名妓似乎略遜一籌，她們不會挖空心思來賣弄自己的姿色，只是像一對溫順的波斯貓，柔軟地依偎在主人的身旁。

「龐兄，」胡雪巖呷了一口紹興花雕陳酒，忽地舉起了杯，

「這杯咱們先乾……。」

龐雲繒端起酒杯，笑著使了個眼色說，

「胡兄，咱今年的運氣不錯……，為了這個咱們連乾三杯！」

胡雪巖一聽「運氣不錯」，頓然振奮起來，

「好，愚弟一定奉陪！」

說罷把杯一碰，發出「噹」一聲，然後一仰脖子喝了下去，

「再斟上！」

這二人飲酒確是海量，三杯下肚不見臉紅。龐雲繒端起第四杯酒，笑了笑說：

「今年，這一萬多擔白繭剛收進來了，正碰上歐洲氣候不好，義大利、法蘭西、西班牙的產量大受影響，我一邊把蠶繭分到上海、湖州各個繅絲廠加工，一邊又收購了一千多擔白絲。」

「收進的白絲價格怎麼樣？」

「嗨呀！」龐雲繒一舉杯和胡雪巖的杯子一碰，「咕咚」一口，喝下去了，他一抹嘴唇，繼續說：

「按關兩計算，平均兩百關兩一擔。等到那些大鼻子一來，你猜……？」
「怎麼樣？」
「到上海收購生絲，就是普通質量的絲……一開價就是四百關兩一擔。」
胡雪巖喜得直吸冷氣：
「啊……龐兄，佩服。」
說罷一舉杯，二人又喝了一杯。
兩姐妹都聽糊塗了，什麼白絲、繅絲，還有什麼法蘭西、西班牙以及關兩等等全然不知，只是傻楞楞地張大了嘴巴聽著大先生們興高彩烈地對話。
「易進來的洋貨到前天全部脫手，你那部分我已經打到上海阜康裏了。」
胡雪巖微笑著點點頭。
「還有二百兩加爾各答的『人頭土』，我沒賣出去，咱們各分一半，這種高級的大土可是送禮的上乘佳品……。」
「龐兄……」，胡雪巖深情地說，
「這一年可勞累你啦……！」

「做生意嘛……，」龐雲繒說，

「尤其是絲的生意，是不能坐等財源的。不僅國內的氣候，就連國外的氣候都要瞭如指掌，知己知彼，才能賺錢。哎！本來還可以做得大些，偏偏趕上國內的瘟疫，這場災難可不得了啊……。」

「嚄——」秋月驚呼著說，

「可嚇人啦，這拱宸橋頭上又有三戶死了人。」

「連船上的人家也躲不開……。」秋雲插話說。

「放心吧，三日之內必有『辟瘟丹』送到你門口來，喝了它就不會得瘟病了……。」胡雪巖說。

「哪有這事？」秋月撇了撇小嘴，感到胡大先生的話像是天方夜譚，毫不相信，

「人們都說這是災星降臨，降到哪裏哪裏都逃不過。」

這些話都觸動了胡雪巖最傷心之處，他沒生氣、沒發火、沒解釋、沒悲傷，只是淡淡地一笑：

「它有災星，我有剋星，等著瞧！來，不談這個，喝酒……。」

這天，兩位大先生都留宿在秋月琴樓裏。自然，各擁佳人，少不了顛鸞倒鳳地一番柔情，免不了春夢雲散地飛花水流。第二天，吃罷早飯，龐大先生在拱宸橋碼頭上了船，奔湖州而去，八個轎夫昨晚被鴇娘安排得十分滿意，一大早就候在琴樓門外。此時，一頂空轎抬回胡府，另一頂綠呢大轎則抬著胡大先生往醫學署而去。

□

醫學署在城裏，由拱宸橋往城裏去，必須通過那又長又拱的高橋。受過訓練的轎夫都將眼睛瞄著轎頭張保的步子，使顫悠悠的轎子一絲不亂地通過了高橋，然後穩穩當當地向武林門抬去，僅這頂綠呢大轎和那副抬轎的技術，使路人都要多看上幾眼，大家也都知道，轎裏的人物不是督軍也是巡撫，要嘛就是總督、按察使一類的大官……。

大約在上午九時左右，轎工抬到了醫學署，決心研製辟瘟丹的胡雪巖下了轎忽然覺得有著異樣的感覺：院內靜悄悄地，往日的熱鬧勁兒不見了，甚至沒有一個人出來「迎駕」。他遲疑了一下，隨後緩緩走進製劑室，只見潘鳴泉和袁古農緊鎖著雙眉立在那裏，採購藥材的工人們也呆呆地停下了手上的工作，乍看活像一批剛出土的木俑。
「怎麼啦……？」胡雪巖問。
「大先生……，」袁古農深深吸了口氣，
「你瞧，最要緊的一味藥竟然出了問題，但買藥的人卻不認帳！」
「大先生，」採購王逸德粗聲粗氣地叫喊道，
「我奉命買來五百條四腳蛇，可是袁先生硬說我買的是假貨！這，這不是冤枉人嗎？」
「我再問你，」袁古農老先生氣得雙眼閃爍著火辣辣的光亮，
「你這四腳蛇是在天竺山上採來的嗎？」
「這四腳蛇到處都有，何必跑到天竺山上去？」王逸德強詞奪理地說，
「這玩藝兒我也不是沒買過……。」
「我們的清單上明明寫著產地在天竺山，」潘鳴泉老先生說，
「而且這地方的四腳蛇是金背白肚，你瞧你買來的這批……，都是灰不溜丟的。」
「它總是四隻腳吧？」王逸德反問道。

「胡說！」袁古農老先生火了，「任何一種藥材，都離不開當地的氣候土壤和環境，也就是說，形狀相似並不等於藥性相同。因此，配製辟瘟丹的成藥必須採用天竺山上的金背白肚四腳蛇，否則那是騙人！騙人！懂嗎？」

開頭，胡雪巖並不以為然，聽著聽著漸漸地了解了僵持的原因。他從來不大發脾氣，而今眼見花錢收進來一批無效的藥材，心裏立刻燃起一股無法遏止的怒火，雙眼射出兩道如熊熊火焰的目光，此時他真想舉起手上前把王逸德狠狠地鞭打兩下，但最後還是控制住了。他一字一頓地問道：

「王逸德，知錯了嗎……？耽擱一天要有多少人命死在你的手裏……？你究竟有幾個腦袋……？」

「大先生，」王逸德哭咧咧地說，「這……是……」

「別講其他的！」胡雪巖又問道，「把長白山的人參拿到杭州來種……，效果一樣嗎？」

「……」

「限你三天，到天竺山上收購五百條金背白肚四腳蛇來，而且由採藥工降為火頭工；如果仍然偷懶誤事，送交三班六房行刑問罪！」

眾藥工一聽，嚇得人人咋舌縮脖。

「大家聽著，」胡雪巖鄭重宣布，「一切藥工人員，全應聽從潘鳴泉和袁古農二位老先生指揮，其他各位老醫師要對各道工序大膽管理，誰若違犯操作規程立刻辭退，決不原諒！因為藥能治病，也能送命，我們不得有半點馬虎！」

可憐的王逸德三天哪能收到五百條金背白肚四腳蛇？即是哭也哭不出這麼多啊！不過，天無絕人之路，幸虧天竺山上的農戶家家都留有一些此類的藥材，只等有人上山收購，這下可把王逸德樂煞了，不到三天便僱人把五百條標準的四腳蛇運到了醫學署，他自己卻乖乖地進了灶房，當火頭工去了。

「胡氏辟瘟丹」終於製成了。

胡雪巖一大早便來到了醫學署察看製出的新藥，還親自喝了一劑，隨後派人將難民局留守處的總辦沈良德和帳房劉先生請到醫學署來，問道：

「難民局的工作結束了嗎？」

「全部結束了，帳也已經交阜康了。」沈良德說。

「現在，」胡雪巖說，

「有個新的工作急待去做，第一，印製幾百萬個『胡記辟瘟丹』的小包裝袋，袁古農老先生那裏有一個圖樣，和他聯繫就行了；第二，僱二十個人，每人配製號衣一件，繡上『辟瘟丹』三個字，背後繡上『胡』字。其中，十個人在車船碼頭設點豎旗施捨辟瘟丹；另外十個人分別將辟瘟丹送交曾國藩和左宗棠的軍營，及陝西、甘肅、河南、山西等各省藩署，請他們發給受災的老百姓。這個工作還是由沈先生擔任總辦，帳上財務則由劉先生負責，而且要作好長期打算。」

不幾天，杭州城裏出現了新鮮事兒，車船碼頭樹立了一面「胡氏辟瘟丹」的大旗，施藥人身穿黑色坎肩，胸前縫著「辟瘟丹」三個黃字，背後一個大圈裏繡著一個老大的「胡」字。

「這胡字是什麼意思？」有人問。

「胡雪巖，胡大先生。」

施藥的人理直氣壯地回答。好傢伙！不到一週，「胡雪巖」三個字已家喻戶曉，而且這辟瘟丹還真靈，杭城的瘟疫奇蹟似地一下子被控制住了，胡雪巖那「活財神」的綽號忽地變成了「活菩薩」。從此，胡雪巖與藥王的美稱便聯繫在一起。

製藥的工人，不停地勞動。

生產的辟瘟丹，供不應求。

掏錢的胡雪巖，持續贊助。

初秋，胡雪巖又來到醫學署，召集了袁古農等十二位名醫又討論了新的製藥方案。

「瘟病看來已基本控制。下一步應該為偏遠地區，如大西北的常見病製一些成藥；另外，上次提到的『諸葛行軍散』和『八寶紅靈丹』不知研製的如何……。」

袁古農馬上遞上兩份配方，說：

「這兩種藥已經通過了試驗，效果不錯……。」

「尤其是急救的效果特別靈驗。」潘先生說。

胡雪巖高興地說：

「為了酬謝各位老醫師，每人外加三十兩紋銀，潘袁二位各加五十兩。另外，還有五十兩，請潘袁二位論功行賞發給製藥工人……。」

會議正要結束，忽有人進來稟道：

「胡大先生，左大人有請……。」

「哦，告訴左大人，我就到。」胡雪巖起身對眾醫師補充說道：

「有一條還要請大家討論，即操作工人的衣著問題，我考慮凡是操作工人一律不准穿長衫，只有醫師和執事先生允許穿長衫，這不僅是職業的區別，也是為了工作的便利。至於採藥人員，也請諸位分出等級，技術高的也可以稱師，在衣著上也應有個區別。」

說罷一揮手離開了議事室。誰料胡雪巖剛到院中，王逸德老早等在那裏：

「嘿嘿，胡大先生……，我向您認個錯……。」

胡雪巖竊笑道：

「認個什麼錯……？」

「就是那個四腳蛇的錯……，你原諒我吧，我、我……我改。」

「你來，」胡雪巖把他引到議事室，笑了笑說：

「這位藥材工……想認錯。認錯嘛是個好事，大家聽聽，認得好就『官復原職』，認不好就仍做火頭工，坐下吧。」

王逸德剛坐下，胡雪巖便乘著綠呢大轎來到總督府，下了轎直奔左襄公議事室。

「啊……雪巖……。」

「左公，找我有什麼吩咐。」

「先坐下，慢慢談。上茶！」

檢校官獻上茶後，左宗棠捋了捋鬍子說道：

「現在浙江的戰事沒有了，我這個閩浙總督總不能老待在杭州啊！我想到福州搞一點建設，否則……李鴻章那邊就會有話要說了……。」

「左公，」胡雪巖說，「恕我直言……。」

「但說無妨。」

「根據目前的國家情況，還是遠遠趕不上外國，無論技術和設施，比起那些強大的國家，我們還非常原始，人家發明了新式武器，我們還是刀槍射箭，因此，學習外國的先進事物，必須要搞洋務活動，否則，中國就要永遠被人家欺侮。您如果到了福州，第一件事要抓一個大的項目，在中國有一個較大的創舉……。」

「我倒想聽聽你的意見……」

胡雪巖把隱藏在心中的洋務方案，一五一十地講了出來。

第十章

左宗棠凝視著湖面，臉上流露出欣喜的神情和飽滿的自信，一艘洋鐵皮小火輪在西湖面上緩緩前進，不時發出「嗚——嗚——」的汽笛聲，這聲音在胡雪巖和左宗棠的耳中簡直如天籟般悅耳。

圍觀人群眾多，然而誰也不敢靠近，單那兩頂綠呢大轎和身穿官服的左宗棠，已讓人敬而遠之了，再加上那批扛著洋槍的衛隊，三步一哨兩步一崗地戒備著，令人們望而生畏。

「左總督真像個老頑童，五十多歲，還玩這玩意兒。」群眾議論著說，

「這都是洋人送的，這叫洋火輪……。」

其實，這艘小火輪是胡雪巖邀請有識之士仿造外國輪船的啟動原理，叫白鐵匠做出來的。

「左公，」胡雪巖湊近左宗棠笑問道，

「您看……行嗎？」

「我看……你的建議不錯。走，咱們回去商量一下。」

二人說著便上了轎。

總督府的議事廳裏只有左宗棠和胡雪巖。

「雪巖啊，你的造船獻議我接受，為了穩妥起見，能否再找一些專門人員開一次徵詢會，聽聽他們在技術上的建議……？」

「左公說的極是，三日之內我們再試一次。」

左宗棠點了點頭表示同意，胡雪巖當晚乘租了一艘客船，翌晨到了上海，還沒來得及休息便找到受過清政府重金獎勵的洋將德克碑和稅務司日意格。

密室裏，氣氛很諧和，胡雪巖和洋人的對話，像一部協奏曲，而各部的曲調卻蘊涵著「有利可圖」的潛在音符。最後，胡雪巖乾脆把話挑明了：

「二位先生明天上午就隨我到杭州，如小火輪能使你們感興趣，這其中的技術問題，就請閣下接受我的委託了……。」

「好吧，」德克碑站起來，一伸手，

「我相信，我們一定合作得很好！」

兩只大手，越握越緊。

當天，胡雪巖來到上海阜康銀號，見到戚翰文又談了一會兒銀號的業務。

「你幹得不錯……，」胡雪巖對這位善於經營，且足以信賴的總管鼓勵著說，「有你在上海，我就放心了。」

「全靠大先生栽培……」戚翰文憨厚的面容上增加了一層紅潤，「從目前看，阜康在上海信譽很好，連洋人都知道……。」

這時，不知是誰把胡大先生到阜康的消息告訴了白雅君，她匆匆地塗抹了一些胭脂水粉來到了前廳，沒打招呼便走了進來：

「喲，怪不得我吃飯的時候多拿了一隻筷子呢，鬧了半天是胡大先生來啦……。老戚，還不快請胡大先生後院坐。」

「對，」戚翰文像是忽然想起似的說，

「小白講的對，到家裏去坐。今日叫小白給你做兩個上海菜……。」

胡雪巖對白雅君悄悄瞥了一眼，她斜睨著胡雪巖，杏眼含情的彷彿舊情未斷，說話時那種貪婪的、發亮的媚眼在胡雪巖身上滴溜地轉來轉去，像隻小貓在主人的手背上舔來舔去，想求得主人愛憐地把她抱在懷裏。

胡雪巖雖然四十出頭了，但那高䠷的身材和秀氣的面容也確能令女人愛戀。雖他已是妻妾滿堂，但對女人似乎一天也離不開。他貪婪於女色，就像是饑渴的漢子，就算離開杭州，他也是走馬章台，拈花問柳，廝磨金粉，一串串笑聲撒在高等妓院裏。儘管如此，但他對友人的妻妾絕不逾矩，像一對同極的磁鐵，保持著一定的距離，並相處得極其自然。而今天則不同，白雅君與他有過心照不宣的交往，他看慣了她那雪白的肌膚和撩人的秋波，聽慣了她那燕語鶯啼般的柔聲嗲氣。因而，他百般警惕自己，暗自告誡「一念能動鬼神，一行克動天地」，萬不可對白雅君有絲毫輕浮之態。因說道：

「老戚呀，今晚我請客。你嘛，帶上白小姐，我去叫個局，咱們在味香齋吃，怎麼樣？」

「你想叫誰的局？」白雅君的語調顯然帶著點酸味。

「哎呀，你不問，我倒忘了，這個局……應該由白小姐替我叫……。」胡雪巖大大方方地說。

「我才不替你叫呢……，」白雅君怪嗔道，

「你們男人哪，都是此一時彼一時的，叫我挨罵去？」

「難道……」胡雪巖瞅著白雅君說，

「戚夫人這個忙都不幫？」

「怎麼不幫？」戚翰文笑著說，

「大先生相信你的眼力，大先生的局就隨你叫啦……。」

「好吧，」白雅君逗趣地說，

「既然叫我叫，我就叫，叫個醜八怪可別埋怨我啊！」

晚飯前，三個人先來到味香齋，白雅君在櫃台上要了一張叫局單，歪七歪八地寫了妓院名和地點，姑娘的名字欄裏填了「小鳳仙」三個字，便往櫃台一送，叮嚀道：

「告訴她，杭州的胡大先生來了。」

「是，小姐。」

這小鳳仙乃怡春院的頭塊牌子，嬌小的身材頗能應酬，是胡雪巖常在白雅君耳邊吹過的人物，如今白雅君叫這個局，也無非想使胡雪巖高興而已。

果然，小鳳仙乘著馬車來了。

「吔！」胡雪巖驚喜道：「是你呀……？」

小鳳仙尷尬地笑了笑：

「不是您叫的嗎……？叫完就忘啦！真是貴人多忘事啊……。」

「是我替大先生叫的，」白雅君故意板著面孔說，

「我們胡大先生可真想你呀，不然我怎麼敢叫呢……！」

「是嗎……胡大先生？」

「當然是啦，來，快坐。」

不過，在喝酒的當兒，小鳳仙把四個人的關係摸得十分透徹，故而在勸酒當中沒有使出混身解數，只在陪著胡雪巖過夜的時候才現出了她的本色。

□

翌日清晨，胡雪巖在怡春院裏吃罷早飯，留下一張莊票便來到德克碑的艦艇上，又

邀來日意格一同上了機動船，起錨之後便往杭州開去。

船到杭州已是下午兩點了，此時拱宸橋碼頭上早已停候著三頂大轎。這兩位洋人乘轎還是第一次，尤其那抬轎的技術簡直令洋人吃驚，既顫巍又穩當，他們恨不得路途再長點，好過足轎子癮。

轎子抬到了總督府，三個人剛下轎，左宗棠已立在門外，他對德克碑二人拱拱手，笑道：

「辛苦了，三位。」

德克碑和日意格也拱拱手，笑道：「您好！」

「有勞了……二位貴賓。」左宗棠說，

「快裏邊坐。」

德克碑為了利之所在，進門以後十分客氣，他說：

「前幾年我們協力攻打太平軍，你是總指揮，今天我們奉命召見，何談辛苦二字，有什麼問題，請總督盡管吩咐……。」

左宗棠大笑了一陣，說：

「談不上吩咐，而是和你們共同議事。……晚飯，在我這裏吃一次中國菜，飯後請你們看一看輪船的模型，再聽聽你們的高見……。」

德克碑二人早已心中有底，故一切均聽從左宗棠的安排。

晚飯過後，他們又來到了湖濱，此時夕陽斜射在湖面，使平靜的西湖現出一片金色的漣漪；對面的保俶山上籠罩著一團團鑲著金邊的雲霧，遠處一隻隻遊船，像一批水鴨子在緩緩地游動。這時，檢校官們把那隻小火輪點上了油燈，輕輕地放進了湖邊，在一陣「嗚嗚」聲中向前推進了……。

左宗棠望著小火輪說：

「德克碑先生，我請你們來……，就是為了這個。」

德克碑微笑著點點頭，說：

「這小火輪的原理大致不差。不過……，為了製造方便，我建議這輪機還是由國外進口較好。」

「德克碑先生說得極是，」左宗棠說，

「鑒於中國目前的技術條件，這輪機不宜急著製造，但其他的部份，還要請你們多給一些技術指導。我坦率地說，中國的人力和物力——我指的是資源動力，不成問題，最大的問題是技術。」

「我們的看法是一致的。」日意格說。

「中國要振興，」左宗棠接著道，「學習洋務勢在必行。我打算在福州建立造船局，關於技術和經費問題……由胡雪巖先生和你們具體商量，希望貴國給我們技術上的援助。」

「中國能辦起造船局，我們當然支持。」德克碑說，「我相信，我們能夠合作；除了慈禧太后給了我們獎勵外，更重要的是，我們和胡雪巖先生有過良好的合作關係。」

左宗棠笑著點點頭。

當晚，胡雪巖邀請這兩位洋人到家裏作客，並打掃了兩間上房讓他們舒服地過了一夜。翌晨，三人又坐上轎子來到船埠碼頭，此時，一面「胡記辟瘟丹」的大旗映入德克碑的眼簾：

「這是哪國的國旗？」德克碑用法語問日意格。

「不……」日意格急忙走過去，發現了中國字，

「這是推銷商品的廣告……。」

二人正在議論，沈良德過來笑道：

「先生，請各吃一包，以免瘟疫傳染……。」

胡雪巖急忙湊上來說道：

「帶上它，以防萬一……。」

兩位洋人接過辟瘟丹，瞅了瞅包裝，發現一個「胡」字，驀地在工作人員背後又看到一個特大的「胡」字，德克碑笑了：

「你們中國人真會做廣告……。」

胡雪巖竊笑不語。

臨登船時，德克碑、日意格和胡雪巖約定了下週一正式洽談，地點在上海法國領事館，隨後二人登船往寧波駛去。

胡雪巖回到了總督府，左宗棠笑呵呵地給胡雪巖看了一紙「任命書」。上邊寫道：

任命書：

任命寧波稅務司法人日意格為福州船政局監督；
任命法人洋槍隊將領德克碑為福州船政局副監督。
閩浙總督左宗棠
同治五年正月
胡雪巖閱後，深解其意地笑道：
「左公的這步棋……為小卒過河擺脫了障礙……，好棋！」
「造船是為了求強，求強離不開洋務……，」左宗棠站起來在廳裏緩緩地踱了幾步，繼而倒剪雙手沉吟著說：
「可惜呀……，朝廷裏還有一批閉關自守、妄自尊大的人物，他們對西方的科學進步一概排斥。人家用洋槍打進來了，他還在遵循祖宗成法……，有這批小人在，中華民族何時才能富國強兵！」
「左公不妨上書朝廷，及時闡述個人的政見，」胡雪巖對左宗棠富國強兵的政見甚有同感。
「我想，太后老佛爺也不會反對吧……！」

「本來……，『中學為體，西學為用』的方針，慈禧太后是贊成的，可是就是有幾個頑固派從中作梗……。雪巖啊，朝廷裏的事且不管它，還是研究一下你的設想吧。」

「我和日意格、德克碑的會談日期和地點已經定了。我考慮……在福州設船政局，既要有能求效果的短期目標，又要有強國富民的長期打算。第一步工作就是要德克碑他們供出圖紙，然後請他們聘外國人任教習，開辦船政學堂，學習常用的英、法語文，學計算，學繪圖，同時購買外國輪機，聘外國技術人員，有關造船的機器也要引進一些，看來是耗資了，實際上節省下來的時間比金錢更有價值。」

「對！」左宗棠很同意，遂說道，

「你和他們談判的時候，重點討論一下預算，這……很重要。」

「雪巖一定照辦。」

已過不惑之年的胡雪巖似乎成熟多了。他積多年來的經驗，懂得一個顛撲不破的「成法」：即努力輔佐當政要員，並以實績取信於實權派人物，而且以此人物為靠山大做生意。尤其這位具有愛國意識的左宗棠，更是胡雪巖崇拜的偶像和堅實的靠山，所以他養成了一種「既愛國、又圖利」的雙重性格。

這天，他從總督府出來，一面思索著與日意格等人談判洋務之事；一面考慮著阜康錢莊的發展。此刻，在他腦海裏已形成了一個放射狀的圖形：要使阜康像遍佈在人體裏的血管一樣，在中國這塊土地上也到處流淌著他的銀兩。是的，白花花的銀子，像雪花一樣飄進了阜康，像山一樣地堆積在他的銀庫裏……。

「往哪兒去？」他在轎子裏問。

「到您府上……」張保大聲回答。

「轉彎……」胡雪巖掀開轎帘說，「到阜康去。」

□

兵變之後，阜康錢莊經過修革，較以前更壯觀，原來的鐵拉手、鐵柵欄、鐵窗口……，一律改成錚亮的銅製品，並且參照了外國銀行的特點和安全系數，翻造了銀庫和珍品庫房，內室和客廳清一色的紅木桌椅茶凳，加上一批名人字畫，更顯得氣派非凡。

胡雪巖和宓文昌在客廳裏商談著阜康的發展，廚房師傅在門外問道：

「宓先生，胡大先生在這吃飯嗎？」

「不吃，」胡雪巖拉著宓文昌說，

「走，咱到甬江飯店吃去。」

說罷，二人穿過馬路進了甬江飯店。經理見了胡雪巖，立刻堆起笑臉，喊道：

「大先生來了，有請……，雅座！」

二人上了樓，經理親自送菜斟酒，忙乎了一陣子退下去了，胡雪巖端起杯子看著宓文昌，問道：

「來，喝！咱一邊喝一邊談，怎麼樣？」

「哎呀師弟，」宓文昌笑道，

「來這兒……就是為了商量事嘛！」

說著便抿了一口「老窖」。

「好吧，那就聽聽你的意見了。」胡雪巖說。

「阜康的實力很厚，這是事實。若把阜康放射性的在全國設莊，總體規劃我贊成。」

宓文昌想了想說，

「但是，倘若一下子鋪展開來，惟恐錯在一念。古人說『躁性僨事，和平求福』，急躁冒進，事難成功，一切考慮周到……福分自然而來……！」

胡雪巖像被潑了瓢冷水，細細地琢磨著宓文昌的勸告……。

「所謂『澹泊明志，寧靜致遠』，」宓文昌接著說，

「也就是咱們的智慧之果，是由寧靜的思索之中得來的。僅就當前的形勢來看，錢莊與錢莊互相之間的矛盾，中國銀號和外國銀行之間的競爭，誰勝誰負還在難解難分，在這個時候如果把阜康的力量分散設莊，效果不會盡如人意。如果師弟能在港口設莊、北京收款，阜康必勝！」

胡雪巖聽到這裏點頭笑道：「英雄所見略同。」

信手掏出一紙計劃遞給宓文昌。宓文昌細細看了一遍，上寫道：

一、於杭州增設阜康銀號。

二、於寧波增設銀號，名通裕；錢莊更名為通泉。

三、福州的錢莊更名為裕成銀號。

四、漢口的錢莊更名為乾裕銀號。

宓文昌笑著把計劃交給了胡雪巖：

「這個方案我十分贊同。不過我再提一個地方，即北京。此地豪紳達貴甚多，可以打出阜康的牌子。」

胡雪巖不聲不響地微笑著，還不停地點著頭，顯然，他是在「消化」宓文昌的建議。須臾，他用筷子醮了醮「老窖」白酒，在紅木飯桌上寫了「阜康福記銀號」。宓文昌也提起筷子在酒杯裏醮了一下，笑著寫了「高招」二字。

二人相視大笑……。

「好！就好在一個『福』字……。」宓文昌說。

「大師兄……，」胡雪巖輕輕笑道，

「我讀過幾天書，瞞不了你呀，加個『福』只不過是圖個吉利而已……。」

「你要知道，……『福』字在平津一帶，可是個富貴的象徵，連皇親國舅門外都寫著一個大福字……。」

胡雪巖收斂了笑容，說道：

「我的決定是：浙江境內的阜康，請你擔任我的襄理，兼管九家的總帳；省外的阜康，請由戚翰文擔任，不知大師兄……？」

「行啊！」宓文昌舉起酒杯說，

「既然師弟重用於我，我自當從命。」

說罷碰了一下杯子，二人一仰而盡。胡雪巖叮嚀道：

「請你抽空到上海和翰文商量一下，一方面傳達我的意思，一方面選拔幾個德才兼優的先生派出去當經理。例如杭州的田志成，寧波的方克勤，上海的趙署明都可以考慮大膽任用。」

兩天過後，二人各懷著不同目的同行到了上海。胡雪巖直奔法國上海領事館，德克碑和日意格早已在這裏恭候。這次雙方談判得非常順利，並設計了一個五年規劃的「藍圖」以及經費預算。胡雪巖回到杭州向左宗棠稟報了會談結果，左宗棠便在這年的深秋到了福州。

一八六六年（同治五年）

左宗棠在福建察看了閩江口馬尾山，決定在山下建立「福州船政局」（又名「馬尾船政局」）。當下寫了一篇里程碑式的奏摺。書道：

「……臣愚以為欲防海之害而收其利，非整理水師不可，欲整理水師，非設局監造輪船不可，泰西巧而中國不必安於拙也，泰西有而中國不能傲以無也。……如慮機器購覓之難，則先購機一具，鉅細畢備，覓雇西洋師匠，與之俱來，以機器製造機器，積微成鉅，化一為百。機器既備，成一船輪機，即成一船，成一船即練一船之兵，比及五年成船稍多，可以佈置沿海各省，遙衛津沽。……且機器良楛，亦難驟辨，仍須託洋人購覓，寬給其值。……如慮外國師匠要約之難，則先立條約，定其薪水，到廠後由局挑選內地各項之少壯明白者隨同學習，……西洋師匠盡心教藝者，總辦洋員薪水全給，如斬不傳授者，罰扣薪水，似亦易有把握。如慮籌集巨款之難，就閩而論，海關納款既完，則此款應可劃項，支應不足，則提取釐稅益之。……計造船廠購機器募師匠須費三十餘萬兩；開工集料，支給中外匠作薪水每月約需五六萬兩，以一年計之，需費六十餘萬兩，創始兩年，成船少而費極多，迨三四五年，則工以熟而速，成船多而費亦漸減。五年所費，不過三百餘萬兩。……前在杭州，曾覓匠仿造小火輪，形模粗具，試之西湖，駛行不速，以示洋將德克碑、稅務司日意格，據云，大致不差，惟輪機須從西洋購覓，乃臻捷便。因出法國製造圖冊相示，並請代為監造……先將擬造輪船緣由據實馳陳，伏乞聖鑒。」

一石激起千層浪，清廷嘩然，眾議各異，並引起了洋人的非議。在他們的眼裏，中國應該長期愚昧下去，中國如果能造船，對加強海防，組織漕運便會現出一線生機；洋人賣船的生意將要泡湯，於是英國使節威妥瑪急忙上書清廷，叫喊著：

「……不能造船，造船不如買船……。」

十歲的同治皇帝只是瞪著兩眼不說話，西太后向來介於保守派與洋務派之間，看風使舵。這次想嚐嚐「洋務」味道，反正不從皇庫裏掏錢。於是飽醮硃筆，批了「試辦」

二字。左宗棠一見聖諭，興奮得連喝了三杯酒，第二天便派人到杭州，命胡雪巖入閩。

此時，正是春季，冬天的寒氣盡逝，徐徐的春風溫柔地喚醒一切生機。元寶街上那片佔地十餘畝的胡家宅邸十分熱鬧，建築師、木雕師、園藝師、泥水匠、木匠、銅匠、銀匠……，數百人正認真地施工。花園裏剛種下的花木，有些油綠綠的嫩葉像針尖似的已探出頭來，剛從外地運來的假山石，壘山師匠們正在「嗨喲哪個喲」地往工地挑去……。

胡雪巖身穿著一件春綢長袍，黑色禮服呢馬褂，端端正正地戴著一頂嵌寶玉的瓜皮帽，他欣喜地在工地上東瞧西看，不住地比照紙上的圖樣。

「大先生，」戚老頭踉踉蹌蹌地邁過石檪，繞過磚瓦找到了胡雪巖，遞上一紙公函，「這是福州左宗棠大人派專人送來的。」

胡雪巖一邊拆信一邊問道：

「人呢？」

「回去了。」戚老頭說，「他說總督交待了，不得久留，把信送到就走了……。」

胡雪巖拆信看了看，

「……奏摺呈上，已接『試辦』聖諭，望速來閩。關於兩位洋將我已專人遞函，不日亦將抵閩……。」

隔了一天，胡雪巖告別母親，隻身登船走水路來到福州，到了總督府天色已晚，此時，左宗棠正在燈下查閱著馬尾山的地形地貌，他一見胡雪巖，笑道：

「你來得最早……。」

「左公急召，雪巖不敢怠慢……。」

這時，廚房師傅立在窗下問道：

「大人，胡大先生開飯嗎？」

「啊……」左宗棠說，「一路辛勞，先吃飯吧。」

「雪巖唯恐廚房籌措煩忙，我在碼頭上吃了才來的，」又對窗外喊道，

「吃過飯了，不必忙了。」

侍衛送來了茶點水果，又端來洗臉水，胡雪巖隨便地擦了一把臉，急問道：

「左公，皇上怎麼批的……？」

「告訴你啦……」左宗棠說，「試辦！」

「就兩個字？」

「咳，皇上……金口玉言，能講多少話！聽說替李鴻章買船的那個英國人，一個勁兒地反對我造船，嘿嘿，清廷沒採納！我急著找你來，因為國庫賠空，這財力該如何籌措，眼下我只有兩個管道：一是海關；一是釐捐……。」

「各省能否協餉呢？」

「照目前看，不可能實現……，不過，上兩項的積款……數目也不少啊。」

「浙江糧台還有三十萬兩，」胡雪巖說，

「也可以調過來辦局。」

「這當然更好了。但是銀兩的出入還是請你出大力呀。」

「我想過了，由福州的裕成銀號兼辦！」

「這裕成……實力行嗎？」左宗棠有些懷疑。

胡雪巖笑了，笑得很神祕：

「左公放心，這裕成就是阜康。」

「哦……」左宗棠樂了，樂得合不攏嘴。在他的心目中，胡雪巖是個最得力的助手，做事幹練而及時，足可稱謂「心腹」、「及時雨」。不是嗎？需要技術時，他「搬」來了洋人；需要信心，他製出火輪模型；需經濟轉運，他開設了裕成銀號；需要軍威，他送來「諸葛行軍散」……。

「雪巖啊……，」左宗棠深情地說，

「你真可謂急公慕義，勤幹有為呀！這次的船政局務，我雖然推薦了江西巡撫沈葆楨為船政大臣，但具體的船政事務，如延洋匠，僱華工，開藝局（即求是堂藝局）等……，還要靠你呀！」

「放心吧……，左公。」

胡雪巖講這話時，心中早已有了「譜」。他想：

洋人對中國的白銀正虎視眈眈地注視著；中國人的頭腦一經開發，有取之不盡的聰明才智；何況有海關和釐稅的兩項納款，不怕造不出船來，

「延聘洋人技工、引進機器、經費的流動……我自然義不容辭。」

胡雪巖屈指說道：

「這件事離不開『財、政、技』三個字，洋人負責技術，沈大人負責政務，我以財

務為保障，左公就放心吧，何況……德克碑和日意格又『黃袍加身』，定然會全力監製的……。」

「好啊，等他們到了，再具體深入地研究一次。」左宗棠說，

「今天你……。」

「不必了。」胡雪巖說，「我有地方過夜。」

不言而喻，胡雪巖又宿花地去了。福州二馬路「翠花樓」是他常去之處，今日雖然一路勞累，但他遊興頗濃，翠花樓那位樓二混子老早就把他迷住了。她本名叫樓方玉，高個子，身材顯示著女性獨特的迷人曲線，皮膚雪白而柔膩，加上那副挺直的鼻樑，乍看倒像個美麗的混血兒，故有人給她取了個綽號叫翠花樓的「樓二混子」。她比「大姐」樓翠花小五歲，年方十七，父母是華僑，但因早逝，便被騙賣在福州為妓。起初她死活不依，無奈身陷囹圄不由自己，加上鴇娘百般寵愛，投了大本培植這顆「搖錢樹」，末了，還是屈服在白花花的銀子面前。去年，胡雪巖來福州即與這位名妓相識，那款款柔情超過了瓊漿玉液，把胡雪巖「灌」得如痴如醉，並山盟海誓般地要求隨大先生從良，當時胡雪巖便丟下二百兩銀票算是訂金，決定今年領人。

這天，胡雪巖來到翠花樓，喜得二混子直拍手，那孩子般的面孔更加天真，她挽著胡大先生的胳膊，把這胳膊緊緊貼在自己胸前，彷彿怕他逃了似的。當晚，胡雪巖與鴇娘商定，用一千兩紋銀把樓方玉贖出。胡雪巖沒有討價還價，彷彿這是娼妓柳巷不成文的老規矩：男方若是討價還價似乎在女人面前摘了面子。

於是他二話不說，立刻寫了一張八佰兩銀票，說道：

「立個字據吧……。」

「嗨，您……是個大人物，我還敢賴帳嗎！依我說，連個見證人都不要找……，您……就放心地把人領走吧……！」

鴇娘說話時情感很複雜，既依戀、又怕官；既貪財，又怕要價太高……。

「你要是想她……」胡雪巖說，

「就到裕成銀號來看她……。」

「嗳！謝謝胡大先生。」鴇娘流著淚水笑著說。

第二天，胡雪巖把樓方玉帶到了裕成銀號，經理俞德海見胡大先生突然到來已夠緊張的了，又見他帶著一個如花似玉的女人來，慌忙把他倆接到後房，伙計們又是擦椅子又送茶。

「大先生，您剛到……？」俞德海一邊問一邊瞟了女人一眼。

「昨天到的。」對樓方玉說：

「這是裕成的經理，你住在後院，他會照顧你的。」又對愈德海說：

「在後邊騰出一大間房子，製一套傢俱被褥，要好生照顧……。」

老實本份而且尚未娶妻的俞德海，有點摸不著頭腦。心想，胡大先生的妻妾都在杭州，怎麼單將她留在福州……？

「就這樣，我到總督府去，回頭我還找你商討一下福州船政局的資金出入問題……。」

「哦。」愈德海答應著，再看大先生人已走了。

半晌，愈德海才想到：

啊……該買傢俱去了。

第十一章

福州船政局像一部巨大的機器開始組裝了。

日意格和德克碑被任命為該局的正副監督。

船政學堂招收的四十名學員，已開始上課。

四十餘名洋人技師和技工已經陸續來華，並在馬尾山下劃地籌建廠房。

五百餘名中國工人正在接受培訓。

造船機器和十部輪機還在水運途中，不日即可運到馬尾山下。

沈葆楨已調集了一批下級官員充任了工地、廠房和各個技術工項的小頭目。

裕成銀號的財務出入井井有條。

胡雪巖已有幾天沒來工地了，他戀着樓方玉嗎？不是！樓方玉在他心目中僅僅是個女人而已，就像生活中的大米，當他吃飽後絕不會再想着大米的事兒，即使他離開福州，也不會扛着米缸走，他會把它留下，讓別人去享受，也許，這就是他對別人的犒賞。

春天，對四季如春的福州並不新鮮。大自然對此地特別厚愛，四處是多彩多姿的風景，連海風都不帶一絲鹹味，讓人呼吸都感到格外清新舒爽。

但此時的胡雪巖大半心思都掛記著春茶收購的事，福州的春景和迷人的二混子自然擠不進他心上了。

中午，他讓「二混子」樓方玉，做幾樣菜，要請俞德海喝兩杯。誰料二混子打小能吃不能做，尤其成了名妓之後，那廚房與她更是絕緣，一聽大先生叫她做兩個菜，臉上的表情僵住了，嘴角尷尬地抽動了兩下，雖說是笑着答應了，但那笑容卻像是勉強擠出來似的。

「做兩個拿手的，」胡雪巖在寢室裏來回踱着步子，若有所思地說：

「把看家的本領拿出來，讓我們好好地喝兩杯……」。

「哦……」，二混子硬着頭皮答應着，正要走，胡雪巖又說：

「噯，先報一下，你最拿手的是什麼菜？」

二混子斜睨着胡雪巖，似笑非笑地說：

「我全拿手……！」

胡雪巖聽了笑道：「好，就看你的啦……。」

二混子到廚房借了個竹籃子上街了，胡雪巖到櫃上拉着俞德海：

「走！到我屋裏喝兩杯，今天我叫她親自炒幾個福建的拿手菜……。」

凡是分號的經理都知道大先生的脾氣，雖說喝兩杯，實際上卻是研究工作，於是他順從地隨着胡雪巖來到屋裏。

俞德海年紀很輕，個子很高大，乍看真像是個北方漢子。寬臉龐，鬍子雖然刮的很光，但從下巴到鬢角仍有半圈發青的痕迹，看上去很英俊，尤其那雙眼睛炯炯有神，顯露着一種過人的靈氣。為人廉潔，而且對胡大先生忠心耿耿，帳面上清清楚楚，待人厚厚道道，辦事利利索索，正是由於這些優點，才獲得了胡雪巖的信任和重用。

「貸款的茶商多嗎……？」二人坐下，胡雪巖開口便問。

「比往年少。」

「為什麼？」

「可能……賺頭不大。加上外國輪船一到，茶商們便提心吊膽，……那收購的價錢沉浮太大。」

「這樣的話，」胡雪巖果斷地說，

「我們還是全部先吃進來……。」

「我看……太冒險。」俞德海說，

「他們吃過兩次虧了。……那天，兩個英國商人來找我……，他說：『我們來福州收購茶葉，還沒開盤你們先收購，弄得我們生意不好做……。』最後，他們建議請我們代為收購，每箱佣金一兩！」

「開盤價呢？」

「當然由他們定了！」

「這可就苦了中國茶商啦。」

「就是啊！」俞德海接着說，

「我告訴他們，既然想叫我們收購，要做到四有利：即茶農有利、茶商有利，你我雙方有利，否則我們不能接受。他們僅僅表示同意，但請我們收購的事就再也不提了。那天，我請他倆在這裏吃飯，您猜，他說什麼……？」

胡雪巖笑着說：「他可能錯解了……。」

「白吃飯還不算，他還有看法，」俞德海大笑了一會兒說，「他說：『你們中國人真怪，談生意還吃飯！』我說這是中國人的美德，是好客的習慣。你感到奇怪，我並沒怪你們，因為中國有句老話叫『不知者不怪』，他們可聽懂了……。」

「他們現在正在扶植印度種茶。」胡雪巖說。

「東印度公司多次派人到中國買茶籽、茶樹，而且還招去不少種茶、製茶工人，用不了幾年就又多了一個競爭對手……。」

「您知道，」俞德海不以為然地說，「整個中國的茶葉全部運到倫敦，也只是供應數的百分之十，您放心，中國的茶葉永遠是國外的搶手貨！」

胡雪巖一拍大腿，笑道：

「吃！全吃進！但是，首先要把英國的開盤底數摸到……。」

「他們的開價很鬼。」俞德海說，「但也有他的規律，你看，每年春天新茶上市，他們高價收買，一旦茶船駛到了福州，馬上減價，弄得茶商哭笑不得，最後只得虧本賣出……。」

「既然如此，」胡雪巖深沉地說，

「我要和他們較量一下！過幾天新茶就要出來了，你派人到碼頭，用每箱高於英商五兩的收購價全部吃進；另外，從今天起，凡在我裕成銀號借款收茶的茶商一律減息，但茶葉一律賣給我們裕成……。」

這邊談着茶葉，廚房裏正在切燒煮。大師傅王富貴湊近小太太樓方玉身邊，望着那堆切好的豬肉，用手拈了拈，問道：

「您這切的是啥……？」

「哈哈，炒肉絲。」

「哎呀，這怎麼是肉絲啊，簡直像扁擔。得了，您放著讓我來吧，還燒什麼菜……？」

「我也不知道……」樓方玉吐了吐舌頭，笑着說，

「反正我買了這些東西……你隨便吧。」

王富貴笑了，心想：

東西不少，但一個菜也沒配全，只好買什麼做什麼。

「您哪，別動了。您祗管上菜就行了！」

「好哇，那就麻煩你了。」樓方玉鬆了口氣說。

「沒關係，反正銀號裏已經開過飯了，幫你們做點小菜也是應該的……。」說罷便動起手來。

畢竟是廚房師傅，刀工好，動作快，燒出來的東西，色香味形量都能上得了枱盤，那二混子樓方玉笑臉盈盈地一盤一盤地往屋裏送，最後把那張新買來的八仙桌子都擺滿了。

「你也來坐呀，胡太太。」俞德海說。

「好，你們二位先喝酒……。」二混子一邊說一邊就給二人斟酒……。

「真沒想到啊……」俞德海讚美地說，

「胡太太還有這麼一手……！」

胡雪巖欣然拿起筷子，指着那盤溜魚片說：

「這個……加糖了嗎？」

「這要看你的口味嘍……，想吃甜的我就去加糖……。」二混子敷衍着說。

胡雪巖夾了一片往嘴裏一送，笑道：

「不錯，還有兩下子。」

二混子只是抿着嘴笑笑。

俞德海夾了一塊辣子鷄說：

「這個菜連菜館都燒不好，只有我這裏的王師傅會做……。」

「是嗎……！」二混子吃了一口，

「嗯……是不錯。」

「大先生……，」廚師王富貴笑着進來說，

「今天的菜……合您的口味嗎？」

「廢話！」俞德海故意逗趣地說，

「胡太太親自下廚，能不合口味嗎！」

「啊……啊……」王富貴聽了，簡直是一隻眼哭，一隻眼笑，嘿嘿了兩聲，不知說什麼是好。心想：怎麼變成了她燒的了？

「來，老王。嚐嚐胡太太的菜，學着點。」俞德海說。

「不啦，嘿嘿，」王富貴苦笑着說，「你們吃，大先生，我出去了，嘿嘿……。」

王富貴走後，胡雪巖對兪德海說：

「咱們再談正題吧……。」

「對！您剛說把今年的茶葉全都吃進，這事咱不是沒幹過！但是今年可不跟他易貨交易了……。」

「為什麼？」

「他們除了棉布就是鴉片，我們每年銷售這些洋貨就動用了大批的人力和運費。」

「如果不搞易貨交易，他們能幹嗎？」

「大先生，他們的生意做得很活，不易貨，他們照常可以把鴉片賣出去，僅在上海每年就有一萬六千多箱的『洋藥』進口，上海收進再轉到寧波、鎮江、九江、蕪湖、漢口、天津、煙台一帶，他把銀子收進，我們再把他的銀子挖出來，給他留點利就行了嘍！」

「那今年就看你的啦！」

「我看沒問題。」兪德海分析了一下，

「英國的船，有的是在別的口岸卸了貨才來的，不然他怎麼能『放款收茶，抑價迫售』呢？他就抓住茶商的債期既迫，只能速銷償債的心理，迫使你不得不賤價出售……！」

二混子聽着男人談生意，簡直無法插嘴，只得斟酒撿菜，眼巴巴地望着他倆談話。

「譬如，」俞德海喝了幾杯酒，興奮得侃侃而談道：

「他英國輪船來收茶葉，絕對不會放艘空船回去。到那時你把價位抬上去，他也會要！你咬住不放，他還會求你……。」

食畢，胡雪巖拉着俞德海：

「走，咱到港口上去看看……。」

俞德海僱了一輛馬車，陪着胡雪巖來到碼頭上，這裏帆檣林立，一艘艘輪船掛着不同國籍的旗幟，被忽強忽弱的海風吹得東搖西蕩。那茫茫海面，真是「煙波蕩蕩接天河，巨浪悠悠通地脈」，只有幾隻白色的海鷗忽高忽低地飛着，不時地傳出「嘎嘎」的叫聲。

岸上，一個用白石塊砌成的巨大庫房，矗立在所有的庫房群中，像羊群裏的駱駝，超然挺立，上邊橫着幾個大字：

「胡記茶葉收購站」

二人正在出神地望着這一切，只聽後邊有人大喊：

「胡大先生——」

聲音隨着馬蹄的咯噠聲傳進了胡雪巖的耳膜。

「胡大先生。」總督府的職事官員一邊勒繮下馬，一邊喊着。

胡雪巖笑問道：

「什麼事？」

「左大人有請……。」來人回答說。

「請告訴左大人，我就來。」又對俞德海說：

「收購的事，就這樣辦了。」

說完，僱了一輛馬車，奔總督府而去……。

「雪巖啊……」左宗棠說：「有件事一定要告訴你……。」

「什麼事？左公。」

「我要調任了。」

「到哪兒？」

「朝廷下了旨令，命我擔任陝甘總督。」

「喔……」胡雪巖立刻想起陝甘地區的資源，「這地方好，您可以在那開工廠啦！」

左宗棠笑了笑：

「你呀，到底是個商人頭腦。」

「您打算什麼時候赴任？」

「起碼把船政局整頓好。這樣……我想八月份離開福州。你……剛才說的是……什麼工廠？」

「我想，陝甘生產羊毛，」胡雪巖說，「這種資源都被洋人買去做了毛呢，然後又高價銷往別的國家。左公既然堅持洋務，這，可是一項值得發展的洋務活動啊！」

「讓我好好想一想再說……。這裏的財政支出夠嗎？」

「據初步結算，這裏的關稅和釐捐足可以供給造船局的一切開支，浙江的稅收仍然供給湘軍，收支基本拉平。」

「你快回杭州，順便打聽一下織呢機……。」

「好，」胡雪巖對購置機器好像有着特殊的感情，

「我打算明天就走。」

說真話，左宗棠對胡雪巖的幹才十分器重，而胡雪巖也對左宗棠懷着知遇之恩，他倆互相倚重，相互尊從，似乎誰也離不開誰。

晚上，胡雪巖和二混子和諧地過了一夜，第二天，他給她留下一張一百兩的銀票回杭州去了。那柳巷出身的二混子，在風月場中過慣了的人，怎能獨守空房？漸漸和俞德海眉來眼去，沒多久便勾搭上了。她愛他，愛他那魁偉的身材和辦事的才能，最後連一百兩莊票都倒貼給他了。

其實，胡雪巖心中有數，他對她沒啥感情，只不過她是個女人，像一杯白開水，杯子是胡雪巖的，杯中的水誰喝都行，然而，誰可以去拿那只杯子，他有着自己的判斷。

胡雪巖回到杭州那天已經十分疲憊，晚飯吃罷懶洋洋地靠在二太太余氏房中的太師椅上，連茶碗都不願去拿了。

小玉和往常一樣，托着那只竹籤筒，慢慢伸到他的面前。

「算了，」胡雪巖隨口說出，「你隨便抽一枝吧！」

小玉遲疑了一下，朝余氏望去，余氏笑道：

「大先生讓你抽就抽……」說着朝小玉使了個眼色。

小玉慌兮兮地抽了一枝，一看是個「四」字，余氏用眼一瞅，笑道：

「快去告訴彩雲，給大先生打洗臉水！」

「是……。」小玉去後，不一會兒回來，笑呵呵地攙起胡雪巖往四太太屋裏走去……。

「唉！瘦啦……」柳氏倚在胡雪巖懷裏，左手撫摸着他的下巴，疼惜地說：

「辛勞在外，叫人多不放心。」

「嘿嘿……」胡雪巖朝柳氏臉上輕輕擰了一把，

「還不是為了妳們哪……。」

說罷一抬頭，驀地發現一幅新繪的人物畫懸在粉壁牆上，仔細一瞅，笑了。

「這好像是我嘛!?」

「你說呢……?」柳氏坐起來，扶在丈夫肩上。

胡雪巖看着這幅畫，除了好奇地瞪大了眼睛瞅着之外，還流露出無限的喜悅，與剛才那種疲憊不堪的神態真是判若兩人。

「啊……」胡雪巖驚奇地喊道，

「我只知你會畫牡丹，沒想到你還會畫像……。」

他講到這裏，突然想起：

「我沒坐在你眼前，你怎麼能……?」

那問號——，一個巨大的問號忽地躍上他的腦中。

她，只不過是一種莫名所以的心靈衝動。

胡雪巖——眼前的丈夫，有一種足以喚起她深情愛意的難言魅力，雖然她僅因抽籤之緣而和他有過幾次的歡愉，但丈夫的相貌、形影早已深深刻印在她心裏、眼裏、腦海裏。在長期獨居的苦悶中，細細捕捉並咀嚼這份回憶就成了打發日子消磨時間的最佳娛樂。於是她將心中最細緻的感情寄託在畫筆上，一筆一筆描畫出真正屬於她，可以守在她身旁的丈夫，哪怕只是一幅肖像。

「我……」柳氏說，「全憑着追憶呀……。」

那聲音顯然帶着一種苦澀澀的味道。

胡雪巖動情了，他覺得她有着純潔的感情，把長期的強烈欲念凝聚在這幅肖像畫中，這種深情，絕非柳巷那些妖冶婦女們的撩人秋波所能比擬的。忽地，她在他的心目中顯得高大起來，他緊緊地摟着她，似乎只有這樣才能表現出他對她的傾注和投入，柳氏也竭盡全力地逢迎承歡，好像要在這一夜間將長期的精神空虛填補起來！

四妾柳氏是一個在胡雪巖面前自稱「學生」的翰林所獻送的孤女，雖然善書畫，但因相貌平常，一雙細長的眼睛笑起來就瞇成了縫，略厚的嘴唇邊上還有一顆黑痣，身材微胖不善修飾，寬大的上衣將女性起碼的曲線都遮住了。她不會柔言軟語，也不會撒嬌發媚，所以並沒有引起胡雪巖的歡心。而今，胡雪巖的看法變了，他認為在妻妾中有個才女，對胡家無疑地增加了一層光彩。

清晨，丫鬟彩雲見大先生起了床，急忙伺候着漱洗，並把大先生愛吃的八寶粥送到了屋裏。

胡雪巖一邊吃着早飯，一邊藉着剛剛灑進來的曙光重新望着這張水墨肖像畫，說道：

「你給老太太畫一張，讓她老人家也高興高興。」

柳氏深情地一笑：

「有大先生這句話，那我就試試看吧……。」

「大先生……」彩雲進來說，

「張保叫我問您，今天出去嗎？」

「出去。告訴他到龍井。」

胡雪巖匆匆吃了早飯，穿上長衫馬褂，手裏托起瓜皮帽，正要跨出門檻，回頭又對柳氏叮嚀道：「別忘了，給老太太畫張像。」

「哎喲，我的大先生，您不是吩咐過了嗎！」

「嘿……我怕妳忘了。」

說着便走出了柳氏房間。

這時，老管家戚老頭早就等在走廊上：

「大先生，常先生昨天來找您，看樣子……事情滿急的。」

「喔，我這就去。」

胡雪巖要直奔龍井茶鄉，張保叫了八人負轎，既可減少半路歇轎，爬山落坡又穩當。

胡雪巖下了轎，展現在他面前的是漫山的採茶姑娘，她們的小手像小雞啄米似的上下擺動着，人人腰間繫着各色竹簍，給綠油油的茶園憑添了一份繽紛的色彩。他往上走了幾步，見一排房子前面堆放着一批木箱和木料，木工們鋸拉釘敲，發出一片叮噹的聲音。

「大先生來啦……？」小媳婦從山坡上望見了胡雪巖，急忙笑迎着說，「快到屋裏坐。」

胡雪巖來到一間新蓋的庫房，上下瞅了瞅，信口問道：

「今年的收成怎麼樣？」

「挺好的。」小媳婦倒了杯茶水，「您嚐嚐新茶。」

胡雪巖急忙品了一口：「嗯，好！」

「這是真正的明前茶，」小媳婦笑着說，

「老茶農說，今年哪，茶勢很好。明前茶、雨前茶再加上炒青，每畝可以採上一百多斤呢！」

「好啊……，農民還不是盼望着有個好收成……。」

「大先生——」常先生從老遠跑過來，喘着粗氣說，

「我看到那頂轎子，就知道您來了。」

「坐下，慢慢講。」

「不用。」常先生拿起一碗涼茶「咕咚咕咚」喝了幾口，用袖口把嘴唇一抹，

「現在……，我們從採茶到裝箱都學會了，但是……還有兩件事要跟您說說。」

胡雪巖見他那個忙亂的樣子，知道必有急事：

「哦，什麼事？」

「您看，這一千畝的面積不小吧，可是會炒茶的沒幾個人。人說『明前茶貴如金』，但炒出來的東西却不像明前茶。」

胡雪巖自感失策，因問道：

「你有什麼打算呢……？」

「我叫他們互相傳授一下，但現在已火燒眉毛，誰都不願教，他自己的還來不及炒呢，唉！我怎麼就沒想到這步棋呢！不過有幾戶不錯，還沒立春就去請教老茶農，現在炒出來的新茶就是不一樣！」

胡雪巖也感到事在燃眉，他告訴常先生：

「你現在趕快去請有經驗的炒茶好手，到各家各戶去傳授，對盡心盡力者，重金獎勵！」

「茶農學技術，由我們花錢……？」

「把眼光放遠，茶炒得好，對我們有利。快去，把老人們都請來，分組傳授，對出大力的保甲保丁也要獎勵！」

「我跟您說吧，」常先生說，

「這裏的保甲保丁們，知道是您的地盤，他們可盡力哩。」

「那更要給他酬勞了！」

「有您這句話，我就更好辦了。」常先生忽然皺了一下眉頭說，

「現在，最大的麻煩事，就是那個賴老二……。」

「賴老二……？是誰？」胡雪巖問。

「嗨……，就是那個……，嘿嘿，」常先生紅着臉說，

「您記得吧，在錢塘江船上，您沒帶錢，他還一個勁兒地纏著要……。」

「哈哈……」胡雪巖指着常先生的鼻尖，笑道，

「十文錢……每天翻一翻……哈哈……。」

半響沒講話的小媳婦半嗔半羞地瞟了丈夫。

「虧你還說得出，不嫌害臊！」

「你懂啥……」常先生逗趣地說，

「大先生器重我的就是這個『一天翻一翻』！」

胡雪巖笑了一陣，問道：

「你說這賴老二……？」

「這小子，壞透了！窮人簡直不能過江。那天我運了一批木料，他就是不給上船，

死說活說，一百斤算三個人的過渡錢，第二次他乾脆不運了，到現在還有一批在蕭山。」

聽到這裏，胡雪巖突然不問了。心想：

僅是一條錢塘江就把兩岸的百姓和資源阻隔了，若要過江，船夫至江心便凶巴巴地要錢……

而今，這賴家兩兄弟居然把茶箱的木料擱在對岸，這倒使他頗為腦火，但是在常先生面前他沒動聲色，只是「哦」了一聲便把話題轉了：

「杭州以外的情況還好嗎？」

常先生知道他問的是茶葉收購情況，於是笑道：

「杭州的梅家塢和臨安、淳安、建德、四明山等大山區我都跑遍了，他們很願意有人來收購，初步估計可以收到四、五萬擔。」

「好，好。」胡雪巖連連點頭。

「現在你要想方設法地提高他們的炒茶技術，這是最要緊的。」

「我知道，我計劃到梅家塢去一趟，那裏有不少炒茶的高手……。」

「花點銀子沒關係，但要用對地方。」胡雪巖說。

「是。」

「到收茶時，我叫阜康來人幫助你們付錢。」說罷乘上轎子回到了城裏。

晚飯時，他請來檢校官王郁清、翰林院的進士黃平和胡元博、丁松生幾位鄉紳共進晚餐，在餐桌上討論了「渡江難」的問題。當然，大夥對這個涉及千家萬戶的熱門話題十分感興趣，然誰也沒說出個所以然來。末了，胡雪巖朝幾位掃視了一遍，說道：

「江，是國家的，就要由國家管。多少年來就是那兩位賴家兄弟經管一個渡口，而且兩人對百姓渡江態度十分蠻橫，船到江心就露出了一副兇神惡鬼的樣子。僅拿蕭山來說，老農中十有八九一輩子沒見過杭州是什麼樣子，為啥？沒錢。農民種的瓜果梨桃進不來，也是因為渡江難。我建議這件善事……我們大家辦。此事不做則罷，要做必一勞永逸，至少能使後人受益五十至一百年。我個人捐銀十萬兩，其他各位悉聽尊便。管理部門可稱『義渡局』，一切工人的薪水由藩台開支，渡口設在觀音堂，樹一石碑，叫『錢江義渡』。造客船兩艘、貨船兩艘，一律免費，不知諸位意下如何……？」

胡雪巖的一席話立刻得到了回響：

富紳們有捐一萬、兩萬和一千、兩千者不等，巡撫也贊成設局，並願承擔實施這項工程。

俗話說：有錢好辦事。檢校官王郁清親自組織買木料、請船匠、刻石碑、找船工、設渡口、派總管，一下子工作便舖展開了。

當「錢江義渡」的石碑樹在渡口時，却出了一件怪事。

賴老二自殺了。

「檢校大人，」地保跑來稟報，

「那，那賴老二上吊了……。」

「為什麼？」

「這渡口生意本來是他的。他一見這塊石碑，感覺砸了他的飯碗子，所以他、他……。」

「解下來了嗎？」王郁清問。

「他兄弟賴老三一回家就發現了，現在把沿江郎中都請來了……。」

「想法子把他救活……啊？」

「好，大人。」

「去吧！」

王郁清低頭一想，這「錢江義渡」乃胡雪巖發起的，論官銜，胡雪巖居上。登時，他坐了二人轎子往胡家奔去。

胡雪巖一聽賴老二上吊了，心中有些不安。

「按理，這事沒必要向您說，我想大概與我們的錢江義渡有關……。」王郁清說。

「與我們有啥關係？也不是官逼民死……。」胡雪巖說。他雖是這麼說，可是卻有許多幻景和往事在腦中翻騰起伏，但轉過來再想，那渡口本是賴老二、賴老三獨家經營的鐵飯碗，這「錢江義渡」一開張，即使是金飯碗也會被打得粉碎，因說道：

「死，固然是『非正常死亡』，但決非他殺。當然……與我們辦義渡不是沒有關係……，」說到這兒，他望着地上的方磚緩緩地踱了幾步，忽地又說：

「可憐啊，聽說他還有妻兒老小……。」

「母親七十多了……」王郁清說。

「這樣吧，」胡雪巖果斷地說，

「你乘轎子去看看，如果實在救不活了，我們就送他一口棺材；如果救活了，那就讓他兩兄弟到龍井去，算我收購站的工人……。」

「這樣最好，」王郁清說，

「打掉個銀飯碗，又撿了個金飯碗……，那，我這就去！」

「吔！」胡雪巖用手一攔，

「在我這吃了中飯再去。」

「下次吧！」王郁清說，「胡大先生，這個賴老二的事兒，太堵心了！老百姓儘管恨他，但也會把他的死怨在我們身上。您別客氣，有機會我再來。」

王郁清剛回到渡口工地，工人們便跑過來笑着說：

「閻王爺把賴老二放回來啦……！」

「沒死？」

「幸虧賴老三發現得早。閻王爺在生死簿上把賴老二的名字一勾，嘿嘿，又喘氣兒啦……。」

王郁清那緊繃着的臉一下子鬆弛了，他不聲不響地順着江岸往賴老二家裏走去。

一排三開間的小土房映入王郁清的眼簾，周圍幾間不規則的草房交錯在前後，還沒走進小土房，就已聞到海水腥味和青草的氣息。王郁清進了圍着籬笆的小院，看到屋頂上飄着輕臭的炊烟，再往屋裏瞧了瞧，裏邊黑古隆冬的，像是幾百年沒人住過似的。

「你找誰？」賴老三氣鼓惱躁地從屋裏出來問。

「我來看看老二……」

「還看！媽的，你們都把人逼死了！」

「別發火，我先看看你哥再說……。」

王郁清說着便進了屋子，只見賴老二張着大嘴呼呼地喘着粗氣，床邊的一位老嫗顯然是他的母親。

「你看吧！」賴老三雙手交叉抱在胸前說，

「都是你們官府逼出來的！媽的，要沒你們……，我哥會走這條絕路？」

「你的嘴乾淨點！」王郁清板起面孔正色道，

「官府設義渡……難道是為了逼你們？」

「你們這樣做，不是砸了我家的飯碗嗎？你看看，這上有老下有小，你不是存心把我們全家餓死嗎？」

「胡說！」王郁清打着官腔說，

「你只知道砸了飯碗了，難道你不問問還有別的什麼飯碗嗎？」
「長官——你叫我們怎麼活？種地沒田，做生意沒錢……。」
「我問你，你們兩兄弟還會幹什麼？」
「除了撐船，小時候在臨安種過茶……。」
「好！」王郁清有着十足的把握說：
「等你哥哥的身體恢復以後，繼續撐船，工錢由衙門給，等官家義渡建好，你兩兄弟到龍井茶葉收購站，薪水可不少啊！」
「官家的？」
「不，」王郁清說，「是胡大先生的……。」
「胡大先生……？」
「我……知道。」賴老二掙扎了一下，
「是不是……胡雪巖哪？」
王郁清對賴老二笑着說，
「先休息……等把病養好了再說……，啊？」

「不！」賴老二掙扎着坐起來，對弟弟說，

「你記得……有個叫化子……替他墊了十文錢，那個人就是胡雪巖……。」

「不……不去了，」賴老三苦笑着說，

「到他那兒不合適。」

「為啥？」

「嘿嘿……」賴老二說，「我們得罪過他……！」

「可是他……」王郁清說，「也得罪過你們啊！」

兩兄弟瞪大了不解的眼神兒，心想：

「不可能……！」

第十二章

昨天夜裡下了一場小雨，到早晨地上還是溼漉漉的。早春的陽光帶著一絲寒意，採茶的姑娘們穿著不同顏色的夾襖，像一群花間穿梭飛舞的蝴蝶，在綴滿水珠的茶樹叢中不停地忙碌著。不知是誰即興唱起了一首民歌：

「日頭出來紅綢綢，一片茶園水溜溜；
滿園茶叢好龍井，春來三茶好豐收……。」

不一會兒四面都響起清脆的歌聲。

賴老三背著小行李袋，氣喘吁吁地來到茶山，望著那間突出的庫房，顯然這裡是他要報到的地方。他走進一間擺著帳桌的房子，在穿流的勞動者中，問道：

「哪位是常先生……？」

「在旁邊大庫房裡。」一個木工說。

賴老三拐進了大庫房，見一身穿長袍、頭戴瓜皮帽的人。問道：

「常先生……在嗎？」

「我就是，有什麼事？」

賴老三仔細看了一眼常先生，頓時笑道：

「你……不是長毛禿嗎？」

常先生臉色「刷」地變了，好像敷了一層不均勻的紅粉，他瞪大冷颼颼的眼光瞥了賴老三一眼，「嗯？」猛地抬頭問道：

「你……是不是賴老三……？」

「是啊！」賴老三眼神兒裡露出輕蔑的神態說，

「哎，小子，你混的不錯呀……！」

「怎麼？你不服氣？」

「娘西匹……」賴老三有點沈不住氣了，

「你做啥！老子奉縣太爺的旨令來的，你神氣什麼！」

常先生對這個船霸，早存有一種成見，這成見來自賴家兄弟的霸道和無情，前幾天聽說賴老二上吊了，他認為這是報應，俗話說「人生重結果，種田看收成」，他沒忘記從前由蕭山到杭州討飯，渡江時為一次「逃票」，曾被賴老二從江心中丟進水裡，幸而同船人相救，否則何有今天！

「你嘴巴乾淨點！」常先生說話時眼睛一動也不動地直逼著賴老三，「別拿縣太爺嚇唬我，你也不睜眼瞧瞧，這是誰家的茶站……？」

「呸！」賴老三瞪大了眼睛，「狗仗人勢！」

在他眼裡，這長毛禿本是沒爹沒娘的小無賴，他歷來就沒把他當一回事，就像是他腳下的一塊小石頭，而今變成了「先生」？還要在一個叫化子領導下工作，他連作夢都沒想到過。

「吵什麼？」小媳婦見這裡正在爭吵，遂問道：

「你是……哦，是賴家兄弟吧？」

「賴老三！」賴老三沒好氣地說。

「有話慢慢說，」小媳婦打著圓場，「這麼忙還……」

「難道是我吵？」賴老三直著脖子吼，

「他媽的，一個臭要飯的有啥了不起？你也不灑泡尿照照你自己！還在我面前稱

『先生』，我看那胡雪巖也瞎了眼……！」

賴老三罵到得興起順手把手往外一指，俗話說「冤家路窄」，這往外一指，幾乎指到胡雪巖的鼻子上。

「幹什麼？」胡雪巖沈著臉問。

賴老三一驚，像迎頭挨了一棒，急忙堆下笑臉，

「胡大先生，您看這長毛禿……」

「閉嘴！」胡雪巖怒道，

「他已經陞任先生了。」

「嘿嘿……」賴老三強作笑臉地說：「我不知道。」

「不知道？」胡雪巖緊追不捨地質問道，

「那為什麼罵我瞎了眼？難道我把你哥哥分配到義渡局吃皇糧，把你派到這裡吃薪水也瞎了眼？」

「不，不不，胡大先生您別生氣，」賴老三連忙鞠躬作揖，

「我……嘿嘿，是個粗人。俗話說，你大人大量……嗨，我錯了……。」

「要賠不是……」胡雪巖下巴一動，

「對你們茶葉收購總管說去！」

「好好，長毛禿……啊不，常先生，我向您賠個不是！」賴老三彎了一下腰，

「行了吧……！」

「你們坐下！」胡雪巖一擺手，對常氏夫妻說，

「你也坐下。」對賴老三說，

「你別瞧不起常先生，你認識他的時候那是什麼年頭？你罵的長毛禿已經沒了，現在你要尊重的是常先生，懂嗎？」

「懂，哪會不懂！」賴老三又恢復了常態，

「人往高處走，水往低處流。我嘛……也要胡大先生多栽培呀！」

「你今年多大年歲了？」胡雪巖問賴老三。

「四十二。」

「聽說你……也種過茶葉？」

「那是住山區的時候了。」賴老三侃侃而談道，

「嗨，小的時候什麼都做，不做，吃啥？不瞞您說，屋內炒茶，我在門外就可以聞出他的手藝來。這話兒，可不是一般人都會的。要講究火口、手法和外形，不是吹，我炒的茶葉都可以向皇上進貢！也許，隔的年頭多了。手法不那麼靈便了……。」

「我讓你來不是讓你炒茶。」

「那幹什麼？」

「在沒收購以前，」胡雪巖說，「是讓你到各家各戶去檢查質量和指導炒茶……。」

賴老三笑了：「那……我也是先生啦？」

「不。」胡雪巖鄭重地說，「長毛禿盡心盡力地幹了四五年才當上先生。你嘛……要看嘍，幹得好可以提前陞為先生，但必須能寫會算。幹不好，像今天這樣遇誰罵誰，恐怕在我這裡永遠成不了先生。」

賴老三聽了直點頭，然後站起來說：

「胡大先生，我保證三年以內能當上先生，當不上先生……我不是人！」說話間還瞅了常先生一眼。

坐著的人都笑了。胡雪巖問常先生：

「炒茶高手請到了幾個……？」

「年紀大的有十幾個，還有兩個年輕的，一大早就出去了。」

「好，賴老三，這十多個人就交給你了。常先生，今天晚上把這十多個人叫到一起，把賴老三引見給他們，從明天起，賴老三就把炒茶的技術和質量管起來。另外，茶葉收完裝箱、水運這些工作，你要聽常先生調遣。可以嗎？」

「可以，我和長毛禿是老朋友啦，」賴老三一拍大腿，「嗨，我又說走了嘴，是常先生……。」

「另外，」胡雪巖補充說，「還有一個先來為大的問題。」指了指小媳婦說，「這位是常先生的太太，你有啥事也可以跟她聯繫。」

賴老三感到很不是個滋味，奈何！只好硬著頭皮說了聲「是」。

胡大先生走後，賴老三笑嘻嘻地對常先生說：

「沒想到你這小子還娶了這麼個標緻的小妮子。」

「你又不服氣啦……？」常先生笑著問。

「怎麼不服呢！我要是有這麼一個……，一年就可以當上先生。」

「別瞎講了，」常先生說，

「我當先生的時候還沒娶她哩！走吧，我帶你去看看庫房和木工間，晚上大夥見見面，研究一下分組指導問題……。」

「我這行李……？」

「帶上它，放在住房裡去。」

二人出去時，又下起了濛濛細雨。那小雨時而像漫天掉下來的粉末，時而像粒粒透明的珍珠，飄灑在大地上……。

□

胡雪巖回到城裡時，轎子已經濕透了，那轎夫的肩上無形中增加了重量，待回到胡毛，他們身上已濕漉漉的分不清是汗水還是雨水了。

「快到客廳來，把外衣脫掉……」胡雪巖下轎對轎夫們說，

「不然要生病的。」

「好吧，大先生。」

平時不敢進客廳的轎夫，今天卻笑呵呵地隨著大先生進了客廳。

胡雪巖對張保和李文才二人笑著說：

「你們倆個跟我好幾年了，可不能凍壞了……。」

「胡大先生……，」張保吞吞吐吐地說，

「我們跟您幾年來，在薪水中存了一些錢，加上抬您出去又得了不少賞錢，我們幾次想開口，又怕……。」

「痛快點，」胡雪巖笑著說，

「有話直截了當！」

「我倆想捐個官……！」張保一慌真的直說了。

胡雪巖一怔，心想：

一個抬轎的想做官？

那眼神兒由驚奇到不解。說：

「你們想走……？」

「不！」張保把「不」字講得很響亮，解釋道：

「大先生給我們這麼高的薪水，又體貼我們，就是拿鞭子打，我們也不走哇……。」

「是這樣，」李文才補充說，

「我們抬您都覺得很光彩，如果捐上個一官半職的，抬著大先生也不枉伺候您這麼多年……，何況『夫子抬夫子』的事，古人早有先例了。」

胡雪巖微笑著問道：

「你們都存了多少錢？」

「我存了一千三百兩……」張保說。

「我存了一千八百兩……」李文才說。

胡雪巖沈默了一會兒，頓時客廳裡顯得異常得寂靜，彷彿一切擺設都在諦聽和期待著他的回答。張保和李文才忽地感到後悔，一個抬轎子的轎夫想捐官，自己想想都難為情，怎麼一下子脫口而出呢？他們像撲在無邊無際的沙漠，心裡空虛得可怕。

「這事我替你們辦！」

胡雪巖想得很開，轎夫中有兩個帶銜的官，對我胡雪巖也是一種精神享受，不論在商界、官場和洋人面前也都能表現出我的地位和實力，因而說道：

「我替老李墊上二百兩，再給老張墊上二百兩，湊個一千五和兩千的整數，然後再給總都寫個保舉信，你倆速去福州找左大人，請他老人家開恩捐納。」

二人一聽，喜得抓耳撓腮。

當天夜裡，胡雪巖寫了一封保舉信，他倆又在阜康錢莊各支二百兩銀子，立刻登船往福建駛去。

此時，左宗棠正因軍餉和船政局的經費傷神，如今平空送來三千五百兩銀子，自然高興，當即給了李文才一個「七品縣令」，給了張保一個「九品雜佐」。從此，李文才和張保搖身一變成了「老爺」，在家裡往籐椅上一躺，老媽子、丫鬟們照樣沏茶送水，搥腿打扇。然而每天一上任，還是在胡府當差，「以官抬官」，算得上清朝的一大奇聞了。

□

春茶生意不錯，常先生就像新兵入陣，雖有股猛勁，但畢竟是新手；幸而有上海阜康襄理戚翰文派出得力的商業能手孫亦建與洋商周旋，運到上海的八萬多箱春茶全部裝上了洋輪，除掉一切成本和運費，每箱淨利十兩以上，為胡雪巖賺了八十多萬兩銀子，而那位常先生卻像個用功的學生，把茶葉的生產、裝箱、儲運、外銷點點滴滴的環節全牢記在心裡，他決心獨立指揮夏茶的全部過程，要在主子面前爭個頭功。

初夏，龍井山的蚊子在黃昏時四處尋覓著人體的氣息。賴老三喝得醉醺醺的，搖著蒲扇晃悠悠地來到常先生的住房，拉了條小木凳坐在常先生面前。他的面孔通紅，睜大泛滿血絲的眼睛，神秘地問：

「這一筆一筆的都記著了嗎？」

「嗨，生意嘛，總要一筆也不能差呀……。」

「我是說……」賴老三說，

「我是說那帳上的文章。」

「不記怎麼行，」常先生認真地說，「即使到商店去做，還要先當練習生呢！」

「嗨，你搞擰了，俗話說：『人無橫財不富，馬無野草不肥』，你可別死心眼兒呀！你想，這幾十萬兩的進項，你隨便舔一下，也夠你過的啦……。」

「你喝多了吧？」

「媽的，龜孫子才喝多了！」賴老三幾乎把頭頂到常先生胸前，狡黠地笑笑，「我要是你呀，才不那麼笨哩，當官的還不是『三年清知府，十萬雪花銀』？你呀，太老實囉……。」

「我真弄不明白，你倒底想說什麼……？」

賴老三見常先生板起了面孔，馬上像怯陣的公雞，連忙叫道：

「得了，得了，算我沒說。」站起來要走，忽又回過頭來，輕輕地說：

「你如果真想發財，找我……還來得及。」說完，跟蹌而去。

初夏的氣候變化多端，夜裡剛下了一場暴雨，早晨又放晴了，天空是那樣的藍，光線是那樣的充足，胡雪巖在元寶街的新宅工地上轉了一圈，又回到了老宅。見了戚老頭，說道：

「老戚，把潘大嫂叫來……。」

潘寡婦一聽大先生叫她，連忙理了理頭髮，換了一件粉底紅花的寬襟上衣，臨出屋時又急急忙忙在臉上擦了一點粉，來到客廳，笑道：

「胡大先生，您找我……？」

「坐下。」胡雪巖笑著指了一下對面的太師椅說。

潘寡婦侷促不安地坐了半個屁股……。

「現在的小戲班……怎麼樣啦？前些日子也沒空問你這件事。」

「到現在買了二十八個丫頭，最小的十二歲，最大的十五歲，」潘寡婦如數家珍般地說，

「請了五個唱宣卷的師傅，教會了《雙下山》、《方卿見姑》、《盜仙草》，還有《竇娥冤》。這宣卷是坐著唱的，不表演……。」

「也好嘛，演唱的時候就不搭戲台啦。那伴奏呢？」

「學了。這玩藝兒一定要自己伴奏自己唱。不過，那些師傅們倒挺認真的，都是傾

囊教授，什麼二胡、三弦、琵琶、揚琴、古箏、笙……。嗨，都能自拉自唱了……。」

胡雪巖高興地笑了笑。

「胡大先生……」潘寡婦嗲聲嗲氣地嘟囔著說，

「您總要抽個空去看看她們嘛，她們像關進深宮一樣，有好多人還不知道您長什麼樣呢……。」

「好啊，」胡雪巖頓了一下，說道：

「學宣卷很好，原來都是佛經裡的故事，唱起來很優美。但是……，戲子的人數再多點。」

「哎喲，我的大先生，」潘寡婦說，

「這您還嫌不夠啊！您倒底想要多少？給我個底兒。」

胡雪巖伸出食指，笑道：

「一副象棋！」

潘寡婦扳著手指頭，嘴裡叨唸：

「兩個車馬相仕，一個帥，兩個砲，五個小卒，十六個，再加一倍。」

一抬頭望著胡雪巖說，

「我的天哪，三十二個？」

胡雪巖微微一笑，說：

「不但三十二個，而且要個個拿得出，看得下。走，現在叫她們唱兩段聽聽。」說著便站了起來。

潘寡婦把胡雪巖帶到偏院，那些小姑娘們像見了皇上似的，個個瞪大驚異的目光，望著這位只聞其名未見其面的胡大先生……。

「都到大廳裡來！」潘寡婦叫了一聲，那批女孩子一個接一個低著頭輕輕地溜進了大廳。

潘寡婦把胡雪巖讓進大廳，待他坐下後她便擺出一副大班的樣子說：

「聽著，今天你們的主子胡大先生來了！馬上準備演出，第一個曲目是《雙下山》，第二個是《方卿見姑》，第三個是《盜仙草》……」

五件樂器的演奏者坐定，扮演小和尚的明姑兼敲木魚，扮演小尼姑的翠微兼彈琵琶。

怎料大夥見到胡大先生坐在自己面前，個個緊張萬分，居然把台詞忘了，樂器也沒調準音，聽起來像噪音一堆……。

「停！」潘寡婦急了，

「台詞忘了，音也錯了，你們是怎麼搞的？嗯……！」

正在這時，上海的襄理戚翰文來了。戚老頭連忙到了偏院：

「大先生，上海的戚先生來了……。」

「哦。」胡雪巖站起來，對潘寡婦說，

「我有點事，改日再聽……。」

潘寡婦好不容易才把大先生請來，屁股還沒坐熱，就被戚老頭叫走了，那股火氣一下湧了上來，沖著戚老頭罵道：

「你這個老東西做啥！大先生第一次來聽唱就叫你勾走了，你不是存心跟我過不去嗎？」

戚老頭也有個硬脾氣，毫不示弱地罵道：

「你這小娼婦罵起人啦！你先把她們訓練好吧！嘰嘰嘎嘎，殺雞殺鴨，你叫大先生聽這個……？」

「咄！你這個老不死的，」潘寡婦邊罵邊追上去，

「你也積點陰德，閻王爺可不是瞎子，死了也把你打入十八層地獄……」

「你……！」

「好啦！」胡雪巖對潘寡婦說，

「我走……怎麼怪老戚呢？第一，我有急事；第二，丫頭們練好了我再來聽，不就結了嗎？」

胡雪巖走後，氣得潘寡婦直跺腳：

「臭老頭子，讓你不得好死！」

胡雪巖來到廳裡，戚翰文正喝著茶。

「大先生，」戚翰文放下茶碗。

「外邊怎麼樣？」

「寧波、福州、漢口的分號都按時開業了。」戚翰文高興地說，

「而且出入很不錯。但是有一件事必須要跟您說，」

「北京的阜康福記銀號開業不久，來了一位顯赫人物，指名找你。我們說你在杭州，

他要求和你當面談……。」

「這是個什麼人？」

「我問他了，他說：『我是奕訢』（後來光緒帝的叔父），我一聽嚇了一跳！」

「看來，我真的要走一趟了。他是道光皇帝的第六子，現任軍機大臣。聽左襄公說，他在慈禧面前，時而被重用，時而被猜忌，他找我離不開銀兩的事……。」

「要帶點禮物啊……」戚翰文提醒說。

「對。」胡雪巖思索了一下：

「各地當舖把死當的珍品都運到家裡來了，我想帶一塊雞血石和五十兩印度白土……行嗎？」

「行。他的煙癮很厲害，白土他當然喜歡啦。」

戚翰文走後，胡雪巖便叫二太太余氏打開珍寶盒。當初二十多家當舖送來的珍品數量極多，其中有古文物、珠寶翡翠、珍貴藤黃和雞血石、端硯，以及唐伯虎、祝枝山、仇英、沈周、趙孟頫等一大批名人字畫。只因元寶街新居尚未落成，此間珍寶室又不能常叫佣人打掃，因而灰塵積垢，雜亂無章。

胡雪巖選了一對商鼎，一塊雞血石，兩幅明代書畫和五十兩印度白土。然後鎖上門來到余氏房中，余氏一邊清理這幾件禮品，一邊量好尺寸叫佣人找工藝師傅製做禮品盒。

不幾日，胡雪巖帶著戚翰文，拎著禮品輾轉車船來到北京。戚翰文暫至阜康福記銀號住下，胡雪巖走進了一家外官赴京上朝的寄居處——善化會館。這裡迴廊曲徑，紅牆綠瓦，室內裝飾典雅，雕樑畫柱，紅氈舖地，儼然像是後宮的宅院。因胡雪巖掛著一個「浙江布政使」的頭銜，因此受到熱情的接待。

晚飯前，當差的立在門外，恭敬地喊著：

「胡大人……」

「進來吧……」胡雪巖的聲調帶著少有的官腔。

當差的進來，送上一份菜譜，問道：

「胡大人，晚飯沒客人嗎？」

「啊……我剛到。」胡雪巖慢吞吞地說，

「還沒到王府去，晚飯就我一個人吃罷。」

「請您點幾個菜吧……。」

胡雪巖把菜譜輕輕一推：

「我是江南人，你隨便弄幾個北方口味的就行了。」

「是……。」差人躬身要走，胡雪巖一擺手：

「我向你打聽一下，那位奕訢大人住哪兒？」

「不遠，」差人說，

「出了會館往東，見了胡同就拐，有扇紅漆大門的就是。」

「喔，不遠……。」

「幾位王爺都在附近，嘿嘿，您稍等。」

當差的下去，不一會兒便把酒菜送到了膳室：

「胡大人，請到膳室吃飯……。」

胡雪巖走進了對面的一個套間，往桌上一瞅，一個菜名都說不出。當差的給他倒了一杯酒：

「您慢慢吃，有事叫我一聲就行，我叫王昇。」說罷退下去了。

老實說，胡雪巖已心不在焉了。眼前的一桌菜餚，他只是下意識好奇地嚐嚐而已，他的心早飛向了王府。因為，他要攀高附貴，他要廣結顯赫。他知道，只有他們才是自己提昇地位的保駕護航人；也是求得榮華富貴的財神爺……。

飯後，他帶了兩只陶鼎，一塊雞血石和一幅祝枝山的真跡悄然走出善化會館，按著王昇指引的路線，果然看到了兩扇紅漆大門。他輕輕叩了幾下門環，裡邊問了一聲「哪一位……？」

「杭州胡雪巖拜見軍機大臣……。」

「稍等一下。」門內的聲音很和藹。

等了一會，門「吱」地一聲拉開了一半：

「請進，胡先生。」

胡雪巖隨著管家模樣的人物，繞過影壁牆步下台階，到了前院，又通過曲廊來到後院的正廳。管家搶先跨進門檻，躬身說道：

「胡先生到……。」

「請進。」

胡雪巖把手上的東西往花架子上一放，雙手一拱，說道：

「學生胡雪巖叩見恭親王……」說著便跪下了。

奕訢連忙上前拉住他的左臂，說：

「免禮、免禮……快坐。」

此時，丫鬟們已獻上了香茗和水果。而那些禁衛軍和貼身護兵們都依慣例隱躲在暗處。

胡雪巖正面瞅了瞅奕訢，見他只不過三十四五歲。和自己差不多，瘦高的個子，濃濃的八字鬍對襯出他雪白的臉龐。

胡雪巖知道奕訢傾向洋務，且對左宗棠十分讚賞，所以這次便以名士和巡撫的身份前來拜見，加上左宗棠在奏摺上常提到他，而且又是奕訢主動找他，原先心中面對皇親的緊張情緒漸漸消失了。

「大人，」胡雪巖堆下笑臉說，

「學生早就想來拜見大人，只因輔助左襄公處理一些事務，故實難脫身，望大人恕罪……。」

「哎！那裏！左襄公的奏摺對胡先生的勞績可是慷慨陳辭、竭力嘉獎啊！……」

說話間，胡雪巖急忙從花架子上取下帶來的禮物，走至奕訢面前，說道：

「小小心意，不知大人喜歡不喜歡……。」

「啊……！雞血石！」奕訢讚嘆道。

「從顏色看，它可是你們浙江的！」

胡雪巖又打開陶鼎的盒蓋，「您看……。」

「好，難得呀……！」奕訢接過來細細地瞅著，胡雪巖又把祝枝山的立軸拉開：

「您看這幅。」

「喔……」奕訢興奮地笑著說，

「這祝枝山和唐伯虎可是一對好朋友啊！不過，祝枝山的畫……宮裡也極少啊……，太好了！」

胡雪巖把畫捲起來，又把包裝極好的印度「人頭土」拿出來往桌上一放，笑道：

「這個，不知您？」

「啊！這是印度大土……。」一回頭，

「來人哪……」

一個丫鬟應聲而入。

「收起來……。」

丫鬟習慣地把禮物小心地捧到內室。

「胡先生，」奕訢把話導入正題：

「早就聽說阜康銀號是你開的，那天北京分號一開張，我也去了……。」

「謝謝，蒙您大駕光臨……。」

「其實，我是有事找你……。」

「我……。」

「因你是左襄公身邊得寵的人物，不妨對你說點真話……。我呀，積蓄不少，放在府裡總不方便，我想把錢放到你銀號去……。」

「您儘管放心。」胡雪巖搶著話說，

「我敢擔保，投到阜康的錢，比國庫還保險，尤其是您，年利……」

「不用！」奕訢一擺手說，

「我不要什麼利息……！只要把錢給我管好就行了。」
「即使您不要利息，」胡雪巖說，
「我也把利息打出來，存在您的帳上……。」
「哎，」奕訢開始透露心思了，
「你們的帳和我的存摺……是怎麼個記法？」
「我對普通的地方官．明帳都記兩千兩……。」
奕訢一聽，立刻發現胡雪巖自朝廷倡導「養廉」後，頗能在帳上做「文章」：
「嗯，你倒很能替別人著想啊……。」
「唉！」胡雪巖同情地嘆了一聲，說：
「連金絲燕都會做『燕窩』，難道做官的人就不會攢錢！既然朝廷提倡『養廉』，我也要替做官的著想啊。」
奕訢見胡雪巖很精明，故笑道：
「那你也該替我著想嘍……。」
「不是我替你著想，而是您在替我著想。」

「此話怎麼講？」

「您想，」胡雪巖一板正經地說，「您存的越多，我的實力越雄厚，而且您還對商業流通和百姓的臨時周轉，做了一件大好事。然而所對不住您的，則是做了好事沒有名字，但我阜康的名聲越來越大，實際上是您幫了我的忙……。」

「是這樣……。」

「請問，您打算投進多少……？」

「五十萬兩！」

「能夠公開的數字呢？」

奕訢沈吟了一下，說：

「幾家王府……都存了五千兩。」

「那，您也別突出，存摺上也寫五千兩，我的明帳上也是五千兩。為了穩妥起見，正式的存入金額，除明帳五千兩外，我給您開一張莊票，隨時可以兌現。」

奕訢微笑著點了點頭。

「明日我在阜康恭候，不論派誰送來，我都照此辦理，請您放心就是了。」

胡雪巖走出了奕訢宅院，心中竊喜，他知道，這五十萬兩「避風」銀子，是決不想要利息的，它無形中給阜康添了一筆無息本錢。雖然拋出了幾件值錢的文物，然他認為能與奕訢來往，其價值要比那些東西更高更有價值，於是他一路帶笑地走回會館。

第二天，在會館吃過早飯，老早便來到了「阜康福記銀號」。戚翰文見到胡大先生笑呵呵的樣子，心中已猜透了八九分，

「如果我沒猜錯，」戚翰文說，

「十有八九是投放銀子……。」

「沒錯！」胡雪巖說著便坐了下來，「翰文，待會帶我去看看庫房……。」

「好，您要不要對銀號的同仁們講幾句話？」

「等辦完了奕訢的事兒，大家見見面也好。」

正說著，方克勤來了，他朝胡雪巖作了個揖：

「胡大先生，您……還沒吃早飯吧？」

「吃過了。」胡雪巖笑了笑，

「分號的經理可不好當啊……。」

「嘿嘿，全靠大先生栽培。這個北京分號都是戚襄理指導著開業的，我一定盡心盡力地去做，反正我們這裡還有兩個留洋回來的，他們的業務能力很不錯……。」

「哎，好哇。」胡雪巖對戚翰文說，

「等個一年半載的，在他們當中可以選一個好的當副經理呀！」

「我也是這麼想……」戚翰文說。

「胡大先生，」一個練習生進來說，

「外邊有人找您。」

「估計來了。」胡雪巖站起來，往外屋走去，見是一位陌生的人，四十多歲，個子不高，身穿真絲長衫，一條烏黑的長辮子梳得發光。

「您找我……」

「胡雪巖先生嗎？」

「是啊……」

「到裡邊去，我想和你當面談談……。」

「你貴姓？」

「哈哈，第一次見面，我還是介紹一下，我是文煜。刑部尚書協辦大學士……。」

「哦——久仰、久仰！」

胡雪巖心想，這協辦大學士相當於副宰相啊！他來，斷定也是存款的事。於是對方克勤說：

「快把文煜大人請到內室，上茶！」

方克勤也很機靈，立刻把文煜請到了內室。

胡雪巖對戚翰文耳語道：

「別離開，等著奕訢送款。記住，千萬別讓文煜和奕訢碰面！」

說罷，急急地來到了內室。

❖ 第十三章 ❖

文煜一面隨著胡雪巖走進了內室，一面望著室內的陳設。這是一間裝修得十分雅緻的客室，雪白的粉牆上掛著一座法國製造的自鳴鐘，正面一幅鄭板橋的中堂——風竹，撩人的動感使靜謐的雅室增加了一份蓬勃生機，使人精神為之一振。兩側一副對聯寫著「樂貴自然真趣，景物不在多遠。」一條特製的案桌，圍放著幾張南方的籐椅；地上鋪滿了紅毯，牆角各有一隻木雕花架，架上的玻璃罩裏擺著各色瓷瓶，把室內妝點得既古樸又典雅。

「請坐。」胡雪巖笑著說，

「啊……．大人光臨敝號，頓使門庭生輝呀……。」

「哪裏，」文煜客氣的寒暄：

「早就應該來祝賀，只因公事纏身，實在抽不出時間哪……。」

這時，胡雪巖雖然帶著笑臉接待著這位刑部尚書協辦大學士，然那顆心卻懸在半空中，他明知奕訢的五十萬紋銀即將運抵銀號，而半路上卻殺出來個程咬金，就像美食中吃了一隻蒼蠅，吐不出，嚥不下。他真想立刻把他打發走，但文煜的官位頗高，又不知他此番的來意，還是敷衍著笑道：

「文煜大人身體一向可好？」

「多謝胡先生，身體向來無恙。」

二人正講著客套話，戚翰文捧著茶盤進來了，他一邊獻著茶，一邊說道：

「胡大先生，文煜大人日理萬機，今日能抽閒與您見面，這可是一件了不起的幸事！您哪，也不瞧瞧這銀號的人來人往多麼忙亂，還不如請文煜大人到會館去好好聊聊。您哪，就放心地去，反正這裏有我們頂著就行……。」

一席話使胡雪巖茅塞頓開，他急忙應道：

「誰說不是呢！」繼而悄悄對文煜說，

「我早就想登門叩拜啦，我知您喜歡小古董，我特地帶來幾件，走，您瞧瞧去。」

那文煜找胡雪巖本來就是為了私事，加上「小古董」的誘惑，巴不得找個沒人的地方去私下面談，於是站起身來笑道：

「既然胡先生盛情相邀，那就走吧……。」

「轎子我已經僱好了……」戚翰文說。

「不啦，我乘轎子來的。」文煜說。

「那就僱一乘吧。」胡雪巖對戚翰文說，

「這裏你就照應著點！」

「咳，您就放心地陪著文煜大人去吧。」

戚翰文恨不得把文煜盡快拉走，以免和奕訢相遇，誰料剛把文煜引出門外，忽然來了幾個保鏢模樣的彪形大漢，後頭跟著幾輛馬車拉著整整齊齊一批銀箱往這邊走來……

胡雪巖急速地瞄了一眼，沒見奕訢的形影，心中已放心了一半，而狐狸般的文煜卻在保鏢的頭目中發現了奕訢的禁衛軍首領人物，但他沒作聲，裝作無所謂的樣子，從容地鑽進了自己的轎子。

兩乘轎子往善化會館走去……

阜康福記銀號的門外，一位大漢向戚翰文道：

「胡雪巖先生在嗎？」

戚翰文笑著反問道：

「您是奕訢大人家裏的管事吧？」

「不錯。」

「胡雪巖先生剛有急事出去了。」

戚翰文說著便把「裏理委任書」給來者看了看，繼而說道：

「此事他已交待清楚了，請放心，不會有絲毫差錯。」

來者猶豫了一下，說道：

「好吧，卸車……。」

銀號裏的先生和練習生一齊幫忙卸車，戚翰文認真地一箱一箱檢驗紋銀的成色。心想：

真是俗話所說「王府的紋銀成色高」，這一錠錠五十兩重的「二四寶」在流通時均可升水（即該寶銀雖是五十兩，可與五十二兩四錢的紋銀所含的純銀量相等）。

他抖擻起精神，把寶銀點數入了庫，然後到樓上抽出一本存摺，封面寫了「愛新覺羅氏奕訢大人」，內書「存入寶銀伍仟兩整」，另抽一張莊票，填了「肆拾玖萬伍仟兩」。

戚翰文把這兩件憑據蓋了章子，雙手遞給了大漢。大漢仔細地瞅了瞅，覺得與主子交待的一致，笑道：

「對，是這樣……。」

「中午快到了，」戚翰文露出悅色，說：

「咱們一起吃頓便飯……。」

「不啦。恭親王還等著回執呢！改日，改日……。」說完便帶隊回去了。

奕訢見了存摺放了心；文煜這邊卻提起了心。他明知阜康的實力雄厚，又怕有朝一日倒了台；他明知阜康的客戶主要來自官商仕紳，又怕他的積款被「抖落」出來，使他的地位一落千丈，說不定還要誅連九族……。

「雪巖啊。」文煜目不轉睛地望著胡雪巖，

「我這個人，無論如何也積攢了一些，但我又不願在私蓄問題上出現麻煩……。我想問你，對其他官場上的存款，是怎麼個存法？……」

胡雪巖對文煜的看法改變了，彷彿他不是一個什麼大人物，倒像隻受傷的狐狸，既奸狡又怕人碰了他的要害……。

「大人，存入多少、存摺寫法，全由您自己來定……」胡雪巖笑著說。
「那……奕訢是怎麼寫的？」
胡雪巖一驚，心想：
他怎麼知道？
「此事，雪巖一概不知……！」
「那恭親王的衛官……不是來了嗎？」
「大人，」胡雪巖冷冷地一笑：
「您……您的眼力令人佩服。您大人既然認識那麼多的王公大臣，我阜康的今後可就仰仗您了……。」
「哎……左襄公三番五次推舉你，難道我就不協助你把銀號辦好嗎……！」
胡雪巖見機會似有可乘之處，於是笑道：
「我這次來京，早就有登門叩訪的打算，」
說著從櫥中拿出一幅立軸，笑道，
「我知道您喜歡這個，而且我找了不少鑑定家，一致認為是明代仇英的真跡。」

說罷把底軸讓文煜拉住，自己提著上軸一拉，立刻現出一幅清麗深遠的工筆山水畫……。

「啊……」文煜驚喜道，

「仇英的真跡，沒錯，他的畫，是真是假，僅從印章的邊緣就可以發現，這幅畫，我敢肯定是真跡。」

「大人，」胡雪巖神秘地笑笑，

「若是贗品……我敢送給您嗎?」

「好，好!來來，我自己捲……。」

文煜把畫捲好，仍然放回櫥裏，拿起扣碗喝了兩口茶，說道：

「雪巖啊……，我跟你說點真格的吧……。」

「請說。」

「這些年來，我也有了一些積蓄，老實說，放在宅邸也不是個辦法……，我找你，就是請你給我想個法子。怎麼樣……既安全，又不會聲張出去……。」

「大人，」胡雪巖笑著說：

「這存款的戶頭可不是殿試後的發榜啊！您知道，阜康對私蓄有規定，就是老天爺下諭，我也只拿一本明帳……。」

「什麼意思……？」文煜直著眼問。

「例如，某大人存一百萬兩，我的明帳卻記著參仟兩，另外玖拾玖萬柒仟兩，我簽一張莊票，既能便於珍藏，又能隨時兌現，這正是您所要求的，既安全又不會聲張，豈不兩全齊美呀……？」

「那……利息……就沒啦？」文煜問。

「明帳有利息。莊票只是兌現的憑證，文煜大人，您還在乎這個嗎？……再說，我隔個年把的來拜訪你一次，您……？」

「哈哈……」文煜立刻理解了胡雪巖的語意，何況仇英的一幅真跡已經到手，所以他笑了，遂說道：

「我決定存阜康五十萬兩！」

吔！胡雪巖心想：恭親王五十萬兩，他也五十萬兩，居然有這等巧事！於是胡雪巖伸出五指，說：

「存摺上寫伍仟兩，行嗎？」

「這……」文煜故意大大方方地說：

「咳，這就隨你的吧！」

胡雪巖抬頭看了看掛鐘，已近中午，說：

「大人，這裏的菜不錯，我請您喝幾杯……。」

文煜一揚手：「此地熟人太多，還是到我那兒，穿過這條馬路，地安門鑼鼓巷……很近。」說著，便從櫥中取出那幅明代真跡……。

胡雪巖也樂於多方結識權貴，於是他整理了一下衣冠，隨著文煜出了會館，在門外僱了一乘「二人抬」跟在文煜的轎後，不一會兒來到文煜的宅邸。這裏是北京典型的前後四合院，前院為方磚鋪地，正房為客室，兩廂有紅漆走廊，深處為膳房及丫鬟婆子的下房；後院是滿庭花卉，在林蔭深處的則是文煜的寢室。

他倆剛至客房，丫鬟們便穿流不息地獻茶、遞毛巾、端水果、點煙燈……。

「大人，您……也喜歡這大土……？」

「這東西好哇！」

文煜一呶嘴，示意胡雪巖躺到煙炕上去，隨後有兩個俊俏的丫鬟侍候他倆吸了鴉片。

老實說，胡雪巖獨對鴉片沒有嗜好，更沒有癮頭，但不論在任何場合，他均能應付，而且不漏一點「外行」的破綻。吸了一陣過後，正當文煜騰雲駕霧般地舒服得瞇起三角眼時，兩個訓練有素的丫鬟，攥起小拳頭在他倆的腿上捶打起來，那輕柔的敲打動作確實令人筋舒血暢，疲勞全消。

「啊……，」胡雪巖讚道，「這小妮子真有兩下子。」

文煜笑道：「胡先生有此雅興，不妨叫我這個巧雲姑娘跟你去……。」

「不敢……，不敢……。」

「唉呀，」文煜坐起來，

「她要是跟了你，可是她的造化！」轉頭對巧雲說：

「巧雲，這位可是中國金融業的巨頭。他呀，也需要人捶捶腿兒，他要是喜歡上你，你就吃香喝辣的了……。」

胡雪巖悄悄朝巧雲瞥了一眼。啊……他禁不住為她的模樣所傾倒，尤其是朝中刑部尚書協辦大學士文煜親贈，更使他感到三喜同降：第一，文煜將有巨額私蓄投入阜康；

第二，在無意中得到了一位美女；第三，朝廷權貴親自為媒，豈不攀了一門高親！

「好了，」文煜說，「你倆先下去吧！」

胡雪巖從煙榻上坐起，文煜呷了口濃茶，把巧雲的事兒暫時壓下，將話題轉入了正軌。

「雪巖啊，我算了一下，能存到你阜康的銀子……足有五十六萬兩……。」

「哦！」胡雪巖裝作抽足了鴉片的樣子，笑著說，

「都運到我銀庫來，有我阜康在，就少不了您的利。跟您說句實在話，」他晃了一下煙槍說，

「這種白土，在我那兒……算最低檔的啦。待我下次來京，帶點過來……，那抽起來就是不一樣！」

文煜直勾勾地望著胡雪巖，嘴裏不住地嚥唾沫……

「哎，你下次來……，可別忘了李蓮英。」

「他也有這口癮？」

「這你就甭管了！」文煜說，

「恭親王、醇親王都喜歡玩白土。他們哪，也願意交你們這些巨賈啦……。」

「這，還要靠文煜大人引見了！」

「你呀，這還用我？那左襄公把你的名字老早就上奏了……。好吧，你看我這五十六萬兩怎麼送去？」

「如果您覺得怕惹人耳目，趁夜裏用轎抬，我在阜康迎接。」

「就這樣辦。走！吃飯去。」

飯桌上少不了山珍海味，二人喝了幾杯杜康酒，午飯算吃過了。胡雪巖當即離開了文宅，僱了輛馬車來到阜康福記銀號。

戚翰文與方克勤見到胡大先生回來了，忙把恭親王奕訢的款項報了一遍……。

「可是，」胡雪巖說，

「文煜全看在眼裏了，只不過他搞不清數字而已。好了，我們不談這些，盡快把銀庫清理一下，今晚文煜派人送來五十六萬兩，你們兩位注意一下紋銀的成色，我來給他辦理手續。這個人……可不一般。」

果然，文煜的「轎抬」計劃變了，胡雪巖與戚翰文在路旁等了良久，沒見轎子的影子，二人正在猜疑，忽然從黑影中走過一批人家。為頭的搶先一步，問道：

「先生，這裏是阜康銀號嗎？」

「對，請問……？」

「協辦大學士文煜大人派我們鏢局送東西來，哪位是胡大先生？」

「我就是……。」胡雪巖說。

鏢頭朝後邊擺擺手，一條長龍似的挑擔人陸續來到了阜康銀號的正門。

「到齊了嗎？」戚翰文問。

「到齊了。」鏢頭說。

此刻，銀號的邊門被打開了，方克勤說：

「挑進來吧……」

待全部挑進銀號後院，驗了紋銀成色，點清數字之後，文煜才慢悠悠地來到阜康，胡雪巖親自給他開了後門，打發鏢局的人走後，才與他協商起明帳與莊票的數字問題。末了，仍以伍仟兩記於存摺上，莊票開了伍拾伍萬伍仟兩。

文煜把憑證揣在懷裏，將胡雪巖拉到一邊笑問道：

「你什麼時候回去？」

「明日一早就走。」

「我決定把巧雲丫鬟送給你了……。」

「這怎麼能行……。」胡雪巖裝作為難地說。

「你不知道，」文煜說，

「我本想把她收房做小，可是我那些太太們……咳！你呀，把她帶走，我也圖個清靜。」

「哦……」胡雪巖笑著說，

「那，我可要謝謝大人啦！」

「甭謝，你把我的銀子管好，就等於謝我了！」

胡雪巖一拱手：「請放心！」

□

第二天，胡雪巖和戚翰文帶著丫鬟巧雲乘了馬車直奔天津，然後轉水路回到了杭州。

且說巧雲到了胡家頗受老太太鍾愛，長相也出眾，那五官勻稱得叫人著迷，好像造物主為人類特製了一個活標本，連其他妻妾們也不得不服。在胡雪巖看來，巧雲雖是丫鬟出身，但她是朝廷高官所贈，加上那副討人喜歡的模樣，他決定「收房」作為第十位太太。

「收房」那天沒有大肆張揚，只是胡家大小妻妾，上下佣人，兒女親家吃了一次喜酒。潘寡婦擔負了雙重任務：一是打扮新太太，二是組織了一場「堂會」，讓小戲班的姑娘們唱了一晚的宣卷，喜得胡雪巖笑口常開，最後賞給每人十兩銀子。

當然，大先生納妾，其他九位姨太太雖然表面都是笑嘻嘻的，但心裏卻咬牙切齒地咒罵不休，尤其那小九，鋼牙利嘴地罵出聲來：

「瞧那倒霉樣子，臭丫頭片子，我才不跟她一塊兒抽籤呢！怎麼大先生偏偏喜歡這麼個人。」

「輕點，」柳氏低聲嗔道：

「你也不怕人聽見！」

「我怕啥！」小九說，理直氣壯地說：

「她是文煜贈的，我還是王有齡贈的呢，讓大先生摸摸自己的良心……。」

「我的九奶奶！」柳氏拍了她一下，

「有錢的爺兒們都這樣……，別說了！」

「大先生也真太那個了，真像是狗熊辮棒子，辮一個丟一個。」

「你呀，」柳氏說，「你要是大先生，討的比他還要多……」

二人正在後院叨咕著，只見小玉托著一個小油燈把巧雲和丫鬟雪梅引到了一間臥室，雪梅立刻端臉盆到廚房去了。一會兒後，小玉又托著小油燈把大先生引到了新房……。

「哼！」小九把嘴一撇，轉身回到了自己的房間。

□

次日，浙江藩台的執事官員潘洪友、田志華來到相府，要求面見大先生。

「哦……」胡雪巖笑著從後院出來，

「到大廳來坐。」

「胡大先生，」潘洪友坐下來說，

「我等前數日由福州回來，左宗棠大人讓我們帶來一封信札，要我們當面呈交。」

說著便遞上了此信。

胡雪巖拆信看了看，信中寫道：

「……我將率部赴陝甘剿捻，請速在上海設轉運局和軍裝局，除於上海設局外，兼照料福建船政局事宜。……委雪巖總管，另派潘洪友、田志華協辦。」

胡雪巖抬頭望著潘、田二人，說道：

「轉運局我已委派上海阜康銀號的趙署明在籌辦，你二位立刻動身赴上海擇地設廠，招募縫級工人，不知你二位在經費上有無籌措……？」

「已經辦好了。」潘洪友說，

「浙江除地方開支外，可對上海轉運局協餉支援，江蘇也從釐捐中抽百分之五十協餉轉運局；另外，左大人命我轉告胡大先生，他赴陝甘後的一切釐捐全部歸上海轉運局統籌支配……。」

「太好了。你二人可以分頭工作，田志華坐鎮上海，籌備軍裝局；潘洪友擔負催餉。要知道，讓別的省協餉，十有八九不能落實，這項工作很難……」

「聽說西太后很重視入陝鎮壓捻軍，左大人正在上奏朝廷，請求撥款……。」

「但願如此。」胡雪巖笑了笑說，

「無論能否撥款，轉運局的帳上出入，均由上海阜康銀號負責。」問田志華：

「冬季軍裝樣子定了嗎？」

「左大人親自設計的。」

「好吧，你二人各負其責，近日我將隨左公赴陝，順便調查一下當地資源，上海的工作，可以找阜康的戚先生聯繫。」

「是……。」

陝甘地區簡直成了西太后的一塊心病。從一八六二年起，陝甘回民紛紛起義響應太平軍大舉反清，佔領了渭河兩岸許多村莊和地區，進圍西安，使清廷頗為震動，次年便派欽差大臣多隆阿入陝鎮壓，雖然削弱了一些回民起義軍的力量，卻使馬化龍、馬占鰲、馬文祿化整為零，打敗了清軍的多次圍剿；這年，西捻軍張宗禹入陝，甘肅的回、漢、撒拉等族反清的武裝立刻東下接應，形成了一股「捻回合勢」的強大力量。清廷亂了陣腳，西太后慌了神，急派左宗棠任陝甘總督，兼辦軍務。

八月，左宗棠帶領浙閩地帶的湘軍，並帶足了「諸葛行軍散」浩浩蕩蕩開赴西北。

此時，胡雪巖已在上海，他一邊監督著軍裝局的試製工作，一邊與龐雲繒合計著囤絲計劃，但龐雲繒對「囤絲」毫無把握。

這天，二人在龐雲繒的絲行裏核對帳目，龐雲繒興奮地告訴胡雪巖：

「今年的生意比任何一年都好做！」

「為什麼？」

「關鍵在『絲通事』（即翻譯）身上，我這次請的是南潯人，還和我帶點親。而且我發現，如果『絲通事』不曉得內外行情，沒有得力的自己人，就等於睜眼摸黑，聽人擺佈，包辦不了市場。」

「那就多給一些報酬……。」

「嗨，像這種好的『絲通事』，供需雙方都給了不少的報酬。」龐雲繒說，

「我已經約他了，明年再請他幫助我做……。」

「噯……，別明年哪，這種通事我們要高薪聘用，另外，我們還要做別的生意啦。」

「他一直在上海，隨時可以找他嘛……。」

「我覺得這種生意，」胡雪巖琢磨了一下說，

「能否再擴大……？」

「你的意見是……？」龐雲繒湊近了問。

「與洋人搶購蠶繭！」

「嚄……！大先生的口氣不小哇！」

「就在洋商收購以前，來上海的蠶繭我們先吃進……。」

「大先生，僅南潯的四大絲商也不會買你的帳！」龐雲繒說。

「……」

「只有一個辦法，」龐雲繒胸有成竹地說，

「除了我們坐地收購的以外，可用小船在水路上攔購。這樣看來，我們開支大一些……，」

「可是蠶農省事了。如果合算，就派船攔購。」

胡雪巖沈吟了一會兒，說：

「不過……我還是想把南潯的四大家……全吃進來。這樣的話，洋人就無法擺佈我們了。」

「冒險，冒險……。」龐雲繒笑著搖搖頭，

「如果你肯投資，把生意擴大，那倒可以……。」

胡雪巖忽然想起說：

「你這兒高檔白土還有多少？」

「印度白土……還有五百兩！」

「別出手了，」胡雪巖說：

「咱倆各分一半。」

「好吧，我會派人送到你府上。」

「你呀……」胡雪巖笑著說，

「論年齡，你比我小十歲，但在蠶絲生意上，你的經驗比我多了十歲。」

是年冬，左宗棠受命任陝甘欽差大臣，兼辦軍務，開始率兵鎮壓回民起義軍。在頻頻戰事中，命胡雪巖「速運軍糧」。

胡雪巖命田志華速購大米十萬石，命潘洪友速備棉軍裝五萬套，命沈志良多帶「諸葛行軍散」和「八寶紅靈丹」，僱了大批馬車從合肥、鄭州、洛陽直奔西安而去。一路上曉行夜宿，走了十多天，忽見關口有清兵把守，胡雪巖掀開車帘，躍下馬車，迎著朔朔寒風，走至哨兵面前：

「請問，左襄公幕帳在何處？」

「哎呀，走錯了！」哨兵說，

「總督在東邊，過了前邊草地，山後就是……。」

胡雪巖跳上馬車，不斷搓著兩隻凍僵的手，讓車夫趕著走在前邊，後面跟著一串馬車，響著「叮噹」的鈴聲，車輪滾過封凍的土地，沿著小路，穿過一片茅草地來至山後。

左宗棠的前營哨兵早就發現了這個巨大如長龍般的目標。

「總督大人，」侍衛官張虎、營官劉勇入幕報告說：

「發現一個馬隊。」

「是戰馬還是運貨車？」左宗棠問。

「可以肯定是貨車。」

左宗棠笑道：「我已料到，胡雪巖今日必到。」

說罷站起來，走出帳外，瞇起老眼望過去，只見遠處揚起陣陣灰塵，馬車前後相隨，馬鈴聲、馬蹄聲、車軲轆聲漸漸清晰地傳到左宗棠耳邊。

「劉勇！」

「在！」

「去！帶人迎接胡雪巖！」

劉勇遵命帶一部份軍卒跑步迎了上去，正如俗話所說「望山跑死馬」，當大車隊來到大營時，已經日落西山了。

胡雪巖帶著潘洪友、田志華和沈志良來到總督臨時帳前，左宗棠高興得拱起了雙手：

「雪巖啊，我一猜你近日必到，這並非我料事如神，而是因為你我萬里同心啊！」

張勇進來稟道：

「大人，軍中月餘皆以高粱玉米充饑。鑒於我軍向來以大米為軍糧，今日胡大先生已將大米運到，是否給將士們飽餐一頓……？」

「雪巖，」左宗棠笑問道，「大米也運來了？」

「是的。大米十萬擔，棉軍裝五萬套，還有幾十箱『諸葛行軍散』和『八寶紅靈丹』。」

「好，好好。」左宗棠心想：

手中有糧，萬事不慌……。

「那，就讓將士們吃頓大米飯吧？」劉勇說，

「反正糧食就在您的眼前，搬運也十分方便。」

左宗棠不響了，他凝神思索了半晌，突然，他大喝一聲：

「傳我的命令，拔營前進！」

這突如其來的命令，連胡雪巖也感到莫名其妙。

「大人，」劉勇懇求著說，

「這兩天官兵實在疲勞至極，也該讓弟兄們休息一下了，就是您也不能勞累過度啊……。」

「胡說！」左宗棠怒道，

「這是軍令！我現在就起馬行程，誰敢走在我的後邊，一律軍法就辦！雪巖，你帶軍糧車隊隨我出發！」

軍令一下，全軍上下一片嘩然，雖有各種埋怨，但誰也不敢落後一步。

前邊是劉勇護著左宗棠，望著大營將士一隊一隊地向前進發，接著就是胡雪巖帶領的大車隊……。天已暗下來了，人們在高低不平的路上走著。

士兵們不斷地猜疑，不知左宗棠玩的什麼把戲，有的士卒乾脆罵道：

「什麼把戲！陣頭瘋！」

「別亂說，其中必定有原因。」

「鳥原因！拿我們尋開心……。」

大約走了數小時，左宗棠問劉勇說：

「走出多遠了？」

「有四十里路……」劉勇又思索了一下，

「沒錯，距原駐軍所，足有四十里……。」

「傳我的命令！」左宗棠說，「就地安營！」

一聲令下，全軍在原地架起帳篷。這時士兵的肚子似乎都餓扁了，他們各隊點起野營火灶，一鍋一鍋的大米飯正在燒著，那些火頭軍們挑著籮筐到百姓家爭相買菜……。

左宗棠的駐地剛安排好，忽見前站哨兵衝到總督面前，喘著大氣說：

「原來駐軍之處，忽然一陣轟炸，全營的營地從地下翻開了！」

左宗棠微笑著點點頭，拍了拍胡雪巖的肩頭說：

「雪巖，上蒼保佑我們啊！」

胡雪巖楞了一下。

原營被「炸」的消息一下子傳開了，官兵們無不被這位左大人「料事如神」的本領所折服，尤其那些將領們，顧不得吃飯便紛紛跑來，驚訝地問道：

「大人，您真是張天師再世，諸葛亮現身哪！這麼一件大事，您是怎麼算出來的？」

「哈……，什麼張天師諸葛亮的！」左宗棠說：「你看那批叛軍，表面上是歸順了，其實心裏並非誠意順服，他遲早要原形畢露。這幾天我注意到他們在挖地道，如此一來我的駐地定在他們的預算之內，今天，地下傳來陣陣微弱的敲打聲，我猜想他們必會有所行動。」

「那……您怎麼不對我們講明呢？」一軍官問。

「如果我講的不驗呢？」左宗棠說，

「你們不把我笑煞？所以我只得威迫大家離開那個鬼地方。不過，那個地方今天如果沒爆炸，我這葫蘆裏裝的什麼藥，也不會告訴你們哪！」

眾將領們打從心底裡發出敬佩之情，把剛才路上的怨氣一下子拋到了九霄雲外。

「值得！」劉勇打趣著說，

「走四十里路，換來全軍安全，太值得了。左大人，以後您多豎耳聽著點。」

大夥一聽，笑了。

「我不聽了。」左宗棠笑著說，

「那不成了杞人憂天啦！」

「哈哈……」大夥又笑了一陣。

「大人，吃飯了。」

侍衛兵端來一盆大米飯。眾人聞到米香，看到了雪白的大米飯，誰不嘴饞！不用招呼，一下子便走光了。這時侍衛兵又送來幾碗素菜，

「有事喊我一聲，我在帳外。」說罷退出去了。

「雪巖啊，」左宗棠吃著飯說，

「這裏不是你久留之地……，」

「我想多陪您幾天。」

「不用，明日你就跟著馬車回去，陪我不如幫我把上海轉運局辦好，這比什麼都強。還有，你提到的織呢機，這亂世之時，怎麼辦工業呢？只好等到太平年吧！」

「嗯。您放心，雪巖一定照您的吩咐去辦。」

「我雖然寫了奏摺，請求撥款，但軍機處、戶部裏都有李鴻章的人，他們會給我刁難的，正因為這樣，我把希望寄託在你這裏啦……。」

「左公，您為大清的存續忠心耿耿，雪巖豈敢怠慢，為保證前線糧餉，哪怕肝腦塗地也甘之如飴。」

左宗棠瞅了一下胡雪巖的眼神，嘆道：

「唉！我也了解你的難處……。」

「您指的是……？」

「李鴻章。」

「左公，我對此人……早有戒心。」

「不……，你還只知其一，不知其二。我在浙江時，從不讓他染指上海。而今，我在這裏，你在上海辦局，他分佈在上海的幕僚，必有一天會給你帶來麻煩。不過從眼下來看，他還不敢，因為你在上海還有一定的實力。」

「難道他能對我下手……？」

「不能看得太簡單。」左宗棠說，

「不論哪個國家，上下的派系紛爭，有時統一，有時矛盾，我和李鴻章在洋務活動上雖有一致之處，但政見各異。唉！現在是各自為營，他有淮軍，我有湘軍，這……也不想跟你多說了，他如果有對民族不利的舉措，死去的將士也不會瞑目的。」

說著從行李袋中取出一本《英烈錄》，

「他們的名字，我永遠也忘不掉。」

胡雪巖接過這本《英烈錄》，剛翻開第一頁，驀地發現一個熟悉的名字，不禁眼睛一亮：

「啊？張彪！」

「他原是綠旗兵的副將，被太平軍打散以後，投奔到湘軍，作戰十分勇猛，怎麼？你認識？」

胡雪巖沒回答，但那思念、感激之情再也使他無法控制，鼻子一酸「刷」地流下了兩行熱淚。

「別傷心……」左宗棠直楞楞地望著胡雪巖，

「男兒有淚不輕彈啊……，他是你的好友吧？」

「恩人……，恩人……，」

他抖動著嘴唇，把《英烈錄》緊緊地攬在自己的胸前，淚水滴落在張彪的名字上，心裏悲苦地吶喊著：

「張彪大哥……恩人啊……」

他，再也吃不下飯了……。

第十四章

胡雪巖由西安回到杭州，已是臘月二十日了，往年這時候，已是寒風刺骨，雪花紛飛。但今年卻大不相同，好像老天爺對杭州特別恩賜，沒有寒流，沒落下一片雪花，幾天沒見一絲雲彩，連陽光都提高了溫度，曬得人一身暖洋洋的。

元寶街的胡宅還在緊鑼密鼓地施工。它參照西方的圖樣，融入中國的風格，規劃出每個格局都與眾不同的豪華大宅院落。這天下午，胡雪巖乘著帶有炭爐的綠呢大轎來到工地，走下轎子，慢悠悠地走至「鏡檻閣」的工地上。

「胡大先生……」白鐵藝工方師傅見了大先生到，笑著問道：

「您看，這樣式行嗎？」

「你說的是水管子嗎？」

「是啊……」。

胡雪巖搖搖頭，說：

「杭州人飲天水，雖然是風俗，但沏出的茶就是不同。你這管子用洋鐵皮直接往缸裏流，你不覺得……和我的大宅極不相稱嗎…？…啊？」
「我是看了圖紙做的……。」
「你只是看了平面圖，」胡雪巖嚴肅地說，
「你把細部圖找來！」
方師傅急忙奔到施工指揮室，找來細部圖問道：
「您說的是這個……？」
胡雪巖接過來看了看：
「就是這個。」
「這……」方師傅頗為難地說：
「這太費工了，再說開支又大。」
「誰讓你節省了！」胡雪巖聽了直冒火，
「你瞧瞧上邊怎麼寫的！」用手指著細部圖說：
「檐溜管用滇錫澆鑄，落水處用紫銅鑄成羅漢及八仙等形態各異的儲濾器，水通過羅漢八仙流入水缸。你，你這洋鐵皮算什麼！」

「這要做模子，做完了模子再翻……。」

「別說了！」胡雪巖正色道，

「按圖紙照辦，我要的是講究，不是將就…。」

方師傅眨了眨眼，囁嚅著說：

「既然大先生不怕費錢，可以做得到……。」

「那就去做！」

胡雪巖氣呼呼地來到建築工地，十六所院落已砌起高牆，他的髮妻住房已見雛形，他順著這座取名「安吉院」的樓房拾級而上。工匠們正在這裏製作欄杆，欄杆上安裝了一百隻紫檀木做的小獅子，他望著這一排神采迥異的小獅子，頓時露出悅色，然而他又感覺似乎缺少了點什麼…「啊…」他忽地靈光一閃，

「金眼！純金，那一定是光彩照人，天下獨我所有啊！」

「誰是領班？」

袁保根握著油漆刷子過來說：

「是我，大先生。」

「這小獅子是哪裏雕的……？」

「東陽……五個老師傅。」

胡雪巖笑問道：

「你沒覺得它缺少點什麼嗎？」

袁保根傻了眼，心裏直發毛，那忐忑不安的樣子令人同情，他傻乎乎地瞪著那批訂做來的小獅子，講不出少了什麼……

「大先生，我……看不出少了什麼。」

「你想想…」胡雪巖說，

「假若這眼睛用金的呢？」

「啊……那當然更好啦！」袁保根笑了。

「既然用金的好，那就把木頭眼挖出來，金眼做好再鑲進去。」

胡雪巖在工地上走了一圈之後，便來到工地指揮室。這裏正在討論施工方案，大夥見到主人來了，連忙搬椅子……。

「不必了。我看了一下，有的沒按原計劃製作，如天水缸的施工全部錯誤，你們沒去現場看看？另外，是我的疏忽，即安吉院的「百獅樓」我建議用純金鑲眼，那獅子可能更有神氣……。」

張道逸老先生笑了笑，說：

「如果大先生不怕花錢，這金眼獅子倒是新的發現……，不妨先試製幾對……。」

「不用試了，」胡雪巖執拗地說，

「就這樣決定了。不過張先生……，您看在影憐院的大廳裏似乎還缺少點什麼……。」

「我早就想過了。」張道逸說，

「這裏如果吊起一套玲瓏燈，就太完美了……。」

「買呀！」

「這套燈……只有日本才有啊！」

張道逸說著便拿起毛筆在繪圖紙上勾起了一副十三層的玲瓏塔…

「這種燈是六角形的，這裏是龍頭，龍尾，……下邊是風鐸，風吹起來，滿院可以聽到叮噹叮噹的聲音，其美妙之處，可以超過《春江曲》啊！不過……我想就算是王爺的大宅恐怕也沒有吧……！」

「張老先生……」胡雪巖聽到這種可居的奇貨，立刻興奮起來，「您就陪我去一趟！」

「對啊！」園藝師傅高文祥說，「你在日本學習過，那就陪大先生去一趟嘛！」

「好，」張道逸說，「我陪您去！」

□

一艘客輪由上海向日本駛去，不幾日船到東京，他們下了船，在街上飄然走著，從一座江戶建築到另一座，胡雪巖感到新鮮，他雖然與外國人有過不少往來，但到另一個國家，他還是第一次。冷風颼颼地颳著，不時地捲起屋頂上的積雪，向人們的臉上打去，他和張道逸僱了一輛馬車，在馬車伕的介紹下來到了龍田旅館，不用分說，稍有常識的人一看就知道：這二位是中國人。因那條長長的辮子就明示了他的來處，幸而張道逸熟通日語，辦事方便多了。

第二天上午，他倆逛了一次日本繁都，又在料理店吃了一頓日本傳統飯，回到旅館已經下午二點了。此刻，一個年輕人早已在這裏等候著。

「請問，您是胡光墉先生嗎？」青年人用漢語問，而且還帶點杭州腔。

「啊…你是…？」胡雪巖一怔。

「我叫大橋式羽，中國人。」

「請屋裏坐。」胡雪巖說話時，服務員已經把房門開了。

胡雪巖進屋說：「請坐，你也是中國人？」

大橋式羽笑了笑說：

「我隨父輩常住東京，又在這裏讀書，改個名字叫起來也方便。」

「你找我…有事嗎？」

大橋式羽誠懇地說：

「胡先生來日本，龍田旅館惟恐招待不周，而且把您來的消息報告給東京新聞界，新聞界就派我這個能講漢語的文科生來寫個消息。」

胡雪巖見他那種有問必答，不遮不蓋的直爽勁，倒也覺得滿痛快的，尤其帶點中國南方的鄉音，更令他感覺親切，故而和藹地說：

「我來日本，一不是國事，二不是經商，僅是私人走走而已，切不可公諸於報端。」

大橋已掏出筆記本，

「您的表字怎麼稱呼，是雪巖二字吧？」

「對，胡雪巖……。」

「您的杭州住址可以告訴我嗎？」

「可以。杭州元寶街。不過正在興建，還沒建成……我這次來就是為了這個事兒……。」

「您的大宅設計能透露一點嗎？」

「嗨，這是公開的事兒，有機會到杭州來看看，總比我說的更實在……。」

接著胡雪巖把自己的構想大體介紹了一下，而大橋式羽的筆卻像飛龍走鳳般地在紙上游走。

「胡雪巖」三個字在日本商界是「大亨」的代名詞，但也是神祕的象徵。大橋式羽對這位中國的商業巨富充滿好奇，從去年開始就積累了一些關於胡雪巖的報紙資料，因而對他突來日本更覺得良機已到，那怕是點滴材料他都捨不得丟掉，故在一九〇三年（光緒二十九年）他撰寫了一部長篇傳記《胡雪巖》。當然這是後話了。

這天，大橋式羽還想提一些問題，卻被張道逸「擋駕」了。

「好了吧。」張道逸說，「我們一路顛簸，還沒好好休息……。」

「我再請問一聲，」大橋說，

「胡雪巖先生到東京，發個消息可以嗎？」

「不同意。」胡雪巖一字一頓斬釘截鐵地沉著臉說。

大橋走後，張道逸來到旅館經理部，特別關照說：

「胡雪巖先生來此休假，謝絕會客。」

不關照還好，這一關照卻出了麻煩。

晚飯過後，華燈初上，胡雪巖穿著皮袍，凍得直縮脖子，他剛想提早休息，忽然進來兩個姑娘，她們穿著漂亮的和服，抱著三弦和古箏，深深地鞠了個九十度的躬，接著說了一段話，胡雪巖一怔，張道逸急忙翻譯：

「她們聽說來了中國貴賓，這是旅館經理告訴俱樂部的……。」
日本姑娘又講了一段，張道逸說：
「她們彈唱幾首曲子，表示服務……」
張道逸用日語說：「謝謝……。」
在兩個姑娘擺琴的當兒，張道逸悄悄對胡雪巖耳語道：
「糟糕，這裏可不是一般的旅館。這倆人是藝妓……。」
「那怎麼辦？」胡雪巖輕問道，「讓她們走？」
「讓她們唱，給錢就讓她們走。這些人原來都是良家婦女，可是一進『俱樂部』就變成妓女了，她們可以陪你斟酒，還可以陪你過夜……。」
「使不得，」胡雪巖急忙擺手說，
「唱完叫她們走。這種事登在日本報紙上……不得了啊！」
那驚恐的眼神兒一直瞄著張道逸。
「咳！日本的政界、財界找『俱樂部』女人的多的是。我們謹慎自己就行，唱完了多給點小費，說聲『再見』就行了嘍。」

他倆嘁嘁喳喳耳語時，兩位姑娘已經唱起了「浪人戲」中的一段插曲，接著又唱了歌舞伎中的一首傳統戲曲。

胡雪巖聽不懂，乾脆把頭縮進了皮領子裏，疲倦的感覺好像從頭頂已經蔓延到了腳指頭。

姑娘唱完，張道逸笑著表示感謝，並掏出一千日圓交給了她們，一連說了三聲「再見」。

□

翌日，他倆起得特別早，漱洗完了趕快走出旅館，在早餐店裏吃了一碗炸魚麵和川沙鍋，乘上馬車來到工藝品商店。果然，一架十三層的玲瓏燈從天花板上垂吊下來，幾乎佔據了商店的半個店面，胡雪巖望著這座燒磁描金的龐然大物讚嘆不已：

「啊！真有氣派呀！」

「是中國先生吧……？」老闆很有禮貌的問。

「是的。」張道逸說，「這架燈……？」

「給中國銀鈔嗎？」

「是的。」

「一千兩。」

「啊…」張道逸翻譯說：「一千兩銀鈔。」

「要！」胡雪巖說，「請他們裝箱托運……。」

經張道逸討價還價，一千兩銀票包運到上海，當時付了銀票便離開了商店。此刻的胡雪巖像了卻了一樁心願，感到全身輕鬆，走起路來腰桿挺直，那笑容像雕塑家的傑作，永不變形。

「我帶你到東京博物館參觀一下，有興趣嗎？」

「去！這倒是我最喜歡去的地方。」

博物館有好幾個展廳，但胡雪巖卻駐足於一口古銅鐘面前不走了：

「老張，你看這鐘上刻的是什麼字……？」

張道逸細細地看了幾遍，說：

「好像是甲骨文、石鼓文一類的文字。」
「是中國的吧？」
「自然是中國的嘍……。」
「唉！」胡雪巖的笑容一下子沒了，
「中國的文物怎麼流失到日本來了……？」
「歷代通商……，日本人對中國文物可是真重視。」
「可惜，中國的古文化被日本弄來，難道我們炎黃子孫不覺得是種恥辱嗎？老張，你幫我個忙。」
「什麼忙？」
「把這口古鐘再買回去！」
「這可能嗎？」
「高價！」胡雪巖沉不住氣了，
「走！找博物館長，我說你翻譯！」
張道逸明知不可能，末了還是帶著胡雪巖會見了館長小澤二郎。

「先生，」胡雪巖說，「我們參觀了貴館所陳列的古鐘，如果沒認錯，大概是中國的文物吧。」

「是的，先生。」小澤笑著回答。

「是這樣的話，我想替中國買回。」

張道逸頓了一下，心想：

你講得出，我可不能直譯啊！他把話鋒轉了，

「我很想在中國的博物館也能有這樣的古文物……。」

「博物館？」小澤二郎心想，

「中國的博物館在什麼地方？」

那疑惑的眼光在胡雪巖的臉上盯了一會，還是客氣著說：

「如果個人收藏，我建議你們到文物商店，那裏可能還有……類似的文物。」

「在什麼地方？」胡雪巖迫不及待地問。

「我可以帶你們去，您貴姓？」

「這位先生是胡雪巖，我叫張道逸……。」

「啊……」小澤驚喜地望著胡雪巖，

「胡先生！久仰啊……！」他鞠了一個九十度的躬，

「走，我帶你們去。」

小澤叫來兩輛馬車，三人不一會兒就到了一處清靜而華麗的店門外邊，張道逸搶著付了車費。

「哎呀，小澤先生，怎麼今天有空啊……。」文物商店的山本太郎笑著迎了上來。

胡雪巖還沒說話，先把店裏四周迅速地掃瞄了一遍……。

「這位胡雪巖先生，知道嗎？這位是張先生。」

小澤剛報出名字，山本便笑容可掬地說道：

「中國商界名人，啊！太榮幸了……！」

「請問山本先生，」小澤直截了當地問道：

「我記得您這裏珍藏著幾口中國的古鐘……？」

「是啊。」

「胡雪巖先生想看看……。」

「好，好。跟我來。」

庫房很寬大，山本帶著大夥進了一間舖著木頭地板的屋子，一進門，一排中國古鐘映入胡雪巖的眼簾。山本指著這排古鐘說：

「這幾口……是中國的。」

胡雪巖欣喜而急躁地忙問：

「請問山本先生，這能出賣嗎？」

「哈哈……我們只有保管的責任……因為這不是商業的流通貨物。」

胡雪巖聽了很惱火，眉鋒間皺起了幾條明顯的川字紋。然而，他強壓心中的不快，仍是耐心地問道：

「我想和您商量，山本先生，這古鐘是中國古文化的遺產和象徵，它……如果有靈性也會思念它的故土的。而且中華民族的後代子孫也朝夕夢想一睹民族的優秀文化遺產，但它卻流落他鄉，我想山本先生也會理解的吧？」

「是的，」山本笑著說，

「我很理解您的心意，不過……我們收進來已經付出了極大的代價……。」

山本的心情是矛盾的，按理文物商店除國家規定的文物不得出口外，其餘均可以買賣，尤其是中國古鐘「還壁歸趙」為中國人所購買，也是理所當然。然而，他面前的買主又非一般人物，乃中國極其富有的商人。要價低了唯恐後悔，要價高了似有「敲人」之嫌。

「請問，」胡雪巖數了數說，「這七口鐘都是中國的嗎？」

「是的，先生。」

「您的進價……我能知道嗎？」

「當然，」山本說，「我是從一位日本商人手中收進的，每口折合白銀三百兩……。」

「我給五百兩！」胡雪巖鄭重地說。

山本先生一下子堆下了笑臉，連五官都挪了位子：

「胡先生，能不能直接用銀兩交易？」

「可以，」胡雪巖大方地拉長了「可」字，

「請山本先生派人護送杭州，一切開支由我另付。三千五百兩紋銀請來人帶回。」

當下二人寫了一份合約，見證人是小澤二郎。

□

胡雪巖回到旅館，暮色已籠罩窗外，他喜孜孜地說：

「老張，東渡扶桑，不負此行啊……！」

「可是這古鐘……不知道大先生想過沒有，」張道逸鎖緊著眉毛說，

「它與胡家大宅……？咳！大宅可不是古廟啊……。」

「您錯解了，老先生。」胡雪巖走近張道逸的面前說，

「您想，中國的古文物，能讓它在日本落戶嗎？我承認是出了高價，但我覺得使它能重返故土，即使多花點錢也在所不惜。老張，您以為我想把古鐘放在我家嗎……？」

「不是嗎？」

「當然不是，杭州的寺院多著吶！」

「這就好，剛才我還在犯愁呢……。」張道逸忽而問道：

「我說大先生，今日是什麼日子？」

「啊……年三十呢？」

胡雪巖心裏格登一下，思緒一下子飛到了杭州，他想念自己的母親，往年，這時全家已經團團圍著老太太吃著團圓飯了，大小太太們已獲得了自己心愛的禮品，上下佣人已領取了紅包；那高照的紅燭，開光的佛祖，閃光的「壽」字，數個院落的大紅燈籠和那名人贈送的春聯……。尤其是初一，他要接待一批批地方官員、鄉紳和文化名人等拜年客人；然而他了解母親，若過年時兒子在外，勢必給她帶來精神上的不安，甚至全家不能團圓會讓她造成心靈上的空虛。

「你在想什麼呢……？」張道逸看到胡雪巖直發楞，故說道：

「想家了吧……？」

「俗話說，『兒行千里母耽憂』啊！」胡雪巖在屋裏踱著方步說，

「我不在家，我媽她……不知怎麼樣啦？哎，我也真是鬼迷心竅，怎麼大過年的……咱倆就離開家了呢？」

「嗨，別想這些了，」張道逸說，

「走，咱們今天到大飯店過年三十去！」

「走吧……。」

二人到了一家大飯店，此時空中已飄起了雪花，他倆坐在靠窗的餐桌上，卻不知不覺地索索發抖。日本大菜上了不少，他倆都感到乏味，生魚片、紫菜飯，他倆連筷子都沒碰……。

「大年初一船票可以買得到嗎？」

「大先生，大年初一是中國的，日本可不過這個年。」

胡雪巖感到很乏味，喝了幾杯日本低度白酒，那股酒勁直往頭上湧，他用筷子醮著剩餘的白酒在餐桌上一連寫了好幾個「走」字。

他們出了飯店，幽暗的雪花還在輕輕地往下飄落著，快到旅館時那雪花如棉如絮，漸似鵝毛，迷迷濛濛的像一面白網，阻擋著人們的去路……。

當天夜裏，張道逸託旅館去訂船票，三天後他們返杭了。當胡雪巖回到家時，那興奮的神情忽地變了——母親病重。

他放下行李包，來不及換衣服便三步併成兩步地到了母親房裏：

「娘……娘！」他跪在母親床邊連叫了好幾聲。

母親金氏於昏迷中，似夢非夢地喃喃問道：

「買來啦……？」

「買到了，娘，」胡雪巖伏在母親床邊，大聲說，「十三層，您一定會喜歡的……。」

「哎……」二太太余氏把胡雪巖拉到旁邊輕聲說，「你講到哪去了！老太太年三十病倒以後，一直昏昏地睡著，偶然問一句『光墉呢……？』我們說：『給您買藥去了。』你怎回答十三層呢……！」

「請醫生看了嗎？」

「醫學署的醫生都回家過年去了，請來個郎中，開了個藥方不大管用。我叫戚老頭去打聽過了，據說醫學署今天復工……。」

「備轎！」胡雪巖說，「叫戚老頭告訴張保，多帶兩頂轎子！」

三乘轎子到了醫學署。謝天謝地，潘鳴泉、袁古農都來了。胡雪巖朝二位老醫師一拱手：

「給二位拜年。另外，我母親病情十分嚴重，有勞二位親自給看看……。轎子已經來了。」

兩位老醫師二話沒說，立刻上了轎子。那轎夫心知事急，誰敢怠慢，簡直像飛一樣地抬到了胡家院內。

胡老夫人仰臥床上，背後墊了個大枕頭，棉被一直蓋到下顎，嘴巴張得老大，面色慘白，袁古農輕輕拉出那隻瘦得像乾樹枝似的手，搭了搭脈，又繞過去拉出另一隻手，搭完了脈，對潘鳴泉先生說：

「請您再搭搭看……。」

潘鳴泉也認真搭了一遍，然後隨著大先生來到客廳。兩位老先生在討論著病情，胡雪巖由耽心、驚恐漸漸腦子裏成了空白。他目不轉睛地看著兩位老醫師的面孔，彷彿他們每一絲表情都關係著母親的生命。

「怎麼樣……？」他實在等不及了。

「放心……」袁古農慢吞吞地說，

「沒大問題，老人家氣血不通，腦子供血不足。如果藥材配得正確，會好的……。」

「快拿紙筆來……！」

戚老頭早就拿著筆墨紙硯立在門外等著呢，胡雪巖的話音剛落，他便送進來了。

「老戚，你別走開，待會抓藥去。」胡雪巖說。

「我知道。」

這時，袁古農提起筆，蹙著眉，一味一味地寫著藥名，最後塡上份量。

「潘先生，」袁古農把藥方遞過去，「您再看看。」

潘鳴泉接過藥方仔細地看了一遍，點了點頭說：

「到種德堂去配，我們在這兒等著……。」戚老頭接過藥方，急急忙忙出了大院。

約莫一個時辰，戚老頭回來了。潘鳴泉接過藥包打開來看了看，突然眉頭皺了一下：

「不對，袁先生，你看這是當歸嗎……？」

袁古農用手捏了捏，放在嘴裏嚐了嚐，「呸」地一口噴出：

「這，不是地道的秦隴藥，純是以次充好，換！讓他們換地道貨。」

「老戚，」胡雪巖聽說藥材以次充好，急著說，

「讓他們換，多花錢沒關係……啊！」

戚老頭裹起藥包要走，胡雪巖喊著說：

「乘轎子去！」

「乘轎……？」戚老頭遲疑了一下，心想，我活到五六十歲了，沒乘過一次轎。

「楞著幹啥？」胡雪巖說，

「叫李文才派兩個飛毛腿抬你去！」

李文才也知情急，派了兩名「飛毛腿」把戚老頭一下子抬到了望仙橋種德堂藥舖，戚老頭非但沒過到轎癮，反而嚇了一身冷汗。

「掌櫃的，」戚老頭笑著說，「這藥……」

「不是給你配好了嗎？」掌櫃的瞪著滾圓的眼睛說。

「但是，先生們檢視了一下，裏邊有幾味藥不太地道……」

「什麼？」掌櫃的一聽來火了。

那種德堂掌櫃的自恃本藥舖乃杭州最大的一家，城裏城外的病家誰敢說個不字！

「先生們看了藥，說有幾味藥不地道，寧願多花點錢也請你們給掉換一下……。」

「要換？沒有！要麼請你家胡大先生自己去開個藥舖！」那掌櫃沒好氣地頂回去。

戚老頭吃了個閉門羹，氣得直呼哧，他抱起藥包離開藥舖，乘上轎子回去了。

胡雪巖一見戚老頭回來了，急問道：

「換了嗎？」

戚老頭晃了一下藥包，往桌上一放，一屁股坐下了，還不停地握著拳頭捶著自己的腦門。

「他不給換？」袁古農問。

「這種德堂是個『缺德』堂，」戚老頭說，「死說活說他就是不給換！」

「他怎麼說呢……？」胡雪巖問。

「嗨，說的很難聽，說了可以把您氣死！」

「不妨，」胡雪巖問，「他到底怎麼說？」

「要換？沒有！要麼請你家胡大先生自己去開個藥舖！您聽，這不是欺負人嘛！」

「好吧，」袁古農說，「胡大先生也別生氣，這種德堂仗著他的店大，店大欺客習慣了。我看，藥雖然質地不好，但還是煎了快給老太太喝下去，這……也總比沒藥好啊。」

胡雪巖沉著臉沒作聲。

「大先生！」戚老頭捧起了藥，說，

「還是叫二太太煎吧……？」

胡雪巖默默地點點頭。

戚老頭出去一會兒，二太太余氏進來說：

「大先生，你從外邊回來後還沒吃一點東西……。」

胡雪巖頭也沒抬：「飽了……。」

「瞧你說的，」余氏說，

「人是鐵，飯是鋼，一頓不吃餓得慌。你不吃，難道叫兩位老先生也陪著你不吃飯……？」

「啊，」胡雪巖臉上露出了歉意，

「對了，二位老先生別走了，大冷的天……，就陪著我喝兩杯吧……。」

二位老人也體察到胡大先生受了一肚子窩囊氣，也不忍心立刻就走開，二人相視交換了下眼色，袁古農說：

「好啊，今天我們就叨擾啦……。」

三人來到饍堂。胡家廚師已摸透了大先生的脾氣，大凡來客必點西湖醋魚、叫化雞和東坡肉，故這三個菜做得十分夠味兒。菜，一道一道地上來了，二房屋裏的丫鬟小玉熟練地斟著紹興元紅酒……。

胡雪巖笑著端起杯：

「二位老先生一年勞頓，為咱們的濟藥事業獻出了一切，我胡雪巖感激不盡，請喝下這杯酒，略表我的敬意……。」

「我們給大先生拜個晚年……。」

「喝！」

三人都呡了半杯，機靈的小玉又給大夥添滿了酒，趁著空隙又去壁爐前，撥了撥燃著的木柴，發出「剝剝」的聲音，不一會兒，饍堂裡像充滿春天的陽光，顯得溫暖宜人。

胡雪巖又舉起了杯子：「來，家慈數次生病，二位於百忙之中盡心救治，我胡雪巖無以為報，請喝下這第二杯，算我對二老的報答……」

「哎呀！」潘鳴泉端起了杯，

「大先生，您言重了，老太太生病……，咳！就是鄉里人生病，也要去呀……來，喝……。」

老實說，這時胡雪巖已自斟自酌了好幾杯，雖然三人同飲，猶像一個人喝悶酒似的。他少言寡歡，常常凝視著那碗叫化雞發愣。不言而喻，那種德堂老闆的幾句損人話，像是晴天霹靂，打碎他的自尊心。從飲酒開始，他一直紅著臉，紅到了耳根，兩杯酒敬完，胡雪巖的眼睛漸漸燃起一種不可遏制的怒火……。

「這第三杯酒……，」他站起來，晃盪著酒杯說，

「我求二位老先生……。」

「請說……，」袁古農客氣道，「不必謙恭。」

「開一爿藥店！」說著便舉起杯子，與二位老人「噹」地狠碰了一下……

「有求二位協助！」說罷「咕咚」一口喝下去了。

二位老人驚愕地望著胡大先生，一時不知說啥才好。然而，他們的心中也替大先生憋著一口氣，但誰都沒敢直說……。

「喝呀……」胡雪巖見二位老人沒表態，呼道，

「二位老人家，若願助我一臂之力，就把這杯酒喝下去……！」

袁古農、潘鳴泉端起杯子，異口同聲地說：

「大先生的構想誰能不支持呀！」說罷都喝下去了。

小玉剛要續酒，胡雪巖一擺手：

「別斟了……。」

「大先生，」袁古農探過頭來說，

「您要開藥店……，我想不會小吧！那種德堂的生意肯定會被您這大藥店吃掉，他的飯碗不就完啦…！」

「哈哈……」胡雪巖瞇著眼說，

「讓他吃飽了，窮病家可就糟了！佛教裏有個『開許』的教義，非但無罪，而且有助。當初，釋迦牟尼佛行菩薩道的時候，為了保護眾人的利益，不也是不顧個人安危，殺死了惡人嗎……？」

袁古農聽了，深深地點了點頭：

「大先生的意思我全明白了。不知您的打算……？」

「我對醫藥是門外漢，」胡雪巖說，

「我打算選擇風水寶地，與北京皇家的同仁堂一樣規模，至於投進多少銀兩不必在乎，只要能濟世救人，花費再多也在所不惜。只是……」

「請大先生說下去。」袁古農急著問。

「最要緊的則是要找一個經理人……。」

袁古農一拍大腿，提出了一個人選來……。

胡雪巖—上冊

著　　者／徐星平
出 版 者／生智文化事業有限公司
發 行 人／林新倫
責任編輯／賴筱彌
登 記 證／局版北市業字第 677 號
地　　址／台北市新生南路三段 88 號 5 樓之 6
電　　話／886-2-23660309　886-2-23660313
傳　　真／886-2-23660310
印　　刷／科樂印刷事業股份有限公司
法律顧問／北辰著作權事務所　蕭雄淋律師
二版一刷／2001 年 11 月
ISBN／957-818-330-5
定　　價／新台幣 250 元

郵政劃撥／14534976
帳　　戶／揚智文化事業股份有限公司
E-mail／tn605541@ms6.tisnet.net.tw
網　　址／http://www.ycrc.com.tw

國家圖書館出版品預行編目資料

胡雪巖 / 徐星平著. --二版. --臺北市：
生智, 2001[民 90]
冊： 公分.

ISBN 957-818-330-5(上冊：精裝).
--ISBN 957-818-331-3(下冊：精裝).

857.7 90016009